吾妻おもかげ

梶よう子

角川文庫
24419

目次

第一章　逢夜盃

一

初冬の雨が、向かいの見世《みせ》の屋根を叩《たた》く。

昼を少し過ぎたばかりだというのに、あたりは色をなくし、沈み込んでいる。

軒から流れ落ちる雨滴が錦糸《きんし》の幕を作り、張見世の格子の内側はさらに薄暗い。

昨夜から降り続く雨のせいで客足が落ちている。見世の前を通る男たちもまばらなため か、妓《おんな》たちはあきらめ顔で、しどけなく座敷に座っていた。それでも編み笠《あがさ》で顔を隠した供連れの侍が格子の中を覗《のぞ》き込むと、妓たちは我先にと白粉《おしろい》を塗った指を伸ばし、艶《なま》めかしい声や媚《こ》びるような姿態で気を引こうとする。

それが素見《すけん》とわかると、途端に興味を失い、代わりに格子の内側から聞こえよがしの罵《のの》りや、冷ややかな声が上がる。が、それもすぐに止むと、煙管《キセル》を手にする者、髪を掻《か》き上げ整える者、ため息を吐《つ》く者——ただ時が過ぎるのを待つだけの気怠《けだる》さに戻る。

日本橋葺屋町《にほんばしふきやちょう》の北。二町（約二百二十メートル）四方に囲まれた町がある。

四十年余り前の元和《げんな》四年（一六一八）、葭《よし》が生い茂り、妖《あやかし》か追い剝《は》ぎでも出そうな湿地に設けられた遊女町だ。もともと遊女屋を営んでいた庄司甚右衛門《しょうじじんえもん》が散在していた遊女屋を一箇所に集めて色街を作りたいと願い出て、幕府に聞き入れられたのである。町の名は吉原《よしわら》だ。葭の生えた原であったから葭原《よしわら》と名付けられたが、『葭』は、あし（悪し）とも通じることから、めでたい『吉』の字を選んで吉原としたという。

当時は、遊女を抱える置屋十七軒、遊女と遊ぶための揚屋二十四軒で始まった。

吉原は四方に堀を巡らし、出入り口は大門《おおもん》のみ。そこからまっすぐ延びた大通りを仲之町《なかのちょう》と呼び、左右に柳町《やなぎちょう》、角町《すみちょう》があり、のちに江戸町《えどちょう》、京町《きょうまち》が出来た。

「はてさて、どうするか」と、吉兵衛《きちべえ》は揚屋丸川《まるかわ》の窓から、向かいの遊女屋三浦屋《みうらや》をぼんやりと眺め、ひとりごちた。

吉原の奥、京町一丁目の三浦屋は、吉原の中でも一番格式のある総籬《そうまがき》の大見世だ。遊女を並べ置く張見世は格子が嵌《は》められており、客はその格子から妓を選んで指名する。その格子を籬と呼んで、見世先全面に格子が嵌まっているのを総籬、一部に格子がなく素通しになっている見世を中籬、格子が下部だけにしかない見世は小見世と呼ばれた。

当然、遊女にも位がある。容姿端麗、芸事、教養に秀で、客あしらいも上手《うま》い遊女を太夫《たゆう》と呼ぶ。以下は格子、端《はし》となる。三浦屋は、特に人気のある高尾《たかお》太夫を抱えている見世としても知られていた。

だが、吉兵衛は太夫には興味はない。むしろ、その日一日、客が来るか来ないか人待ち顔で待っている妓たちに惹《ひ》かれる。

中年男がひとり、吉兵衛ににじり寄って来た。満面の笑みを向けてくる。この男とは吉原で幾度も顔を合わせたことがある。今日も揚屋の前でばったり会って、ならば一緒にと宴席を張った。

薬種屋だったか、酒問屋だったか、ともかく商家の主人だ。が、そもそも互いの生業《なりわい》を教えあったかどうかも定かではない。名はたしか三左衛門《さんざえもん》といった。歳は四十半ばくらいだろうか。

「吉兵衛さん、雨など眺めて風流気取っていなさるか。さあさ、こっちで楽しみましょう。小紫《こむらさき》が拗《す》ねておりますよ。そうだ、もう少し酒を頼みましょうかね」

「お好きにどうぞ」

吉兵衛が返すと、では早速と三左衛門が手を叩く。幇間《ほうかん》が「お酒でござんすね」と、先回りして、座敷を飛び出して行った。

「このところ、芝居はいかがです？　若衆から野郎になって、ちっとぱかし色気が失《う》せたような気もいたしますが、それはそれでよいもので」

三左衛門がにやついた。この男は、役者も好みなのかと、吉兵衛は呆《あき》れる。

慶安《けいあん》五年（一六五二）、お上は、風紀を乱すとして、若衆歌舞伎を禁じ、役者の前髪をすべて落とさせたが、翌年、野郎歌舞伎として再開した。

「先日は、堺町《さかいちょう》の猿若座《さるわかざ》に行きましたよ」

吉兵衛は三左衛門へ眼を向けた。

「はあ、猿若勘三郎《さるわかかんざぶろう》ですか？　あの役者はいい。私は、村山座《むらやまざ》の市村宇左衛門《うざえもん》ですかねえ。京坂の芝居はどうでしょうねぇ、一度、観てみたいものですなぁ」

三左衛門が残念そうにいう。そこへ幇間が銚子《ちょうし》を盆に載せて戻ってきた。

「ああ、ご苦労だったね。さあさあ、吉兵衛さん。呑《の》みましょう」

ぐいと袖《そで》を引かれた吉兵衛は、あぐらに組んだ脚がほどけて、思わず畳に手をついた。視線を感じて顔を上げると、上座に座る小紫が吉兵衛を冷めた眼で見つめている。笑いかけると、小紫はすっと正面に向き直る。高い鼻梁《びりょう》と長い睫毛《まつげ》、唇から流れるような曲線を描く顎先《あごさき》——。

相変わらずいい女だ。

小紫は太夫の下、格子女郎だ。まだ小紫とは三月ほどで、互いに心身の隅々まで知り合っているとはいい難い。これから徐々にと思っているが、つんと澄ました面そのままで、扱いにくい。たいてい、初めて顔を合わせる初会では、遊女は口も利かなければ、料理にも手をつけないものではあるが、裏を返した二度目でも、四半刻《しはんとき》（約三十分）もせぬうちに席を立たれてしまった。これは手強《てごわ》そうだと肚《はら》を決めた吉兵衛だったが、三度会っても眼すら合わせせぬ。これこそ吉原の醍醐味《だいごみ》、と己を鼓舞したが、五度目の相対にこぎつけると、ようやく小紫が自ら喫《の》んだ煙管を渡してくれた。涙が出るほど嬉《うれ》しかった。

ああ、おれはこいつに惚《ほ》れてるんだ、と思ったものだ。

手間をかけ金をかけ、夜具の中でその吸い付くような肌に触れたときの感慨は何物にも代えがたかった。

吉原は見初めた妓と床入りするのが目的ではない。それだけならば、堀沿いに並ぶ最下級の切見世で線香一本燃え尽きる間に事を済ませればいい話。あるいは、町場の湯屋に置かれた流行《はや》りの湯女《ゆな》を相手にすれば、さらに銭もかからず、面倒な手間もかからない。

吉原の妓は、出逢《であ》いから始まる。男は妓の心に響くよう誠心誠意尽くす。金子《きんす》をばら撒《ま》けばいいわけではない。いくら金を積もうと、妓がなびかなければ袖にされる。これが太夫ともなれば、なおさらだ。教養、芸事は一流、客はほとんどが大名や大身旗本。下手なお世辞や甘言を並べたところで、恥をかくのは男のほうだ。思いの丈をどれだけ伝えられるかにかかっている。そうして、ひとりの遊女と心も身体も繋《つな》がる。馴《な》染《じ》みとして認められるのだ。

恋の道はさまざまなれど、逢わねば恋の始まりもなし――。

馴染みとなったとはいえ、吉兵衛はまだまだ客の中のひとりに過ぎない。小紫に惚れられるいいろになれるかどうかはわからないのだ。小紫には、間夫《まぶ》もいろもいないと耳にしてはいても、揚屋に上がり、小紫が客を取っていると聞くと、胸底がちりちりする。

吉兵衛が以前馴染んだ女郎は年季が明けて、吉原を退《ひ》いてしまった。祝い金を渡してやったが、いまはどこでどうしているかと時折気にはなる。その女郎が可愛がっていたのが小紫だった。

「いい子なんだけど、情が強《こわ》くてねぇ。だいたいあの子が笑ったところを見たことがない」

だからあまり客がつかないといっていた。吉さん、あの子を贔屓《ひいき》にしてやって、と甘い声音で囁《ささや》かれ、すっかりその気になったものの、たしかにその通りだった。

小紫は薄く笑うものの心底からの笑顔は見せたことがない。

吉原にいる女たちには、親に売られ、女衒《ぜげん》に買われ、あるいは自ら身を落とすなど事情はさまざまあろうが、おそらくひとりとして好んで選んだ生業でない。まことの笑い顔など、どんな女郎も見せないかもしれない。だが、小紫には笑ってほしくなった。その顔をおれだけに見せてくれと思うのだ。けれど、ここではそれも男の身勝手か。

吉兵衛は銚子を手に提げ、小紫の前にどかりと腰を下ろした。

「今日は雨降りだ。気が滅入《めい》るなぁ」

小紫は盃《さかずき》を取ろうともせず、頷《うなず》きもせず、吉兵衛を眦《まなじり》の上がった眼で黙って見つめ、

「たまのお湿りはようおざんす」

さらりといった。

「うん、そうだな。雨が降らなきゃ、葉物も育たねえ、川の魚も日干しになるな」

背筋が凍りつくほどつまらぬ軽口だと思ったが、小紫に付いている妹分と三左衛門、そして三左衛門の相方の玉緒《たまお》がげらげら笑った。芸者も三味線を抱えてくすくす笑い、幇間など、仰《の》け反っている。

「いやいや、魚が日干しになるなんて、こりゃ面白い、なあ玉緒」

「ええ、ほんにそうでありんすなぁ。小紫の姐《ねえ》さんはいつも楽しくて羨《うらや》ましい。吉兵衛さんは口がお上手」

手放しに褒められ、気恥ずかしい。吉兵衛はむっとしながら小紫を窺《うかが》った。表情はまったく変わっていなかった。こんな出来損ないの冗談で小紫が笑うはずはないのだ。

小紫は、煙管を手に取り、火皿に煙草を詰めた。煙草盆は露草の蒔絵《まきえ》を施した立派なもので、これを必ず座敷に持参する。客のひとりから贈られたものだろう。吉兵衛はわずかに妬心《としん》を覚える。

「さてさて、吉兵衛さんに負けちゃいられませんよ」

と、三左衛門が、咳払《せきばら》いした。

「旦那《だんな》、いつものでござんすね」

幇間が囃《はや》し立てる。芸者が三味線を構えて、撥《ばち》で弦を弾《はじ》くと、三左衛門が謡を披露する。

吉兵衛は、来たかと眉根《まゆね》を寄せる。三左衛門の『小袖曾我《そが》』を聴くのは三度目だが、声はがらがらで、節回しも下手くそだ。要は聴くに堪えない代物だが、本人は、顔に血を上らせて唸《うな》る。

「いよ、茹《ゆ》で蛸《だこ》」と、幇間が妙な合いの手を入れる。

「混ぜっ返すんじゃないよ」

そう怒鳴りながらも、語りを続ける。皆は手を叩いて大喜びだ。三左衛門は人あしらいが上手い。吉兵衛は細面の優男ふうだが、片や三左衛門はがっちり張った顎に太い眉、鼻も大きく男らしい風貌《ふうぼう》をしている。そのうえ明朗な性質で皆を陽気にさせる。商家の主人という驕《おご》った態度は微塵《みじん》も見せない。

吉兵衛は、苦笑して立ち上がる。

「ぬしさま、手水《ちょうず》でありんすか」

妹分が声をかけて来た。ついて来ようとするのを、吉兵衛は押しとどめる。廁《かわや》ならわかっているよ、そういい置いて座敷を出た。

廊下に出ると、雨に打たれた楓《かえで》が一層鮮やかな朱に染まっている。別の座敷からは音曲が漏れ聞こえてくる。

はて、どうするか、と吉兵衛は再び呟《つぶや》いた。

小紫とひとつ夜具に入ったところで、いつもと変わらぬ仕儀だ。

吉原の大門が開いているのは朝から夕まで。泊まりは一泊までだ。朝っぱらから追い立てられるのも虚《むな》しい。精を尽くして雨中を帰るのもやるせない。

座敷に戻ると、三左衛門の謡は終わっていた。ほっとして、小紫の横に腰を下ろし、

「三味線を貸しておくれ」と、芸者に笑みを向ける。

吉兵衛は細棹《ほそざお》の三味線を抱えて、撥を手にすると、とんてん、と弦を弾いた。

「柴垣《しばがき》、柴垣、柴垣越しでナ、雪のよナ、振袖、ちらと見たァア」

吉兵衛が歌い始めると、幇間が、おっという顔をして「柴垣節でござんすな」と、踊り出す。三左衛門にしなだれかかっていた格子の玉緒が、吉さま、いいお声と手拍子を打つ。三左衛門は、むっと不機嫌に唇を曲げたが、玉緒の手前、ぎこちない笑みを顔に張り付けて手を叩く。柴垣節は、北の国の米搗《こめつ》き唄《うた》だという。唄に合わせた踊りが滑稽《こっけい》で、近頃町場で人気の流行り唄だ。吉兵衛は気持ちよく喉《のど》を開いた。

歌い終えて三味線を芸者に戻そうとすると、小紫がもうひと曲、と艶笑《えんしょう》を向けた。

小紫にねだられるのは悪くない。吉兵衛は、撥を持ち直して、

「ひとつとや、人もえ知らぬ恋をして、涙は袂《たもと》に絶えやらむ、ふたつとや――」

吉兵衛は数え歌を柴垣よりも声を落とし気味にして歌った。三味線を芸者に返すやいなや、

「はああ、なんと胸に沁《し》み渡るお声でございますなぁ」

幇間がぺしりと扇子で自分の頭を打った。

「なんだい、吉兵衛さんばかり」、と拗ねる三左衛門に、「旦那のしわがれ声も頭が割れるほどでございましたよ」と幇間がからかった。

「もうお前さんには花代はやらないよ」

「旦那ぁ後生だ。それじゃあ、ご機嫌直しに賑《にぎ》やかに」

幇間が三味線に合わせて踊り出す。最後はうつ伏せになって風呂敷《ふろしき》を広げ、片方の足指で端を挟み、「めでためでたの宝船でござい」と身をそらして腕を伸ばし、帆掛け船を作った。

拍手喝采《かっさい》で宴はお開きとなり、三左衛門は幇間と芸者に祝儀を弾み、「じゃあ、お先に」と玉緒を連れて座敷を離れた。

玉緒は最近売れ始めた格子だ。歳は十七。

以前、三左衛門は別の遊女屋の女郎に執心していた。

吉原には厳しいしきたりがある。一度、馴染みになった遊女は替えてはならない。この町では、出逢いがあり、互いに好きあい、そして擬似夫婦の関係を築く。どうしても妓を替えたければ、手切れ金を渡さねばならないのだ。そちらとの話はうまくついたのだろう。

「吉さん、そろそろ」

小鳥のさえずりのような小紫の声が耳に響いた。いつもならば、身の芯《しん》が熱くなるような衝動に駆られるが、なぜか気が萎《しお》れている。これも雨のせいかと自嘲《じちょう》する。

「小紫、今日は帰る。楽しかったよ」

吉兵衛は片膝《かたひざ》を立て、腰を上げた。小紫の横に座っていた妹分は驚いた顔で、吉兵衛を見上げた。小紫はじっと吉兵衛を見つめる。心の内を見透かすような瞳《ひとみ》だった。胸の奥が苦しくなって、言い訳めいた言葉が口を衝《つ》きかけたとき、「またの御目文字を」と、小紫はあっさりいって、窓の外を見た。

見送りにも立たなかった。

少し湿った廊下を歩きながら、吉兵衛は息を吐いた。やはり雨の日は気が滅入る。

在所の暗い空と海を思い出させるからだ。吉兵衛は安房《あわ》国保田《ほた》で生まれ育った。房《ぼう》州《しゅう》とも房陽《ぼうよう》とも呼ばれている。保田は、高くそびえる鋸山《のこぎりやま》の南麓《なんろく》にあり、入江の海は、穏やかな漣《さざなみ》が砂浜を行きつ戻りつし、漁場として活気に満ちていた。朝早くから漁師たちの威勢のいい声が響き渡り、水揚げされた魚が網の中で跳ねるたび、鱗《うろこ》が陽を浴びて輝く。それを狙って海鳥たちが青い空を旋回していた。

富士《ふじ》の山を西に望み、落陽が海を染める。

しかし、天候の悪い日には村中が沈み込む。垂れ込める鈍色《にびいろ》の雲は、青い海までも灰色に変える。波はうねり、岩間で白いしぶきを上げて砕けた。

吉兵衛の家は浜辺から一町も離れていなかったが、漁師ではない。

父親の吉左衛門《きちざえもん》は、あたりには珍しい縫箔師《ぬいはくし》だった。縫箔師は、模様を描いた布地に糊《のり》や膠《にかわ》をつけ、金や銀の箔を押す摺箔《すりはく》、あるいは刺繍《ししゅう》模様を施す職人だ。家には奉公人を幾人か置いて、広い板の間は工房になっていた。ふた親は七人の子をなし、吉兵衛は四番目の子で長男だ。赤子の頃から父の仕事を見ていた。

一枚の布地が、あでやかで、きらびやかな物へと変わっていく様は、まるで手妻のように幼い吉兵衛の眼に映った。波の音が満ちる工房で、それを施す父の姿は、吉兵衛にとって憧憬《しょうけい》だった。

「この小袖を纏《まと》うのが、どんな姫さまかお嬢さまか。おれは一生、眼にすることが叶《かな》わねえ。けど職人ならどこに出しても恥ずかしくねえ物を作りゃいい。確かな物を作るんだ。それだけでいい」

それが父吉左衛門の口癖だった――。

「吉さん。お早いねえ。もう、お帰りかえ」

背後から、聞き慣れた声がして吉兵衛は振り返った。おさわだ。丸川の一人娘で、二十八の大年増だ。子がひとりいるものの、色白の肌には張りがあり、目鼻立ちの整った顔も若々しさを保っている。婿に入った亭主とは離縁したと聞いていた。なんでも中籬の見世の遊女に入れ揚げた末に、吉原から手に手を取って足抜きしたという話だった。足抜きは吉原ではご法度だ。遊女は見せしめに厳しい折檻《せっかん》を受け、男は、見世の若い衆《し》によって打ち据えられ、丸裸にされて大門から放り出される。が、おさわの亭主がどうなったのか誰も知らない。噂では、打ち殺されたのではないかと、まことしやかに囁《ささや》かれている。

おさわの父親の作《さく》右衛《え》門《もん》は病がちでここ数年寝たり起きたりの日々だ。店にも滅多に顔を出さないので、いまこの丸川を切り盛りしているのは娘のおさわだ。

「小紫を呼び出しながら、放って帰るのじゃ、なんとも野暮な仕業だね」

鼻にかかったおさわの声音が妙に、癪《しゃく》に障った。吉兵衛は思わず知らず声を張った。

「おれぁ客だぜ。帰ろうが遊ぼうが勝手だろうが」

その尖《とが》った物言いにおさわが眼を見開き、眉間《みけん》に皺《しわ》を寄せた。

「なんていい草だえ。客とはいえ、うちに粗相があったというのなら詫《わ》びもするが、いきなり怒鳴られる道理はないよ」

おさわも負けじと言い返して来た。

ああ、と吉兵衛は顔を伏せた。そんなつもりはなかった。雨のせいだ。いや、違う。保田から届いた父吉左衛門の文のせいだ。吉兵衛は胸のあたりに手を当て、気を鎮めてから口を開いた。

「すまねえ、おさわさん。ちっとばかり苛《いら》ついて」

「おや、小紫となにかあったのかい?」

おさわが上目遣いに窺ってくる。

まさか、と吉兵衛はぎこちなく笑った。

だよねえ、あの子に限って、とおさわが笑みを返してくる。

「でも、いつもの吉さんと違うよ。あんたもっと楽しい人じゃないかえ。なにかあったの?」

おさわは口調をがらりと変えて、吉兵衛を見る。さすがにこのあたりの塩梅《あんばい》が上手い。

客が理不尽に当たり散らせば、揚屋の女将《おかみ》の立場をかっちり取るが、客が引けばすぐに態度を和らげる。

いや、なんでもねえよ、と吉兵衛は首を横に振る。

「ともかく、今日は帰るよ。また近いうちに顔を出す。その時は小紫にきちんと詫びることにする」

吉兵衛は薄く笑いかけると、身を翻す。

「吉さん」と、心配げなおさわの声が背に飛んできたとき、足下がおぼつかない妓がひとり玄関に現れた。兵庫《ひょうご》に結った髪もぐずぐずで、履物を乱暴に脱ぎ捨て、上がって来た。

なんだ、なんだ、ぞろっぺえ妓だな、と吉兵衛が心の内で呟いた。

「ねえ、女将さん。もう四日も客が取れないんだ。間夫に、幾度文を出しても梨《なし》の礫《つぶて》。嫌ンなる」

そう嘆いた途端、足をもつれさせ、吉兵衛の胸元に倒れこんで来た。吉兵衛は慌てて両腕で抱き留め、身を支える。

「あら、ありがとう。おや、いい男」と、妓がとろんとした眼を向けた。頬は薄桃に染まって口元もだらしない。だいぶ酒が入っている。

「さくらちゃん。また内緒で呑んでるのかえ？　いい加減におしよ。桐屋《きりや》の旦那にまた叱られるよ」

おさわは眉をひそめてたしなめると、吉兵衛から引き剝がす。桐屋は京町二丁目の中籬の見世だ。さくらなどと愛らしい名をしているが、眼が細く、下膨れの顔。お世辞にもいい女とはいえないご面相だが色気はある。ぐずぐずの黒髪は艶《つや》やかで美しい。吉兵衛が苦笑すると、おさわの手を振りほどいたさくらが眼を据えて、「なにが可笑《おか》しいんだよ、この唐変木」と、いきなり息巻いた。

ちょいと、おやめったら、とおさわがさくらの袖を引いた。だが、さくらはおさわの制止を振り切り、顎を上げて吉兵衛を見据えた。

「どこのお大尽かは知らねえし、どんな妓に惚れてるかも知らねえ。けどね、あたしはここで生きて生き抜かなきゃならねえんだ。ご面相もこんな程度じゃ、素見の客も引いていかぁ。客が取れない女郎なんざ、裏に回って台の物を運ぶくらいの役にしか立たねえ。衝立《ついた》て回して仕切った割り座敷でハアハアいってるお武家の尻《しり》をごめんなさいよと蹴《け》り飛ばして、溜飲《りゆういん》下げるが関の山」

わかるかい、このすっとこどっこい！　と、さくらはまくし立てた。

「これは見事な啖呵《たんか》だ。すまなかったね。笑うつもりはなかった」

吉兵衛が言い訳がましくいうと、さくらがふんと横を向く。

この女――。

吉兵衛の背がなぜかぞわりと粟立《あわだ》った。本人も承知の通り、さほどの器量良しではないが、小紫の澄ました顔より、いっそ凄《すご》みがある。吉兵衛は狼狽《ろうばい》した。

なにかが心を乱す。

「いい加減におし。吉さんはね、うちの常得意さんなんだよ。それ以上悪態吐くと、桐屋の若い衆を呼んでくるよ」

さくらは、はっとしておさわを振り返ると、女将さん、それだけは堪忍しておくれ、と両手を合わせて拝んで見せた。

あたしは、観音《かんのん》さまじゃないんだよ、と、腕組みをしたおさわはにべもない。

吉兵衛はふとさくらの小袖を見た。緋色《ひいろ》地に菊菱《きくびし》の意匠だ。古着であるのは詮方《せんかた》ないにしても、洗い張りもしていないだろうし、ところどころ擦り切れ、みすぼらしい。濃紺の帯に至っては、色あせている。これでは客が寄り付かないのも道理だ。

「ほら、お帰りよ。うちでくだを巻いていたって埒《らち》が明かないよ。格子の中に座って辛抱強く待つことだね」

さあさあ、とおさわは、さくらの背を押した。さくらは、こんなに酔ってちゃ戻れないと駄々をこねだし、ずるずると膝からくずおれ廊下に座り込んだ。

「ちょいと。さくらちゃん。あんたのお父《と》っつぁんから、あたしがあんたを預かって桐屋さんに仲立ちしたけどね、あんただけを特に世話焼くわけにはいかないんだ。それくらいはわかるだろう？　あんたが辛《つら》いというから、あたしが酒を呑ませたことにするからさ。それならいいだろう」

おさわは困り顔でさくらをなだめ、腕を取り、立たせようとした。が、さくらは童のように頭《かぶり》を振る。

吉兵衛は、おさわにいった。

「女将さん。若い衆をひとり貸しておくんなさい」

おさわが眼をしばたたいた。

二

吉原を出た若い衆は半刻（約一時間）もかからず丸川に戻って来ると、「これでようございますか」と、吉兵衛に包みを渡した。

吉兵衛は、それを広げて確かめると、「ああ、うんうん。これでいい」と頷いた。

おさわの座敷で、拗ねた顔のままさくらは膝を抱えて座っていた。

顔から赤みが消えている。そろそろ酔いも覚めてきたのだろう。さっきまでの威勢のよさはすっかり失せて、気まずそうな眼で吉兵衛をちらちら窺っていた。

「帯を解いて、小袖を脱いでおくれ」

吉兵衛の言葉に、さくらが顔を上げた。細い眼がまん丸くなっていた。

「な、なにをしようっていうんだい。あんたの妓じゃないよ」

「お前さんにはなにもしやしないよ。帯と小袖に用があるんだ」

吉兵衛は若い衆から受け取った包みを広げた。中にあるのは、色とりどりの絹糸だ。

「糸？」と、さくらは吉兵衛を見て、訊《たず》ねる。おさわも同様に首を傾げていった。

「吉さん、これでなにをするのか教えておくれ」

吉兵衛は問いには応《こた》えず、針を貸してくれと、おさわにいった。訝《いぶか》りつつもおさわは立ち上がり、隣室から裁縫箱を手にして、吉兵衛の前に置く。

「襦袢《じゅばん》一枚じゃ寒かろうから、私の羽織を着ているといい」

吉兵衛は羽織を脱ぐと、さくらに投げる。さくらは狐につままれたような顔をしながらも、立ち上がって帯を解く。小袖の合わせが開き、それを肩からはらりと落とす。薄い襦袢から白い肌が透けて見える。さくらは生娘のように恥ずかしげに胸元を片手で隠し、すぐさましゃがみ込んで吉兵衛の羽織を手繰り寄せて肩からかけた。

吉兵衛は、さくらの様子などお構い無しに、針山をじっと見つめる。

裁縫針では心許ないが、仕方ない。針穴の大きいしつけ針を指でつまんだ。木枠があればと思ったものの、そんな用意が吉原の揚屋にあるはずもない。

だが出来る。

吉兵衛は、針穴に金糸を通すと、小袖を膝の上に載せて、菊菱の花弁に針を刺した。

「ちょ、ちょっとちょっと」

おさわは言葉を詰まらせ、さくらとともに食い入るように吉兵衛の手許を見つめる。

どこの宴席か、時折、賑やかな笑い声が聞こえてくる。吉兵衛は心の内で舌打ちをした。しつけ針では勝手が違って戸惑った。それでも、手指は憶えている。針は違えど吉兵衛はただ黙々と慣れた手つきで針を運ぶ。

金糸と銀糸、黄糸で菊花を彩る。裾《すそ》、袖、そして胸元。吉兵衛は小袖を一瞥《いちべつ》しただけで、どこにどのような色を入れるか決めていた。

小袖など、そうそう新調できない。古着でも新たな物を求めれば廓《くるわ》からの借金となってしまう。あまり客が取れない女郎は、借金がかさむばかりで、自分の懐に銭は残らない。

年季奉公など嘘っぱち。売られた娘はさらに借金まみれになって、いつまでも廓にしがみつく。吉原をぐるりと囲んだ堀周辺の切見世にいる妓たちのほとんどがそんな女だ。安い銭で、身を切り売りしていく。

垢《あか》じみた粗末な古着でも、こうして華やかさを加えてやれば見違えるようになる。擦り切れた裾には菊葉を散らしたように緑の糸を使った。吉兵衛の頭の中には、一枚の華やかな小袖が浮かんでいた。菊菱の輝き、鮮やかな緑の葉。久しぶりに胸が騒いだ。金糸、銀糸が地模様の菊菱を浮き立たせる。色あせた紺地の帯は、暗夜に見立て、黄色に輝く月と松の木を縫取った。上絵などなくても、吉兵衛にはその風景が見えている。筆が針、顔料が糸になったにすぎない。

「刺繍――」

おさわがぼそりと呟き、急に慌て出した。

「ちょっと吉さん、こんなことが出来るのかい。器用なんてもんじゃないよ。あんたこれどこで修業したのさ。縫箔師なのかえ？　ねえ」

吉兵衛の耳に、騒ぐおさわの声は聞こえていなかった。

おれには、たしかな腕がある。父親の仕事を赤ん坊の頃から見てきたのだ。

繊細な運針、摺箔の技。在所の工房には、縫箔刺繡の上絵のために、唐画、狩野《かのう》派、土佐《とさ》派、長谷川《はせがわ》派といった異なる流派の画の手本が揃っていた。吉兵衛は物心つくと手本を広げた。そこには山水花鳥、そして男と女。加えて、雲、扇、亀甲《きっこう》など様々な文様が描かれていた。筆を執ったのは幾つの時だったか。弟妹たちが浜で遊ぼうと誘ってきても、吉兵衛は手本を写すのに夢中だった。描けるようになればなるほど、嬉しくなった。十を過ぎると、先人たちの画をそっくり描く臨画を始めた。

人物だろうが、獣だろうが、花だろうが、山水だろうが、すべてが吉兵衛の頭の中に収まっている。それを引き出してやりさえすれば、筆は勝手に動き出す。画帳《がちょう》は幾冊になったことだろう。

吉兵衛の画才を父の吉左衛門はすぐに見抜いた。針の腕も奉公人たちに引けを取らない。工房の跡取りとして、縫箔師として吉左衛門は大いに期待を寄せた。それを吉兵衛も肌で感じ、憧《あこが》れの父に認められたという誇りもあった。

保田からは魚を運ぶ押送船《おしおくりぶね》が常に江戸《えど》に向かって出ていた。十五を過ぎると、糸屋や今寄宿している知り合いの縫箔屋に父親の使いでしょっちゅう出されていた。

多感な年頃の吉兵衛に、華やかな江戸を見せておくのはいいだろうと吉左衛門は思っていたに違いない。果たして、吉兵衛は、江戸の賑やかさにすぐさま魅了された。人の多さに眼を瞠《みは》り、華やかな女たちの姿にぼうっと見惚《みと》れた。世の中が泰平へと進み始め、次第に落ち着いてきたせいなのか、武家たちがそれに抗《あらが》うように奇天烈《きてれつ》な恰好《かっこう》を競い、長い刀を落とし差しにして、風を切って闊歩《かっぽ》していた。そうした者たちは旗本奴《やっこ》、あるいはかぶき者と恐れられ、一方、町方ではそんな武家と張り合うべく侠気《きょうき》に溢《あふ》れた町奴と呼ばれる者がいた。茶屋の縁台に座りながら、それらの者を見かけるたびに吉兵衛は筆を執った。いきなり喧嘩《けんか》が起きる。大声で罵る。女たちが悲鳴を上げて逃げ回る。かと思えば、着飾った女を連れた富裕な商家の主人が笑いながら通る。善か悪かもわからぬ混沌《こんとん》とした町に、吉兵衛の心は揺さぶられた。海原を眺め、生きるために働く、それだけでない享楽と悦楽が江戸にはある。吉兵衛は自分の眼に映る物、すべてを描き留めたいと思った。

己の力を試してみたい。十七になってすぐ、江戸へ出たいと父親に告げた。吉左衛門はあえて反対はしなかった。

「公方《くぼう》さまのお膝元で得られる物があるだろう。これからは京の都じゃない。江戸がもっとも栄える。修業と考え行くがいい」

そういった。

吉兵衛は、本心を隠していた。脳裏に浮かぶのは、幼い頃から見てきた、写してきた画の数々だ。いつの間にか、縫箔師ではなく、絵師を目指す自分がいたことに吉兵衛は気づき、驚いた。だがそれが、成り行きなのだと受け入れた。

江戸には、幕府御用を務める狩野派がある。その時々の為政者に仕えた、古《いにしえ》から続く絵師の集団だ。いま江戸狩野派を先導しているのは狩野探幽《たんゆう》だった――。

ぎり、と吉兵衛は奥歯を嚙《か》みしめる。

在所の保田から江戸に来て早十年が経つ。その間、一度も戻っていない。自分を信じて送り出してくれた父への申し訳なさが募る。だからこそ、戻れないのだ。

父親の知人の縫箔屋に寄宿し、仕事は気が向けば手伝うというふうだ。

父からたっぷり仕送りをもらって、吉原で遊び、芝居を観る。江戸の二大悪所に入り浸る己はどれだけ滑稽な姿をしているだろう。

なにをこれからしたらいいのか。

おさわとさくらは啞然としていた。吉兵衛の針の運びを、刺繡の細やかさとその正確さに眼を瞠りながら、一心に見つめていた。

吉兵衛は、ひと針刺して玉止めすると、糸を切った。胸底から湧き上がる澱《よど》んだ思いを振り払うように、

「さあ、出来たぞ」

小袖の内側から袖に手を通して、勢いよく広げて見せた。

ああ、とさくらがため息交じりの声を出す。

「嘘みたい。あの小袖がこんなに綺麗《きれい》になっちまうなんて、信じられないよ。羽織って

もいいかい?」

さくらが頬を上気させながら、はしゃいだ。

「当たり前だよ。袖を通してごらん。きっと似合う」

これを着て見世に出るといい、と吉兵衛はいった。

さくらが小袖を纏う。合わせを閉じたり開いたりしながら、ああ、きれいだ、とうっとりした眼で感嘆を洩《も》らす。

「ほんとだ。あんた、すごく艶っぽくなったよ」

おさわも驚き、甲高い声を上げた。

「なんでこんなことができるのさ。あんた縫箔屋なのかい? それとも手妻師?」

小袖を羽織ったまま這《は》うように、さくらがすり寄って来る。

「ねえ、見違えるようだ。こんなにきれいな小袖に手を通したのは初めてだ」

「今の今まで、お前さんが着ていた物だよ。少し手を加えただけだ。お前さんは、地味な器量だが、悪い顔立ちじゃない。くすんだ古臭い小袖が顔を曇らせて見せていたんだよ」

吉兵衛がいうと、さくらは気恥ずかしげにしながらも、まんざらでもないという表情をした。帯を締めると一段とあでやかさが増した。

おさわが煙管を咥《くわ》えて、火をつける。

「もう、お行き。そのきれえな小袖を身につけて頑張りな」

「旦那、ありがとうおざんした」と、今しがたまでのさくらとは打って変わって、ふわりとした笑顔を見せ、座敷から出て行った。

礼をいわれるほどじゃない。ほんの思いつきだったのだ。

吉兵衛は裁縫道具の片付けをしつつ――けれども、悪い気分はしなかった――さくらの眩《まぶ》しい笑顔を思い返した。

「あんなさくらを見たのは久しぶり。衣装《いしょう》が替わるだけで、女はああも愛らしくなるもんかねぇ」

おさわは唇の間から煙を吐き、吉兵衛に悪戯《いたずら》っぽい眼を向けて、

「吉さん、あんた、本当は大店《おおだな》の若旦那じゃないね？　何者だい？」

くつくつ笑った。

南茅場町《みなみかやばちょう》の縫箔屋とみ屋《や》の親方である才蔵《さいぞう》は、浮かない表情で箸《はし》を取る吉兵衛をちらちら窺っていたが、とうとう耐えきれずに口を開いた。

「おい、吉兵衛。朝からどうにも機嫌が悪そうだ。一体、どうした。今朝の飯はそんなにまずいかね」

才蔵の皮肉めいた物言いに、はっとした吉兵衛は、そんなことは、と慌てて箸を動かし、飯をかき込んだ。才蔵はそれを眺めつつ、目刺しを頰張りながら話した。

「ちっと前から気になっていたんだよ。吉左の兄ぃの文が届いてからこっち様子がおか

しい。在所からいい加減戻れといわれたかい？」

吉兵衛は箸を止めた。才蔵は、吉兵衛の父親、吉左衛門を兄とも思い慕っている。若い頃、江戸の縫箔屋でともに奉公した間柄だ。それもあって、吉兵衛の世話をふたつ返事で引き受けてくれたのだ。

才蔵の問い掛けに、吉兵衛は口ごもる。

「なんだい、水臭えな。十七ンときから、ここにいるんだぜ。うちには子がねえからよ。おめえのことは、おれも女房も他人とは思ってねえ。それにおめえの親父はおれにとっちゃ実の兄さんも同然なんだ」

吉兵衛はぎこちなく頷く。

「けどよ、在所には盆暮れ正月、一度も帰っていねえんだ。兄さんだって、惣領《そうりよう》息子のおめえがいつまで江戸に留《とど》まるつもりなのか、気が気でないはずだ」

膳《ぜん》の上に箸を戻した吉兵衛は、居住いを正して、手をついた。

才蔵夫婦の欲得ずくでない思いに吉兵衛はずっと甘えてきた。父から送られてくる仕送りも同様だ。その自覚は十分にある。情けなさも感じている。

「よせってんだ。おれぁ、この十年、おめえに仕事をしろとキツくいわなかった。なんでかわかるかえ？　おめえ、正直にいってみなよ。縫箔なんざ、やりたかねえと」

才蔵は、それでも物をいわぬ吉兵衛をひと睨《にら》みした。吉兵衛の身が強張る。

「吉左の兄ぃから知らされていたんだよ。たぶん、あいつは絵師になりてえんだとな」

吉兵衛は、はっと眼を見開いた。まさかと耳を疑った。父は気づいていたというのか。それを知った上で江戸に送り出したのか。吉兵衛はさらに両手を強くつき、畳の目を掻き毟《むし》るように指に力を込めた。

絵師として独り立ちし、江戸で名を知られるようになれば、父も縫箔屋を継げと強くはいえないだろうと、多少の後ろめたさはあったものの、己の画才を信じ、江戸に出た。

「だから、好きにさせてやってくれってよ。悪所に入り浸っていようと眼をつむってきた。そいつが修業になるならと」

それで、おめえは江戸でなにを見てきた？　この十年、ただ悪所でたっぷり銭を落としただけだとおれは思いたかねえが、と才蔵は探るような眼を向ける。

「小父《おじ》さん、申し訳ねえ」

吉兵衛は重い口を開いた。だが、言葉が継げない。

江戸に来て、落胆したとはいえなかった。

十年前、安房の保田から江戸に着くなり、吉兵衛はすぐに鍛冶橋《かじばし》門外の屋敷に工房を構える狩野探幽の許へと足を運んでいた。絵師を志す者であれば狩野での修業は当然のこととされていたからだ。

狩野家は、その時々の為政者に仕え、障壁画などの御用を務める絵師集団だった。狩野の画風に大胆な筆法を加えた狩野永徳《えいとく》の三人の孫は、江戸幕府の奥絵師として、それぞれ鍛冶橋狩野を長男の探幽が、木挽町《こびきちょう》狩野を次男の尚信《なおのぶ》が、中橋《なかばし》狩野を三男の安信《やすのぶ》が職人風情の倅《せがれ》が、ここは奥絵師狩野法眼探幽さまのお屋敷。

「安房の縫箔師の息子だと？　ここは奥絵師狩野法眼探幽さまのお屋敷。職人風情の倅《せがれ》のくせに出向くところを間違ってはおらぬか？」

弟子と思《おぼ》しき若い男が応対に出て来ていった。

吉兵衛は、間違いではない、弟子にしてほしい、取り次いでもらえないか、と持参した画帳を差し出した。若い男は苦々しい顔をして、ならばなおさら表ではなく、裏から来いと厳しい口調でいうや画帳を取り上げた。

「画《え》を学びたくば、町狩野の画塾へ行け。狩野三家にはな、武家の子息しか入れぬことも知らんのか！　なによりも直《じか》に法眼さまのお屋敷に訪れるとは、無作法を通り越して無知蒙昧《もうまい》も甚だしい。この田舎者が！　恥を知れ」

男の罵りを聞きながら、吉兵衛はさすがに青褪《あおざ》めた。

おれはなんて馬鹿なんだ。幕府の御用を務める狩野家が、法眼探幽がどこの馬の骨とも知れぬ者を弟子にするはずがないではないか。

すると、男が急に気の毒そうな顔をして、眉をひそめた。

「しかしなぁ、知らないのも致し方ないなぁ。はるばる安房から来たという熱心さに免じて、これを法眼さまにお見せしよう。法眼さまのお眼鏡に適《かな》えば、町狩野の画塾を勧めてくださるかもしれんぞ」

「ま、まことでございますか」

吉兵衛の、血の気が引いた顔に再び血が上った。

「ああ、嘘はいわぬ。だが法眼さまは、お忙しいお方ゆえ、五日したらまた来い」と、口元に軽く笑みを浮かべると、手を差し出した。銭か。吉兵衛は財布ごと渡した。若い男は画帳を抱え身を翻した。

「かたじけのうございます」

吉兵衛は男に精一杯の感謝を述べ、深々と頭を下げた。帰路、吉兵衛の胸は躍った。やはり法眼のもとで学ぶ者には、画に対する熱情が伝わるのだろうと思った。己の画が探幽の眼に触れる。どのような言葉を与えてくれるのか。酷評かもしれない。だとしたらどうするか。いやいや、そのようなことはない。不安と期待がない混ぜとなって、吉兵衛は眠れぬ夜を過ごした。

約束の日、吉兵衛は逸《はや》る気持ちを抑えきれなかった。才蔵が落ち着けと声を掛けてきたほど、飯をかき込み、とみ屋を飛び出した。歩いているのがもどかしく、いつの間にか走り出していた。前日に降った雨で通りはぬかるんでいたが、足先が汚れることを厭《いと》う気持ちもなかった。たとえ町狩野の画塾であっても、これから狩野の画法を余すところなく学び、絵師になる。己の描いた画で皆を驚かせる。その様を思い描くと、走りつつ笑みがこぼれた。

若い男にいわれた通り、裏へ回って訪《おとな》いを入れる。同じ男が現れ、ほっとしたのも束の間、男は吉兵衛の足下に画帳を乱暴に叩きつけた。

べしゃり、と音を立てて、ぬかるみに画帳が落ちる。

吉兵衛はかっと頭に血を上らせ、足を一歩踏み出した。が、男は冷たい眼を向け、

「お前の画はなんだ？　土佐か？　長谷川か？　それとも唐画か？　狩野を侮っているのか。このようながらくたを見せられるのは不愉快だ」

そういい放った。

「それは――法眼さまがおっしゃったのですか？」

吉兵衛は声を絞るようにいった。男は嗤《わら》い、身を翻した。

「それが答えだ。さっさと安房へ帰れ。縫箔屋なら十分食っていけるぞ」

男が裏口を閉めた。取りつく島もなかった。吉兵衛は画帳を拾い上げようとしたが、指先の強張りが取れなかった。期待に胸を躍らせながら、描き溜《た》めた画を一枚ずつ目打ちで穿《うが》ち、紐《ひも》で綴《と》じた。安房から持ってきた荷は数枚の着替えと、この画帳だけだ。泥にまみれた画帳を吉兵衛は怒りに任せ、踏みしだいた。

「これこれ、感心せぬな、それは画帳であろうが」

いきなり背後から声を掛けられた吉兵衛はびくりと身を震わせ振り返った。蓬髪《ほうはつ》で、口と顎に髭《ひげ》を蓄えた老人が木戸から覗いていた。見られた。その瞬間、恐ろしくなった。自分の画帳を自ら踏みつける、その姿の惨めさ。吉兵衛は木戸を押し開け、まろぶように駆け出した。眼を瞠った老人が、

「おい、待て、お若いの、お待ちなされ。この画帳はなんだね、おいおい」

しわがれ声で吉兵衛を呼び止めたが、構うことなく走った。

くそう、くそう――。口から途切れることなく衝いて出る。悔しさだけが渦巻いた。

安房の保田では師を持つことなど出来なかった。吉兵衛は、ひとりで画を描いてきた。それでも楽しかった。次第に上達するのが己でも眼に見えて感じられたからだ。狩野も長谷川も土佐も独りで学んだ。それが、がらくたのひと言で仕舞いだ。

探幽は、ただの一枚も認めてくれなかったのか。

「縫箔屋なら十分食っていけるぞ」といった男の声が甦《よみがえ》る。父の吉左衛門まで貶《おとし》められた気がした。縫箔師とて絵心がなければ出来ない。刺繡を施す上絵が描けなければ、糸を刺せないのだ。

ああ、そうか。狩野は奥絵師だ。幕府に抱えられ、幕府の注文を受ける。奥絵師という立場に胡座《あぐら》をかき、己らが真《まこと》の絵師だと驕り高ぶっているのだ。

いまいましさに身悶《みもだ》えした。

どこをどう走ったのかさえわからなかった。熟慮するには吉兵衛はまだ若すぎた。すぐさま、絵師への道が断たれた、そう思った。

けれど、どの面下げて在所に帰れるというのだ。いま戻れば、不審に思われる。このまま江戸にいるしかないじゃないか――。

数年江戸に留まって、十分学んだと大手を振って帰ればいい。呉服屋の雛形《ひながた》でも数冊入手して、江戸ではこうした意匠が流行っているといえばいいのだ。父親には絵師の望みを隠していたのだから誤魔化すことも出来る。その後は、父と仕事をして、いずれは工房を継ぐ。父とてそれを望んでいるのだ。それで十分じゃないか。

幸い仕送りはたっぷりあった。父の吉左衛門の工房には、江戸だけでなく京からも注文が入ってくる。縫箔師として父の腕は広く認知されていた。銭には困らないという甘えがあったのも否めない。

いつ帰るか、いつ戻るか。どこかで呵責《かしやく》を覚えながらも、吉原に入り浸った。揚屋で馬鹿騒ぎをして、妓を抱けば、己の不甲斐《ふがい》なさを一時、忘れた。だが、町場に戻れば、またぞろ悔しさが甦る。きらびやかな風景は、一気に灰色に変わった。

吉原のしきたりにも慣れ、銭の払いもきれいな吉兵衛は、通人と持ち上げられ、どこの見世でも揚屋でも、下にも置かぬ扱いを受けた。とはいえ相手は商売。二十歳やそこらの若造を手玉に取るのは造作もなかっただろう。

吉兵衛は、妓に溺《おぼ》れ、妓の身体に身を沈め、江戸の繁栄の波にたゆたい続けた。どうせ縫箔師になれるのだという自堕落になっていた己がいるのも承知していた。そのような自分に向き合うことを避けているのもたしかだった。

結局、ずるずると十年が経っていた。その間、時々思い出したように筆を執ることもあった。けれど、その度に、狩野で受けた仕打ちを思い出す。画才を疑わなかった己の未熟さにも嫌気がさしていた。が、なによりも自尊心を粉々にされた、その屈辱、口惜《くちお》しさが己を苛《さいな》み続けている。筆を執ると指がいうことをきかない。一本の線すら引けない。絵筆までが、おれを馬鹿にするのか、と幾度、放り投げたかしれない。

江戸に来たのはなんのためか。在所では味わえなかった痛いほどの刺激を受けるためではなかったか。

華やかに着飾った娘たち、奇抜な恰好の武士。吉原の遊女たち、芝居小屋の役者。町の華々しさと騒々しいほどの活気。それらをすべてこの眼に焼き付けた時、なにかが生まれると思っていた。などというのも、今では詭弁《きべん》でしかなかったのだろう。己への言い訳だ。

いまにして思えば、江戸に出た早々、鍛冶橋狩野家を訪れたのは短慮だった。若かった吉兵衛にも落ち度はある。鍛冶橋狩野では、武家の子息ならば弟子にするが、町人の入門は許していないことを後から知った。だが、あの弟子と思しき若い男は狩野の開く他の画塾へ行けと言いながら、探幽に見せるといった。あれは、少しくらい画が描けるといって畏《おそ》れもなく探幽の門を叩いた無知な若者の鼻っ柱を折ってやろうという魂胆だったに違いない。けれど、吉兵衛には自信があった。眼に映る森羅万象すべてが描けると。その鼻は見事にへし折られ、当面の銭まで失い眼前は暗い闇に閉ざされた。闇を抜け出すために光を求めた。輝く煌《きら》めきに引き寄せられた。華やかな芝居小屋、艶やかな微笑を湛《たた》える妓たち——そこに身を置き、自分の不甲斐なさを閉じ込めた。

だから、先日、在所の父から届いた文に吉兵衛は呆然とした。「上絵を描いてくれ」と綴《つづ》られていたからだ。

保田から少し離れた百首村《ひゃくしゅむら》にある寿栄山松翁院《じゅえいざんしょうおういん》より、涅槃図《ねはんず》の縫箔と刺繡を依頼されたのだという。その元になる上絵を吉兵衛が描くようにといってきたのだ。松翁院を預かるいまの上人は、徳川《とくがわ》家の菩提寺《ぼだいじ》でもある芝増上寺《しばぞうじょうじ》とも関係が深く、徳川将軍家とも浅からぬ縁がある。

寺の宝ともなるべき涅槃図を制作することは、誉れだ。

筆など執れない。描けるはずがない。だから困惑している。ましてや、釈尊《しゃくそん》入滅の図である。乱れた心で描き切るのは無理だ。

さくらの小袖に刺繡を施したのは、ほんの気まぐれだった。上絵など描かずに、ただ、針の動くままにしていただけのことだ。あれは画ではない。

吉兵衛はだんまりを続けていた。

才蔵が苦虫を嚙み潰《つぶ》したような顔をする。

「話せないなら、今すぐじゃなくてもいいやな。おまえの好きにするがいいさ」

才蔵は険しい表情で立ち上がった。

三

吉兵衛は吉原の大門を潜った。丸川へと足を運ぶ。

店先に立っていた若い衆が、「こりゃ若旦那、お久しゅう」と頭を下げた。若い衆といっても、初老の男だ。顔馴染みの吉兵衛は、

「見世で、小紫はこっちにいると聞いたが。来ているのは馴染みかい？」

そう訊ねた。

いいえ、と若い衆が首を横に振り、すっと吉兵衛に身を寄せた。

「内緒でございますよ。若旦那だからお教えしますが、さるご大身のお旗本が裏を返しにいらしたんですよ」

「ふうん、ご大身か」と、吉兵衛は苦笑する。

「けど、どうにもご首尾がよくなかったようで」

不貞腐《ふてくさ》れてお帰りに、と若い衆は小刻みに肩を揺らした。

振られたのか、と吉兵衛は安堵《あんど》する。

吉原の大門が開いているのは昼間のうちだけだ。昼日中から遊べる者は限られている。暇な若旦那か、お大尽の商家の主人、そして武家だ。けれど、吉原では大名、旗本がやって来ようと態度は変えない。刀を預けるといった、吉原のしきたりを守ってもらうの

は無論のこと、床の相手をしようがしまいが、その選択も遊女に委《ゆだ》ねられている。

吉原では、身分を振りかざすほうが野暮。ここでは、ただの男として勝負するのだ。

小紫は他の妓のように手練手管を使わない。そうしてほしいなら別の妓に乗り換えればいいという女だ。

大身旗本であろうが、大大名であろうが、気に食わない男にはなびかない。そうした意気地に吉兵衛は惹かれた。そんな女に少しは惚れられているというのは、いい気分でもある。

「小紫が疲れていなければ座敷に呼びたい」

「へい、承知しました」

吉兵衛が敷居をまたぎ、三和土《たたき》に入るや、背後に足音がして、

「あ、吉さんだぁ、やっと来てくれたぁ」

聞き覚えのある声がした。吉兵衛が振り向く間もなく、いきおい背に飛び付いてきた。その重みと首に回された腕のせいで一瞬息が詰まる。

仰け反りそうになるのを堪え、吉兵衛は前にのめって叫んだ。

「こら、危ないじゃないか、さくらだろう。また酔ってるのか」

「酔ってなんかいないよぉ。お礼がいいたかったから、幾度もここに来たのにさ。この頃ちっとも姿を見せないって女将さんにいわれたんだ」

さくらは吉兵衛を詰《なじ》るようにいった。少し高めの声が吉兵衛の耳をくすぐり、痩身《そうしん》に

は似つかわしくないほど豊かな胸乳が背に当たった。

あの日、おさわに「大店の若旦那じゃないね」と、真を突かれて答えに窮したまま、吉兵衛は丸川を出た。それから、気後れして足を向けづらくなっていた。だが、やはり来てしまう。結句、ここにしかおれの居場所はないのだろうか。しかし、銭が尽きればここへも来られない。おれはまったく馬鹿者だ。

「私は礼をいわれるようなことなどしていないが」

「忘れちまったの。あたしね――」

ふと強い視線を感じて、さくらを背負ったまま、顔を上げる。小紫が妹分とともに廊下に立っていた。妹分は眼を丸くして吉兵衛を見ていたが、小紫は眉ひとつ動かさなかった。

「おい、さくら、降りてくれ」と、吉兵衛は小声でいった。

さくらは瞬時に状況を悟ったのか、吉兵衛の背から慌てて飛んで降りると、

「ただふざけていただけだよ。姐さんの客を取ろうなんてこれっぽっちも思っちゃいないよ。あたしはね、ただ、吉さんに親切にしてもらった礼がいいたかっただけなんだ」

小紫へ身振り手振りを加えて懸命にいった。

すると、小紫が、ふっと笑みを浮かべて身を翻した。妹分も吉兵衛に頭を下げて、その後を追う。

ああ、と吉兵衛は、ため息を吐いた。小紫を怒らせてしまったに違いない。これでは、

吉原の定めを破ったことになりかねない。小紫にはもちろんだが、小紫を抱えている三浦屋の楼主にも詫びなければならないな、と肩を落とした。

「お前のせいだぞ。勘違いされたじゃないか」

「ごめんよぉ、吉さん。そんなつもりじゃなかったんだよ」

さくらは申し訳なさそうに吉兵衛を上目遣いにきょろりと見た。

おや、と吉兵衛は思った。初めて会ったときとさくらの印象が違っていた。騒々しさは変わらないが、どことなく艶がある。化粧を変えたのか？と吉兵衛は訝る。

「おい、これで私が浮気者にされたらどうするんだ」と、怒ったふうを装った。

「三浦屋の小紫姐さんだろ？　こんなことぐらいで怒ったりはしないし、負ぶさったくらいで浮気だなんて悋気《りんき》するような肝っ玉の小さな姐さんじゃないよ」

さくらは鼻をうごめかした。なるほど、そんな心配をしているほうが、よほど見苦しい。小紫を疑ったことも申し訳ない。さくらに諭されたようで、少々悔しい。

「で、私に礼とはなんだね」

つっけんどんな物言いをした。

すると、さくらが、ぱっと顔を輝かせ、吉兵衛を見上げた。

「あたし、吉さんに縫ってもらったこの小袖で見世に出たら、すぐに客がついたんだよ。それも上客。ずっと来てくれなかった間夫も。本当にこの小袖のおかげ。吉さんのおかげ。吉兵衛大明神さまさまだよ」

さくらは両手を合わせた。吉兵衛をきっちり拝んでいる。

「そう持ち上げられても困るが、それはよかった」と、吉兵衛はさくらを眺める。やはりあれから、ずいぶんと変わった。客が取れたという安堵の思いもあるのだろうが、なによりさくらから感じるのは身の内から滲《にじ》み出る自信、というものだろうか。酔って吉兵衛に雑言を吐いた女子《おなご》とは思えない変わりようだった。

それでね、とさくらは吉兵衛を窺い、「お願いがあるんだよ」とおずおずいった。

「お願い？」と、吉兵衛は訊《き》き返した。

さくらは紅を刷《は》いた唇を軽く嚙む。考えるような仕草をして、吉兵衛から眼を背ける。しびれを切らした吉兵衛が、さくらに問い掛けようとしたとき、

「あれまぁ、ふたりして三和土に突っ立ってなにをしているんだえ」

おさわの声がして、吉兵衛は振り返った。

「ああ、よかった。女将さん、吉さんに話があるの」

ちょっと、あんた、うちの常得意を困らせるんじゃないといったはずだ、とおさわが眉をひそめた。

「違う、違う。頼みなの。吉さんにしかできないお願いなんだ」

さくらが懸命にいい募る。はあ、とおさわは簪《かんざし》を抜いて、頭の後ろを搔く。

「ここにいたんじゃ商いの邪魔だし、客にも妙に思われる。あたしの部屋においでな」

「女将さん、ありがとうおざんす」

さくらは前を軽く摘《つま》み上げて、しおらしく辞儀をした。ったく、ちゃっかりしているよ、こういうときだけ廓言葉かい、とからかうようにおさわがいった。

「駄目だ。小紫を呼んでいるんだ」

「あれ、小紫なら湯に入りたいって、三浦屋さんに帰ったよ」

裏口からか。吉兵衛はさくらを横目で睨《ね》めつける。

「悪いねぇ、吉さん。座敷は用意させるから、小紫が戻るまで付き合っておくれ」

おさわがとりなすように笑みを見せた。

さくらの頼みというのは、刺繡を他の妓の小袖にも施してほしいというものだった。

「ね、あたしみたいに客が取れない妓がたくさんいるの。だから、あたしの運をおすそ分けしてあげたいのよ」

おさわが、長火鉢の縁に腕を乗せて、煙管を喫んだ。

「そんなことしたらあんたを選ぼうとした客がそっちの妓にいってしまうかもよ」

さくらは意外だというように眼を丸くした。

「嫌だ、女将さん。構わないじゃない。客が集まれば見世だって潤うし、あたしたちも早く借金が返せる」

「けどねぇ、吉原の妓に無地や縞《しま》の地味な小袖を着せるのは、遊女と町場の女とを分けるためなんだ。あんたたちには縫箔や刺繡なんて贅沢《ぜいたく》なんだよ」

さくらは横座りに、玉結びした髪をもてあそびつつ、

「だって、吉さんならやってくれるって、同じ端女郎の姐さんや妹分にいっちゃった」

そういって唇を尖らせる。おさわは呆れて、ぽかんと口を開ける。と、さくらが吉兵衛の膝元に這ってきた。

「いいでしょう？　ついこの間まで、客が取れなかったのにさぁ。急に客が取れるようになったんだよ。だから、皆、羨ましがっているんだ。それに、こんなに綺麗な刺繡は見たことがないって。きっとこの小袖と帯があたしに運を授けてくれたんだもの」

吉兵衛は、顔を歪《ゆが》めた。さくらの小袖があまりに粗末であったので、ほんの気まぐれでしたことだとはいえなくなった。さくらに客がついたきっかけは小袖だったかもしれないが、さくらの持っていた良さを引き出したに過ぎない。

それにしても、己だけでなく、ともすれば客の取り合いになる他の妓にも運を分けてあげたいという。なんとも大らかで面白い女子だと、吉兵衛は思った。

不意に小紫の整った横顔が浮かび上がる。まったくふたりの性質は異なる。

「吉さんがやってくれないとさ、あたし、姐さんたちにお仕置きされちまうかも」

と、すがるような眼を向ける。

「今度は脅しかい。詮方ないね。吉さん、ちょっとだけやっておあげよ」

おさわがいった。吉兵衛は、参ったと思いつつ、仕方なく頷いた。

「妓たちの小袖を持って来るといい。ただ、幾枚もあったら当然それだけ時がかかる。

待つことが出来るか？」

いいの？　と、さくらが眼を輝かせた。

その日を境に、吉兵衛は吉原に遊びに来ているのだか、刺繍をしに来ているのだか、わからなくなった。さくらを抱える桐屋の女郎から噂が立ち、とうとう他の妓楼にまで及び、吉兵衛は丸川のおさわの居間でほぼ毎日刺繍を施す羽目になった。

一日に少なくても五枚、多い日には十枚。布を張る木枠と刺繍針、糸も何色も用意させた。

本来刺繍を施すのは反物の状態のときだ。単《ひとえ》ならまだいいが、初冬では皆、袷《あわせ》の小袖だ。そのため、やり辛くもあったが、洗い張りなどしていては手間と時がかかる。吉兵衛はままよとばかりに針を運んだ。

吉兵衛は妓に会って望みを訊き、その上で、文様を決めた。妓によって似合いそうな色、意匠を変えるためだ。さくらの小袖のようにもともと花模様があり、それに刺繍をすることもあるが、縞や無地の小袖には、新たな模様を描かざるを得なかった。冬の意匠として福良雀《ふくらすずめ》と笹の葉、波千鳥、吉祥文様の宝珠、打出の小槌《こづち》、玩具《おもちゃ》の手鞠《てまり》や扇子に草花――。

ひと針ひと針刺すにつれ、吉兵衛の頭に、父親の工房で眼にしてきた文様の数々が甦る。筆の穂で点を打ち、上絵を描くにも迷いがない。

不思議だった。画を描く時には、いうことをきかない筆が、指が面白いほど動いた。

出来上がった刺繍に妓たちが歓声を上げる。それぞれの小袖を見比べ、小躍りするさまは、男相手に媚を売り、手練手管を使って商売をしているようには見えない。町場の若い娘と同じように頬を染め、嬉しそうな顔を見せる。

妓たちも作業に没頭する吉兵衛を、ある者は眼を瞠りながら、ある者はうっとりと眺めた。妓たちから銭は受け取らなかった。せっかく客がついても、なにやらその上前をはねているような気がしたからだ。

その代わり、揚屋は丸川を使うよう客にいってくれと頼んだ。揚屋同士の決まりもあるだろうが、客の要望であれば、妓楼も他の揚屋を無下にはできないはずだ。

針を運んでいると、安房で暮らしていた頃の暮らしが頭に浮かんでくる。父親、母親、三人の姉と弟妹、そして三人の奉公人。糸巻きに巻かれた金糸銀糸に五彩の糸。刺繍に用いる糸は縒りをかけない幾本かの絹糸を合わせたもので釜糸と呼ばれる。そして刺繍には、平繍、相良繍、斜繍などの縫い方があり、その文様にもっとも合う縫い方を選ぶ。

縫箔は、布の上にあらゆる物を浮かび上がらせる。山水の意匠は一幀の画幅を思わせ、背景に箔を摺り込んだ花鳥の意匠は屏風絵にも劣らない。粗壁でも華やかに飾るであろうそれは、女人のしなやかな身を包む衣装になる。どれほど美麗か。母の里が安房だったとはいえ、なにゆえ父は江戸でその腕を振るわなかったのか。それが悔やまれる。

けれど、違う。おれが追い求めているものは父とは違う。いまこうして筆を持てるのは、ただの模様であるからだ。

ひとりの妓が「こんなに画が上手いなら絵師にもなれる」といった。吉兵衛は応えなかった。これは画ではない。画には描く者の思いがこもる。決められた意匠や模様を描くだけではないのだ。見る者を惹きつける、絵師としての思い、筆意をそこに反映させなければならない。おれはまだそれを持っていない。

雨が降り出した。冷たい雨だ。客が途切れたのをいいことに、さくらは見世を抜け出して、丸川にいる吉兵衛の許に顔を出した。

手にはどこからくすねてきたものか、大徳利をぶら提げ、盃をふたつ持っていた。

「姐さんたち、皆喜んでいるよ。本当に面白いほど客が寄ってくるんだもの」

「そうか。しかしね、お前のせいで私はへとへとだよ。こう毎日毎日、刺繍をしなければならないからね」

「いいじゃない。人を喜ばせることってなかなかできるもんじゃないよ」

さくらが、吉兵衛の肩をぱんと叩く。慰めているつもりなのだろうか。利いたふうなことをいう、と吉兵衛は力なく苦笑した。

「ねえ、吉さんは縫箔屋の若旦那なのかい？」

「違うよ」

「じゃあどうしてそんなに上手なんだい？」

「父親の見よう見まねだ」

さくらは小首を傾げた。

「お父っつぁんが縫箔師なら、やっぱり若旦那だ」

「そんな大層なものではないんだよ」

「嘘つかなくてもいいよ。といってもここは、吉原。嘘だらけだけどね」

「嘘ではない。私は満足に画も描けない、縫箔刺繍の技も一人前とはいえない。だいたい、在所の父親から頼まれた画を描くこともためらっているんだからな」

え？　とさくらが不思議そうな顔をした。

「おかしいよ、どうして筆を執らないのさ。どんな画か知らないけど、親父さまは、吉さんなら描けると思って頼んできたんだろう？　描けばいいのにさ」と、さくらがうつ伏せに寝転がって、頬杖《ほおづえ》をつき、針を運ぶ吉兵衛の手許を楽しげに見ながらいった。

「お前さんに話したところで詮無いことだよ」

「そんなことないよ」と、さくらが唇を尖らせる。

吉兵衛はちらとさくらへ眼を向けた。さくらは折った膝を交互に動かしている。小袖の裾が捲《めく》れて白いふくらはぎが剝《む》き出しだ。その無邪気な姿に吉兵衛はほっこりした気分になる。

こんな光景をどこかで見たような気がした。

ああ、そうだ。妹のをかまだ。吉兵衛が上絵の修練をしていると、必ずをかまが傍に寄って来て、兎を描いて、猫を描いてとねだってきた。

そのをかまとさくらが重なるのだ。をかまもいい娘になっただろう。たぶん、さくらと歳もさほど変わらない。海辺の村で波音を聞きながら、家業を手伝い、穏やかな暮らしをしている妹。一方で文字通り身を粉にし、働くさくら。

「聞いてあげるよ、吉さん」

さくらがにこりと笑って白い歯を見せた。

「生意気な口を利くなぁ。お前に私の心の内がわかるもんか」

吉兵衛が少し面倒くさげに返すと、さくらが急に身を起こした。

「話しもしていないのに決めつけないでよ。だってさ、吉さんは嫌な顔ひとつ見せないでこんなあたしたちのために綺麗な刺繍を施してくれた。銭だって受け取ろうとしない――」

さくら、と強い口調で吉兵衛はいうと眉根を寄せて、針を持つ手を止めた。

「こんなあたしたち、なんていってはいけないよ。お前さんたちは――」

お前さんたちは？　さくらが険しい眼をして挑むように問い返してくる。

吉兵衛は言葉に詰まる。吉原は四方を堀に囲まれた、廓。落籍《ひか》される妓はよほどの運の持ち主だ。たとえ年季を勤め上げても、すでに帰る家もなく、妓と客の間を取り持つ遣《や》り手となる女もいた。妓の多くが病を得て死んでいく。そしてようやく大門の外に出られるのだ。

黙っている吉兵衛にさくらがふと頬を緩めた。

「ここは嘘だらけだけど、まこともあるよ。ねえ、吉さん、ちょっとだけ表に出ようよ」

「雨だぞ」

吉兵衛がそうたしなめる前にさくらが手を引いた。吉兵衛は、下駄《げた》を突っかけ、傘をさして表に出る。さくらがいるので肩先が雨に濡《ぬ》れた。通りに客はまばらだ。弁柄格子の中にいる妓たちがよく見える。皆、しどけなく座って、仲間と談笑している。煙管を吹かす妓、こっそり菓子を頬張る妓もいた。

「みんな、きれいだろ？　吉さん」

ああ、本当だ、と吉兵衛は呟いた。雨が作る銀幕越しに、吉兵衛が刺繍を施した小袖を纏った妓たちの姿は、女の色気に溢れていた。これはなんだろう。

「みんな、ただの女なんだよ。他人から少しでも優しくされたり、きれいな物を着たりすると、心も身体も嬉しくなっちまうのは、ほんとだよ。そこらの町娘と変わらないってことを、吉さんに知ってほしかった。お礼のつもりだったんだけどね」

そうじゃない、そうじゃないぞ、さくら。

「町娘など敵《かな》わない。皆、ここで懸命に生きている女ばかりだ。それこそ生身ひとつ、身を削り。それが」

心を打つのだ――。

「でもさぁ、そんなきれい事じゃないよう」

吉兵衛の隣を歩くさくらが、するりと傘の内から抜け出した。

「この世は憂き世なんだ。ここにいる妓たちがみんな楽しそうに見えるかい？　違うよう。楽しくないけど、楽しまなけりゃやってられないんだ。可笑しかったら腹を抱えて笑うんだ。悲しけりゃ涙が涸《か》れるまで泣き喚《わめ》くんだ。怒るときには本気で怒鳴るんだ。だってさ、生きてここを出られるかどうかもわからないんだから。それがまことのことだから」

心を浮き浮き浮き立たせないと、ほんに涙が出ちまう、とさくらは、雨に打たれながら、水溜《みずたま》りを避け、童のように跳ね回る。

「だから憂いばかりの世だと諦《あきら》めたら負けなんだ。浮き浮きさせる浮き世と思って生きてるんだ」

大門の前まで来て、さくらがぴたりと立ち止まる。門扉は開放されていても、足の先端すら出すことが許されない。

「憂いばかりの世を浮き世として生きている？」

弁柄格子の向こうの妓たちは、顔には笑みを浮かべながら、心の内では落涙しているのかもしれない。きれいな意匠などわずかな慰めに過ぎないではないか。

そうだよ、廓の女はみんなそうさ、とさくらは空に向け、大口を開け、舌を出した。

雨粒が顔に当たり、舌の上にも載る。

「雨水を飲むんじゃないぞ。ほらほら、ずぶ濡れじゃないか。傘に入りなさい」

「この雨は堀の外にも同じように降っているのにな。ねえ、堀の外の雨水は甘いかな、辛いかな」

甘いか、辛いか——吉兵衛は決めることをためらった。堀の外も甘いばかりではない。かといって、辛いだけでもない。

憂いていては生きられない。だから浮き世として生きる。おれはこれまでなにを見てきた。なにをしてきた。こんなにも必死に生きる女たちを眼にしながら——いいや、なにも見えていなかったのだ。見ないふりをしていたのだ。

おれも、憂き世に生きているのだと、気づきたくなかったせいだ。

どこぞの若旦那を気取り、江戸の享楽に身を委ね続けた身の浅はかさ。結句、故郷に戻れば済むと思っていた身勝手さ。

芝居小屋の役者たちは、きらびやかな衣装と派手な化粧の下に弛《たゆ》まぬ努力を隠している。苦界に住む妓たちは、本心を隠しながら、ほんの一瞬、最上の笑顔を見せる。それは、憂き世を浮き世に変えたいからだ。

なぜ、筆を持たなかった？　なぜ、画を描かなかった？　無為に過ごした歳月が悔やまれる。狩野を逆恨みして、報われぬ自分を呪《のろ》っていただけだ。

と、さくらが身を翻し、傘の中に戻って来た。

「吉さん。なんだか、あたしの小袖が一番、地味に見えるんだよね。あたしが最初だったのにさ。皆のほうが派手でいいなぁ」

拗ねたようにいった。

おさわが珍しく酒臭い息を吐きながら、居間に入って来た。足下もおぼつかず、くずおれるように膝から落ちて、横座りした。

「はあ、疲れた疲れた。強欲な爺《じい》さんどもの相手をするのは骨が折れるねぇ」

吉さん、白湯《さゆ》をおくれ、とおさわがいう。

吉兵衛は何事かと、針の手を休め、長火鉢から鉄瓶を取り、湯飲み茶碗に湯を注ぐ。礼をいったおさわはひと息に飲み干した。

「たまには呑んで息抜きか。揚屋の女将も楽じゃない」

「よしとくれ。そんなんじゃないよ。聞いとくれよ、吉さん。お上からのお達しでね、吉原を他所《よそ》に移さなきゃならなくなったのさ」

おさわはそういうと、長火鉢の前に座って、再び息を吐く。

妓たちの間でも囁かれていたが、まことだったのだ。

「それで、揚屋と妓楼の旦那衆が集まっての寄合だよ。もうほとんど皆、あたしのお父っつぁんくらいの歳だからさぁ。小言が多い上に、くどいし。あたしが旦那に逃げられたことを未《いま》だにがたがたぬかすのはまだいいほう。女だてらに揚屋を切り回しているのが気に食わないっていうんだ。とんだ言いがかりもいいところ」

「それはご苦労だったね。丸川の評判がいいから妬《ねた》んでいるのだよ」

「あはは、そうかもねぇ。ありがとう、吉さん」

と、おさわは吉兵衛をとろんと潤んだ瞳で見つめる。立ち振る舞いも表情も、常に凜《りん》としているおさわの乱れ姿を初めて見た。

「あたしの祖父《じい》さんの話じゃ、葺屋町に吉原が出来たころは町の名通り、葭が一面に広がってたそうだよ。あたりもそんなふうで、人より狸や狐が多かったんじゃないかね」

おさわが冗談めかしていった。しかし、江戸が繁栄するにつれ、人が流入し、新たな町が次々生まれ、広がっていった。江戸の初めの頃、町屋の中心地から離れて設けられたはずの吉原は、いつの間にか町中《まちなか》に鎮座する形になってしまった。

「しかも、通りを挟んで、村山座、猿若座、操《あやつ》り座なんて芝居小屋まで建ち並んじまっているだろう？　お上からいわせれば、芝居小屋と吉原は人心を惑わす悪所だ」

そんなものが町屋の中にあるのが目障りなんだろうさ、とおさわは唇を歪めた。

さらにいえば、遊興三昧《ざんまい》で政を疎《おろそ》かにし、大金を積んで太夫を身請けするような大名や旗本もおり、幕府としては到底見過ごせなかったのであろう。

「それで、どこに移るんだい？」

それさ、とおさわは言葉を切って、今度は手ずから鉄瓶の湯を湯飲み茶碗に注いだ。

「日本堤《にほんづつみ》と本所《ほんじょ》。お上は、そのうちのどちらがいいかと訊ねてきた」

「本所だと大川《おおかわ》を舟で渡らなきゃならない。客足が鈍るだろうね」

大川には対岸の本所深川《ふかがわ》に渡る橋は架かっていない。渡し舟を利用しなければならない。

ふふっと、おさわが口元に手を当てる。

「吉さんは小紫会いたさで通ってくれるだろうけど」

まあ、それはそうかもしれないが。

「だからね、妓楼と揚屋の総意で、町屋からは、少し離れるけれど歩いて行ける日本堤のほうにしようということになったのさ。いまは浅草田圃《たんぼ》といわれている処だけど」

幕府は吉原移転にあたり、いくつかの条件を出した。現在の土地の一割五分増し、移転費として一万五千両を用意し、昼間のみだった営業を夜も許可する、などである。

どちらか場所が決まれば、すぐにでも普請に取りかかるのだという。

「こっちも壊さないとならないからね。祖父さんの時からだから、四十年か。あたしはここで生まれて育ったからね。ちょっとばかり寂しいよ」

芝居小屋もすぐそこにあったから、よく通っていたしさ、と続けた。

「近ごろ、親父さまの具合はどうなんだい？」

吉兵衛の問い掛けに、おさわは小首を傾げて、微笑んだ。

「なんとか飯は食えるけれど、ずいぶん弱っちまって。お迎えも近いかもしれないね」

「そんなことをいうものじゃないよ。育ててもらった恩があるのだから、子は親を看取《みと》ってやるのが恩返しだ」

などと偉そうなことを説いているおれはどうなのだ、と己に問う。在所を出て、未だ何の成果もないどころか、ただの道楽者だ。だから――決めた。

「それにしてもさぁ、そろそろ正体を明かしてくれてもいいんじゃないかえ。大店の若旦那さん。いやさ縫箔師さん」

おさわが、くすくす笑う。

吉兵衛は、「縫箔師、ではないよ。私は、絵師だよ」と、静かにいった。

「絵師？」

「そう、絵師ということにした。ぐずぐずしていた己ともおさらばしたいのさ。憂き世を浮き世に変えるためだよ」

「なにをいっているのかさっぱりだ。画の一枚も見せてくれたことないだろ？　刺繍の上絵は見たけどさ」

「この刺繍を終えたら、描くつもりだ」

すると、おさわはあらためて木枠に張られた布地を見て、眼を白黒させた。

「ちょっとそれ、反物じゃない？」

「ああ。さくらに誂《あつら》えてやろうと思ってね。新しい小袖だ」

「いいのかい？　小紫にいいつけるよ」

「これは、私に筆を執らせてくれたさくらへの礼なんだ」

吉兵衛は頭の中ですでに筆を揮《ふる》っていた。涅槃図の絵組は出来上がっている。

「へえ、やっぱりなんだかわかんないけど、画が出来たら見せておくれよ、ね」

おさわは、ごろんと横になった。そのまま間をおかずに寝息をかき始めた。

その日の午後、冬の陽が差し込む座敷で、小紫と同衾《どうきん》しながら、吉兵衛は語った。

「涅槃図には決まり事が多くある。それが大変なのだがね」

釈迦《しやか》の入滅で弟子たちがどのような様子であったか、鳥や獣たちも釈迦の死を悲しんで集まってきた、釈迦の母が雲に乗って迎えに来た、などをとうとうと話す。

「なんの説法でおざりんすか？　これまでの主《ぬし》さまは遊び上手なただの若旦那でいらしたが。いきなりお釈迦さまの話なんて」

「うーん、釈迦の母は小紫に似せて描こうか」

からかうようにいった。

「いやでおざんす。バチが当たりんす」

「そいつは困った。小紫が一番いいと思ったのだが」

「ならば、桐屋の端女郎ではいかがでありんす？」

吉兵衛は言葉に詰まる。小紫は、ふふっと笑みを洩らす。

「おや、困った顔をしていんす。ちょいと妬《や》けてしまう」

小紫が吉兵衛の胸に頭を乗せた。吉兵衛は芳《かぐわ》しい髪油の香りを嗅《か》ぎながら、小紫の背に手を滑らせた。吸い付くようなしっとりとした肌に触れ、吉兵衛の男が再び騒ぐ。

「妬いてくれるのは嬉しいな。けれど、さくらはお前さんとは違う。在所にいる妹と重なるんだ」

「妹さん？」

ああ、と吉兵衛は応え、小紫を抱き寄せた。

四

明暦《めいれき》三年（一六五七）の年が明けた。

吉兵衛は、才蔵一家と、とみ屋の職人らとともに初日を拝み、新たな年を祝った。

「描き上げた涅槃図はもう兄さんの許に届いているんだろうな」

ええ、と吉兵衛は応えた。才蔵は満足げに盃をかたむけた。

父はどのようにあの涅槃図を見てくれるだろうか。いま、持てる力のすべてをあの涅槃図に注ぎ込んだのだ。

「いい画だった。兄さんのことだ、きっといいものに仕上げてくれるぜ」

才蔵が、水引で飾った銚子を取り上げた。吉兵衛は一礼して盃を差し出した。

「この眼で見られねえのが惜しいがな。なんたって、横二間（約三・六メートル）の縦一間一尺（約二・一メートル）もあるんだ」

下絵でその大きさを描くのは無理だった。美濃紙《みのがみ》の縦約一尺、横約二尺大々判に描き、それを安房へ送った。それをもとに拡大してもらうのだ。

吉兵衛は酒を呑み干して、息を吐いた。

あれを描かせてくれたのは、吉原の妓たちだ。

おれは、描けないのではなく、描かない理由をのらくらごまかしてきたうつけ者だ。妓たちは、堀に囲まれた廓の中で鎬《しのぎ》を削り、身を削り、その日を生きている。安穏な暮らしとはほど遠い限られた空間の中で、妓たちは笑い、泣き、喜び、怒る。それは、憂き世としないための方便だ。生きるための嘘だ。

その姿が愛《いと》おしいと感じた。生きる姿が美しいと思った。いつか、この手で妓たちの姿を描いてやりたい。吉原で生きる女たちの浮き世を描くのだ。

「この世は憂き世なんだ。ここにいる妓たちがみんな楽しそうに見えるかい？　違うよう。楽しくないけど、楽しまなけりゃやってられないんだ」

さくらの言葉が思い出された。

おれもそうだ。憂き世と拗ねて、背を向けてはいられない。


一月十八日。才蔵の工房に住み込みで奉公している者たちが藪入《やぶい》りで親元に戻ったせいか、少しばかり里心がついて、落ち着きがなかったが、ようやく今朝は皆が張り切って仕事をしていた。吉兵衛は十二ほどの子に、画の手ほどきをしていた。才蔵から、「意匠の描き方を教えてやってほしい」と頼まれたのだ。才蔵も吉兵衛の心の変化に気づいていたのかもしれない。

なかなか手筋のいい子どもで、定木やぶん回し（コンパス）を用いて、すぐに三つ鱗や麻の葉模様などを描けるようになった。

おかげで、吉原にも芝居小屋にもまだ足を運んでいない。

本当なら、吉原に出向くつもりでいた。吉原には紋日《もんび》といって、正月や花見、五節句などの年中行事がある。その日、妓たちは馴染みに来てもらわねばならなかった。正月は松の内までが紋日になる。小紫には幾人も馴染みがいるからと思ってみたが、行ってやらない男はきっと詰られる。

けれどそれも承知の上だ。いまは、こうして工房の手伝いをしているのが張りになる。

「ああ、たまんないよぉ。春がどこかにいっちまったようだよ。風は冷たいし、強いし、土埃《つちぼこり》が髪の中に入り込んじまった。手ぬぐいをかぶって行けばよかったよ」

才蔵の女房が外出から帰るなり、文句を垂れた。

「このところ、とんとお湿りがねえからな。けど、そんなにすげえのか？」

「若いお嬢さんなんて、裾が開いちゃってさ、前を押さえなきゃ歩けないくらい」

「ははは、おめえの裾でなくてよかったなぁ。誰も見たくねえものな」

才蔵が軽口を叩くと、女房が風呂敷包みをかざすように見せて、「お前さんの好物の大福はあたしがもらうからね」と、ぴしゃりといった。

「なんだよ、大福を買ってきたのか。ああ、さっきのは嘘だ嘘だ」

と、才蔵が慌てる。工房内が笑いに包まれる。

皆で昼餉《ひるげ》をとり、再び工房で仕事を始めたときだ。

昼八ッ（午後二時頃）の鐘に交じって、半鐘の音が聞こえてきた。

奉公人が針を持つ手を止め、顔を上げた。

「親方、火元はどこでしょうね」

「うん、まあでもあの音の様子じゃ遠くだろうなぁ。大ぇ丈夫《でぇじょうぶ》だろう。けど、今日は風が強ぇ。用心に越したことはねえな」

「小父さん」と、吉兵衛は立ち上がる。才蔵がどうしたとばかりに、吉兵衛を見上げた。

「いますぐ荷をまとめて南へ逃げましょう」

工房内の皆が首を傾げた。

「音が風に乗って届いています。火の勢いが強ければ、こちらに向かって延びてくるかもしれません」

おいおい、と才蔵は軽く笑った。

「火元もわからねえんだぞ、いますぐ逃げなくても――」

才蔵は言葉を切った。別の半鐘が響き始めたのだ。段々と、音が移ってきている。

「迫ってきてからでは遅すぎます。いま受けている仕事が灰になりかねない。皆で手分けをして、道具を持ち、すぐに出ましょう」

吉兵衛がいうと、才蔵は早速、奉公人たちを怒鳴りつけた。

「いま抱えている仕事の布地、それと糸、針だけでいい。まとめて担げ。小せえ奴らは無理をするな。いいか、銭を出して買えるものは惜しいと思うな」

その言葉で、皆が一斉に動き始める。江戸はこれまでも幾度か大火に見舞われている。まずは逃げること。命を守ること。それがすべてに優先された。

吉兵衛らは、家を出た。が、その途端、眼を瞠った。

北西の方角。火が天を焦がすように燃え上がっていた。煙はもうもうと立ち上り、陽の光さえ遮っている。燻《いぶ》されるような臭いがここらまで届く。すでに相当延焼しているのだ。

半鐘が次々悲鳴をあげるように打ち鳴らされる。あの下で人々はどうなっているのか。

「風向きが悪い。こっちへ来るぜ。いますぐ逃げる」

才蔵が大声でいうと、南へ向けて走り出す。

「火消しが家を壊して回れば、途中で火も止まるだろうぜ。あっちまで行きゃぁ、安心だ」

吉兵衛はまだ遠くで燃え盛る火の行方を見ていた。

「吉兵衛、なにをしていやがる。早く走れ。そのうちここいらにも人が逃げて来るに違いねえ。身動き取れなくなったらおしめえだぞ」

幼い奉公人が眼に涙をためていた。才蔵の女房が奉公人の手を取る。

「駄目ですよ、小父さん」、と吉兵衛は叫んだ。才蔵が足を止めて振り返る。

「よけいなことをいわずに、とっとと走れ。てめえらもだ」

「いいや、この通りを行けば、大川です。行き止まりになる。後ろから火が迫ってくれば逃げ場がありません」

奉公人たちは才蔵と吉兵衛を見る。才蔵は顔を歪めた。

「大川の方へ行くのは得策ではありません。八丁堀《はっちょうぼり》を抜けて、芝の方まで行きましょう」

才蔵があんぐりと口を開けた。

「芝だと？　ここからどれだけあると思っていやがる」

半鐘が鳴り響く。迷っている暇はない。強風の上、ここしばらく雨も降っていなかった。からっからに乾ききった江戸の町は、わずかな火種で、付け木のごとく燃え上がる。風に煽《あお》られ、炎が揺れるさまが遠くに見える。

「よし。あっちにはおれの知り合いがいる。万が一、ここらが燃えても身を寄せられる」

才蔵は身を返して、八丁堀の方へと足を進めた。

通りには人々が飛び出して来たが、まだ火が遠くにあると安堵したのか、再び家に戻る者もいる。だが、それをすぐに後悔することになる。炎の勢いはぐんぐん増し、長屋から長屋へと生き物のように飛び移り、路地の木蓋《きぶた》は導火線のように走った。

火元は本郷丸山《ほんごうまるやま》にある本妙寺《ほんみょうじ》だった。駿河台《するがだい》、神田《かんだ》、日本橋を焼き、霊岸島《れいがんじま》にも及んだ。大川に向かった人々は逃げ場を阻まれ、猛火に襲われた。あるいは川に飛び込み水死した者が多く出た。大川に浮いた舟に飛んだ火が、対岸の深川に落ちた。勢いの激しさがいかほどだったかが窺える。

火は一昼夜燃え続け、翌日、ようやく衰えた。ところが、その日、小石川伝通院《こいしかわでんづういん》近くの武家屋敷から出火した。前日、かろうじて助かった市谷《いちがや》、京橋《きょうばし》、新橋《しんばし》を燃やし、炎は江戸城へも襲いかかった。天守閣、本丸、二の丸、三の丸を焼き、大名小路《だいみょうこうじ》の屋敷もことごとく舐《な》めつくした。火車が江戸の町を走り回っているようだ。

さらに、その日の夕方には麴町《こうじまち》の町屋からも火の手が上がり、堀端にそって、外桜田《そとさくらだ》から芝にまで及んだ。

知り合いの家に避難していた吉兵衛と才蔵らは、さらに逃げた。

「増上寺まで焼けるのか」

「もう江戸で焼け残ったところはねぇのか」

人々は恐怖のあまり叫び続ける。生きた心地などなかった。

逃げおおせる気がしない。人波に押されて、吉兵衛は懸命に走った。走りながら雪駄を脱ぎ、懐にしまい込む。火は高く、空をあぶるように昇っていく。

血の気を失い、顔を引きつらせ逃げ惑う人々の頭上に、火の粉が、まるで雪のように降り注ぐ。赤く熱い雪。荷車が一瞬にして燃え上がる。怒号、怒声、悲鳴、泣き声が途切れることなく響き渡る。

あたりが夕焼けの空のように赤く染まり始める。熱風に煽られ、身が熱くなる。

吉兵衛たちは、息も絶え絶えに愛宕山《あたごやま》へと登った。眼下に見える江戸の町は、まさしく火の海だった。

ああ、と吉兵衛が嘆息を洩らした。

火焔《かえん》が上がる。空を目指して昇っていく。まるで、龍のようだ。火龍が江戸を襲っている。これは、神仏の罰か。それならばその罪はなんであろう。

眠れぬ夜を過ごし、鎮火の報を受けたのは、翌日だった。

幕府はすぐさまお救い小屋を立て、焼け出された者たちへ飯と雨露をしのぐだけの場を与えた。春とはいうものの、まだ暖かさにはほど遠い。寒さに身を震わせながらも生き残ったありがたさを思わずにいられなかった。

芝の才蔵の知人の家は、かろうじて焼け残った。火がすっかり収まると、幕府は町の再建に取り掛かった。

各町での犠牲者を記した瓦版《かわらばん》が次々出た。死傷者は六万とも十万とも書かれている。町名だけでいえば、江戸の六割が焦土になった。だが、そこに吉原の記述がない。吉兵衛は居ても立ってもいられなかった。

「おい、吉兵衛、どこへ行くんだ」と、家から出て行こうとする吉兵衛の背に才蔵の厳しい声が飛んできた。

「吉原です」

「馬鹿が。あのあたりは焼け野原だ。柱一本残っちゃいねえぞ。いや、江戸がみんな焼けたんだ、わからねえのか」

才蔵が怒鳴った。

だが、吉兵衛は行かずにはおれなかった。妓たちが心配だった。己の馬鹿さ加減に気づかせてくれた妓たちが無事であってほしいと願った。

「小父さん、行かせてくれ。たしかめたら、すぐ戻ります」

吉兵衛は家を出た。

町は、酷《ひど》いありさまだった。風景が一変していた。

焼け焦げた家を懸命に掘り返す者がいた、ただ呆然と立ちすくむ者もいた。泣き崩れる女、名を呼びながら歩き回る男。火がすべてを飲み込んだ。わずか二日で、江戸を丸焼けにした。多くの人の命を奪った。

未だに燃えさしからぶすぶすと煙が上がっている。まだあちらこちらに残り火があるのだろう。

威容を誇った天守閣も哀れな姿を晒《さら》していた。その遥《はる》か向こうに、雪を抱いた美しい富士の姿が見える。それは残酷で異様な光景だった。

なにも、なにも残っていないのか――。

吉兵衛は、はっとして飛び退《の》いた。焦げた亡骸《なきがら》が転がっていた。腕に赤ん坊を抱えているように見えた。逃げ惑い、押し倒され、身動きが取れずにいたところに火が迫ったのかもしれない。その哀れさに、吉兵衛は両手を合わせた。

通りもなにもわからなかった。一面が焼け野と化しているのだ。

町役人や奉行所の役人、鳶《とび》、臥煙《がえん》たちが声を張り上げながら、墓標のように残った黒焦げの柱を倒して回り、崩れた家屋からは炭となった骸《むくろ》を引きずり出していた。

日本橋川からのぞむ芝居町も吉原も——焼け野原を駆け抜けた吉兵衛の眼前に大門がかろうじて、立っていた。これがなければ吉原であったことに気づく者は誰もいないだろう。業火は、容赦なく享楽の地を焼き尽くしたのだ。

揚屋も妓楼も跡形ない。

吉兵衛は、呆《ほう》けたままそこに立ちすくんだ。息をすることさえ苦しい。

「吉、さん？」

その声に、吉兵衛は振り返った。着崩れた小袖にところどころ焦げ跡のあるどてらを羽織ったおさわがふらふらと歩いて来た。

「おさわさん。無事だったか」

おさわが倒れこむように、吉兵衛の胸にすがった。が、そのまま力が抜けたように、ずるずるとくずおれた。

「お父っつぁんが、行けといったんだよ。おれはもういいってさ」

あたしは親を置いて逃げたんだよ、あたしが殺したも同然なんだ、とおさわが声を震わせ、嗚咽《おえつ》を洩らした。

吉兵衛はしゃがみ込んで、おさわの身を強く引き寄せた。

わあ、とおさわが泣き声を上げた。

第二章　挿絵絵師

一

　大火から五年が経過し、寛文《かんぶん》二年（一六六二）の年を迎えた。浅草田圃に出来た新吉《しんよし》原《わら》は夜の営業を許され、武士や大店《おおだな》の主人、行商人だけでなく、町人の客も増えた。

　夜は煌々《こうこう》と灯《あか》りがともり、大川の対岸から眺めても、そこだけぼうっと光って見えるという。不夜城と呼ばれるに相応《ふさわ》しい江戸名所のひとつとなった。

「お前さん、お前さん」

　おさわが丸川の玄関から叫んでいた。吉兵衛は広げた紙を前に、手にした筆を止めて、顔をしかめた。仕事を急がされているのだ。今日には仕上げ、版元に渡さなければならない。吉兵衛は、斜向《はすむ》かいに座っている女児へ眼を向けた。

「おたえ。お父《と》っつぁんはいま手が離せそうにない。悪いが、おっ母《か》さんに何用か訊《き》いてきておくれ」

　きちんと膝《ひざ》を揃えて座っていたおたえが、はいと応《こた》えた。おたえは、吉兵衛が画《え》を描き始めると、いつもこうして傍にいる。じっと筆の穂を見つめて動かない。吉兵衛は自分の幼い頃もそうであったことを思い出す。父吉左衛門が、縫箔《ぬいはく》の上絵を描くとき、黙って傍にいた。穂が紙面に墨を落とす起筆から、するすると筆が運ばれ、線が花や蝶《ちょう》になって現れる。おたえの眼にもそんなふうに映っているのだろうか。今年でおたえは七つになった。

吉兵衛は、新吉原にある揚屋丸川で月の半分を暮らしている。それ以外は、吉原の外に借りている長屋へと戻る。十年以上も世話になったとみ屋を出るのは寂しく、恩にも報いていない申し訳なさもあったが、才蔵も女房も、「実家だと思っていつでも遊びに来い」といってくれた。はからずも涙がこぼれた。

おさわとは祝言を挙げていない。が、周囲の者には、すでに夫婦と認められている。しかし、揚屋を営むのはあくまでもおさわであり、吉兵衛が口出しをすることはない。丸川の主人であったおさわの父親が患ってからずっとおさわを支えてきた古参の番頭もいる。亭主風を吹かせるどころか、吉兵衛の出る幕はないのだ。というより、吉原で散々遊んできたが、妓楼《ぎろう》や揚屋の裏事情までは知らない。おさわから聞かされる話に驚き、感心するばかりでなんの役にも立たない。もちろん、相談を持ちかけられれば、助言するが、それ以上は踏み込まないというのが、互いに交わした約定だった。

おさわは、丸川の座敷のひとつを画室として用意してくれたが、店が忙しい際には、長屋へ行くことにしている。妓《おんな》たちの嬌声《きょうせい》や音曲など、賑《にぎ》やかなことこの上ないからだ。騒がしくて集中出来ないというよりは、これまで培ってきた吉兵衛の遊び心がついつい湧き上がってくるのを我慢するためだ。

おさわは吉兵衛が長屋を借りる際、足を運んできたが、それ以降は、頑《かたく》なに大門の外に出なかった。

「あたしは三方を堀に囲まれたここで、生まれ育った女だよ。いまさら堀の外に出ようだなんて思わないさ」

と、きっぱりいった。

ただ、おさわと吉兵衛が夫婦暮らしをし始めた当初、口さがない者たちは、吉兵衛を髪結いの亭主ならぬ、揚屋の亭主だと揶揄《やゆ》した。が、誹謗《ひぼう》や中傷はいっとき我慢すれば、やがては収まるものだが、なにより吉原中の度肝を抜いたのは、大火後、浅草田圃に移ってから太夫《たゆう》となった小紫を袖《そで》にして、揚屋の女将《おかみ》と一緒になったことだ。

吉原では、馴染《なじ》みとなった妓に黙って、別の妓に手を出すのはご法度だ。だが、これが妓でなくて、揚屋の女将。お定めにはない異例のこととはいうものの、妓楼の主人たちも憮然《ぶぜん》とした。

しかし、廓《くるわ》の中での色恋は同じ。出てきたのは、小紫を抱える三浦屋だ。

小紫を伴い、丸川へやって来ると、苦り切った顔をして、妓楼と揚屋の主人たちの総意だと前置きをしてからいった。

「吉兵衛さんは、きれいな遊びをなさっていた。そいつはこの吉原中が知っております。外で女房をもらうのはめでたいことだがね、此度《こたび》はちいっとばかり事情が違う。もちろん丸川のおさわさんは遊女じゃない。けれど、同じくここで生きる者。小紫も恥をかかされた。揚屋と妓楼は、持ちつ持たれつでやってきている。ここは、ひとつ、手切れ金で手打ちとしましょう」

三浦屋は、吉兵衛を睨《ね》めつける。むろん吉兵衛に否やはない。

「これは小紫の口から出たことでね。なあ、小紫」

主人の横に座る小紫は、無表情で煙管《キセル》を口から離すと煙を吐き出した。吉兵衛は、背筋を伸ばした。その覚悟はすでに出来ていた。おそらく金子《きんす》でカタをつけるだろうとおさわもいっていた。その通りになったというわけだ。黙っている吉兵衛を睨めつけ、三浦屋はさらに続けた。

「なんでもかでも金子で丸く収めるのが吉原の習いだと思われるかもしれないが、うちの若い衆に命じて吉兵衛さんを半殺しの目に遭わせても、裸に剝《む》いて大門の外に放り出しても、潰《つぶ》された小紫の顔は元には戻らない。謝られたって口ばかりじゃなんにもならない。だったら、小紫がどれだけ辛《つら》く悔しい思いをしたか、吉兵衛さんの詫《わ》びの気持ちがどれほどか、金に換算するのがいっそ手っ取り早い」

「小紫。お前さんの言い値に従うよ」

神妙な顔で吉兵衛はいった。こうした相場がどのくらいなのか、きっと誰もわからないのだろう。だから、小紫に任せたい。

小紫は吉兵衛を見ながら、灰を落とした。いつもの豪華な煙草盆だった。誰から贈られた物かいつも気になっていた。小紫には、きっと深く心を通わせる情夫がいるのだ、と今更ながら詮無《せんな》いことを考えた。小紫が赤い唇をわずかに開いた。

「女郎同士ならば妬《や》けもするが、世話になっている丸川の女将さんなら否やはないでおざりいす。おさわさまはご亭主でご苦労なさったお方と聞いておりいす。けれど、なんの因果でありんしょう。ご亭主を女郎に取られたおさわさまが、此度は女郎から男を取るとは」

ただの偶然とは思いんすが、と小紫はくすりと意味ありげな笑みを浮かべて、吉兵衛を窺《うかが》い見る。

「とはいえ、ここはやはり、太夫の意地もおざりいす。どうか、吉さん、わっちのために二百両、ご用意していただけますか？」

二百両――！

吉兵衛の心の臓が口から飛び出すかと思った。そのような途方もない大金がすぐに用意出来るなら、里の親父から仕送りなど受けていない。だいたい二百両といえば、太夫の位にある遊女の身請け金に相当する。いや、それ以上か。それこそ、小紫を落籍《ひか》すことも出来る、と妙なことを思った。

それに、今の吉兵衛はほぼ文無しだ。あの涅槃図《ねはんず》の上絵を描き上げた後、もう仕送りはいらないと父の吉左衛門へ文を書いた。それが絵師として立つ為のひとつの覚悟でもあったが、もっともそのあと間も無くの江戸大火で物入りを心配した吉左衛門が見舞金を送ってきたのは、ありがたく頂いた。が、それは世話になっている才蔵の家の普請にあてた。

仲夏の強い陽が吉兵衛の横顔に容赦なく当たる。嫌でも汗が滲《にじ》む。

小紫は、身を硬くする吉兵衛を切れ長の眼で楽しそうに見やった。

二

おさわとわりない仲になってしまったのを、大火のせいにするのはあまりにもお粗末だ。しかし、動けない父を置いて逃げたことに対する呵責《かしゃく》が、おさわの心を蝕《むしば》んでいた。そんなおさわをほうっておくことなど出来なかったのだ。

火事の後、妓楼はすぐさま町家を借りて仮宅営業を始めた。いちいち面倒な手筈《てはず》を踏まずに遊べるとあって、普段は吉原に縁遠い町人らも押し寄せた。

浅草田圃への移転を進めている中での大火は、幸か不幸か、吉原の普請を早めることになった。八月には新吉原として再開する目処《めど》が立った。

それまでひとまずの仮宅営業であるため、今の内にと足を運ぶ者が多いのだ。

だが、遊女と客を取り持ち、宴席を張る揚屋は休業せざるを得ない。おさわは来る日も来る日も、元吉原《もとよしわら》の焼け跡で父親の骨を拾おうと懸命になっていた。丸川はわずかに黒焦げの柱が数本残っているだけだ。火勢の凄《すさ》まじさがわかる。おさわは、いましも折れそうな心を抱きつつも、気丈に振る舞い続けた。なんでもいい。父親がこの世にいたという証《あかし》があればと、そういい続けるその姿があまりにも哀れだった。初春といえど、寒風が吹きすさぶ。身が凍えるほどの日でもおさわは諦《あきら》めずに捜し続けた。

吉兵衛も焼け跡に日参した。おさわを手伝うだけでなく、火事場を漁《あさ》り金目の物を持ち去ろうとする輩《やから》が増えていたからだ。おさわに無体を仕掛けることもあろう。それを懸念してのことだ。だが、日が経つにつれ、そうした盗人《ぬすっと》まがいの奴らも減り始めた。

それだけ、吉原の燃え方は酷《ひど》かったのだ。

そうした間、吉兵衛の不安を駆り立てていることがあった。

空が鈍色《にびいろ》に覆われた、寒い日だった。

まだ、おさわの姿はなかった。その日、さくらと同じ桐屋の姐《あね》女郎と大門の前でばったり顔を合わせた。吉兵衛が小袖に縫箔を施してやった妓だ。どこから摘んで来たものか水仙を手にしていた。吉兵衛の顔を見るなり、妓の唇が震えた。それだけで、察しがついた。

さくらは、死んだのだ。

吉兵衛がさくらのために誂《あつら》えた新しい小袖を取りに二階へ上がったとき、妓楼が崩れ落ちたのだという。

なぜ。あんな小袖など、幾枚だって作ってやったものを。取りに行かなければ、助かったのかもしれないのだ。なんて愚かな女だ。命と小袖とどっちが大事か、考えずともわかりそうなものだ。吉兵衛は、怨嗟《えんさ》にも似た言葉をつぶやき続けた。

さくらによく似合う緋色《ひいろ》の小袖に、桜と菊の丸紋を施した。添えてやったのは緑の帯。

「ああ、桜の刺繡《ししゅう》が入ってる。あたしの名だ。吉さん、あたし、これを纏《まと》ったらもっとお客が取れるかもしれないよぉ」

そういって屈託のない笑顔を見せた。あの笑みは、本物だったのだろうか？

吉兵衛はまるで卒塔婆《そとば》のように突っ立っている大門をふらふらと潜った。

「旦那《だんな》、待ってよ。あたしも一緒に行くよ」

さくらの姐女郎が叫んだが、吉兵衛は聞き入れなかった。

「ねえ、きょろきょろしていると火事場泥棒だと思われるよ」

「心配ないよ、いつも来ているからね」

仲之町を進みながら、ここが江戸町、次が角町。ああ、あそこが桐屋か、その向かいが丸川だ。その奥を曲がると、小紫の三浦屋だ。小紫が無事でいることは、おさわから聞かされていた。三浦屋は太夫を抱える大籬《おおまがき》の見世《みせ》だ。いち早く、遊女を避難させた。

おさわは桐屋のことは言葉を濁した。その時から覚悟はしていたのだ。が、桐屋の仮宅の場所が知れても足を向けなかった。さくらの姿がないことが怖かったのだ。

吉兵衛は、ずっと近寄ることを避けていた桐屋の前にようやく立った。崩れ落ちた屋根が地べたに這《は》いつくばっていた。

おれはまた同じことをしている。認めたくないから、眼を逸らそうとした。胃の腑から苦い物が上がってくる。吉兵衛はたまらず、ああああ、と声にならない声を出し、その場に膝を落とした。

「――さ、くら。さくら。さくらぁ」

絞り出すように声を張った。吉兵衛は拝むように両手を組んだ。

「お前が教えてくれたんじゃないのか。そのお前がどうして死んじまったんだ。おれがお前たち遊女を描くと決めたのは、お前のおかげなのに」

お前の笑顔がおれを救ってくれた。おれが再び筆を執りたいと思ったのは、お前のおかげであるのに。

「心を浮き浮き浮き立たせないと、ほんに涙が出ちまう」

さくらは、そういった。遊女の姿を、その内面まで描き出したいと思った。

かたりと、遠くで瓦《かわら》が音を立てた。吉兵衛は、はっとして顔を上げた。すぐに腰を上げると、裾《すそ》を尻端折《しりはしょ》りした。草履を懐にしまい込み、屋根の上に乗って、駆け出した。がたがたと音がする。焦げた木が崩れて、足下が危うい。転げそうになっても吉兵衛は懸命に走った。なにかで足の裏を切ったせいか痛みに襲われる。

「旦那、おやめよ。危ないよ」

音がしたと思われる瓦を次々剝《は》がし始めた。梁《はり》なのか垂木なのか、天井なのかもうわからない。一階なのか、二階なのか。黒い炭のようになった木を摑《つか》んだ。どんなに力を入れようと、びくともしない。

爪が割れ、血が滲んだ。さくら、さくら――。吉兵衛は心の内で呼び続ける。

「吉さん。吉さん」

今しがたやって来たのか、おさわが飛んで来た。

「旦那を止めてよ、女将さん。さくらを捜そうとしているんだ。え、ちょっと、女将さんまで！」

おさわは、吉兵衛が剝がそうとしていた板きれを手にして、笑みをこぼした。ぐしゃり、と板が剝がれた。一尺（約三十センチ）ほど下に赤い物が見えた。吉兵衛は腕を下に伸ばして、摑み上げた。緋色の布。端に、桃色の桜の花弁が残っていた。ああ、この下に、さくらはいるのだ。

「男衆は誰かいねえのか。屋根の下から、早く出してやりてえんだ」

そう叫んだ吉兵衛の煤《すす》けた顔に冷たいものが落ちてきた。雪だ。風に吹かれ、桜吹雪のように舞い始めた。集まって来た者たちが声を掛け合いながら、屋根や重なった材木を除《の》ける。やがて引きずり出された亡骸《なきがら》に、吉兵衛は緋色の端切れを両の掌《てのひら》の間に挟んで合掌した。待たせてすまなかった。意気地がなくてすまなかった――。

その夜、吉兵衛はおさわを抱いた。

黙りこくっている吉兵衛に、しびれを切らした三浦屋は、苛々《いらいら》と声を荒らげた。

「あたしたち妓楼の主人も、揚屋の主人も、この世界で生きている者だ。人の恋路の邪魔だてをしようなんていう野暮はしない。だからこそ、呑《の》んでもらわないとね」

恋路？　吉兵衛は心の内で笑った。恋路などという甘ったるいものではない。互いに失ったものを補うために、求め合っただけだ。吉原で繰り広げられる夫婦芝居は、まさに泡沫《うたかた》。まやかしだ。夢を金で買うのだ。おさわと身体を重ねたのは、金でもなければ、夢でもない。自分を飾ることもない、偽ることもない、現《うつつ》だった。

「吉さん、わっちの望みは叶《かな》えていただけないのでおざんすか？」

小紫が首を傾げて、問うてくる。二百両は途方もない金高だ。

「いつまでもだんまりを続けていられても困るよ。そろそろ小紫も夜見世の仕度をしないとならない。確かに二百両は目の玉が飛び出るほどの金高だが、それは太夫の意地と受け止めてくれるだろう？　三方丸く収めるためと思えば、安いものだよ」

承知しました、と吉兵衛は背筋を伸ばし、小紫と三浦屋を交互に見てから、口を開いた。

「二百両、なにがなんでも用意します。ただし――」

吉兵衛は小紫を見つめた。

「私は、安房の里から仕送りを十年もらっていた。自分の稼ぎもないくせに、親父の金で遊び暮らしていた馬鹿息子だ。そんな男が、切り餅《もち》八つ、耳を揃えてお前の眼の前に置くのは到底出来るはずがない」

「おいおい、いってることがめちゃくちゃだぞ」と、三浦屋が声を張り上げた。

「とどのつまり用意出来ないということじゃないか？」

憤る三浦屋を鎮めるように、小紫がすっと煙管を胸元に差し出した。

「親父さま、頭に血を上らせてはよくおざんせん。吉さんのお話はまだ途中、終わりまで聞きなんし」

そう、やんわりいわれた三浦屋はむむと唸《うな》って、気持ちを抑えるために鼻から息を抜く。

「すまねえな、小紫」

吉兵衛は頭を下げ、詫びた。

ああ、やっぱりいい女だ。度胸もあって意気地もある。愛嬌がないのが玉に瑕《きず》だが、そこがこの女の魅力でもある。

「三浦屋さん、おれは、幾年かかろうと金を作ります。小紫が落籍されても、年季を無事終えても、金を払い続けましょう。それがおれのまことです。それでご勘弁ください」

三浦屋が眼を剝いた。

「なにを言い出すかと思えば、そんなことかえ。どうせ、丸川の上がりを掠《かす》め取ることしか出来んだろうが。安房の親父さまの次は、女房に食わせてもらうのかね」

情けなくて、怒る気にもならない、と三浦屋は吐き捨てた。

「遊び人は、死んでも遊び人でしかないのだ。小紫、どう思うね。お前がここを出ても払い続けるとさ。ばあさんになっちまうだろうよ」

だが、吉兵衛は膝を乗り出した。

「絵師として仕事を始めるつもりです。その稼ぎで必ずお支払いします」

は？　と眼をしばたたいた三浦屋が、腹を抱えて笑い出した。

「聞いたかえ？　小紫。吉兵衛さんは絵師さまだそうだ。それで二百両稼ぐと。ははは、絵師と呼べるのは幕府御用絵師、法眼の狩野探幽さま率いる狩野家だけだろうが。それ以外の絵師など、名もなき草と同じよ」

まったく、面白いお方だ、おさわさんもとんだ風来坊を拾っちまったものだ。世迷言《よまいごと》をいっている暇があるなら、丸川の台所でも手伝ったほうがよほど銭になる、と吉兵衛に嘲笑《ちょうしょう》を浴びせた。

「え？　どこでそのご立派な画を描かれるつもりですかな？　まるで夢物語だ」

吉兵衛は悔しさを押し殺す。

江戸にもむろん本屋はあるが、扱っているのはほとんど上方《かみがた》から入ってくる物だった。物の本といわれる、仏教書、学問書、歴史書、唐本、それらの写本や古書などは書肆《しょし》、書林という本屋が扱う。

挿絵入りの草双紙と呼ばれるいわゆる大衆相手の読み物は、草双紙屋で売られた。版行物は、京や大坂《おおさか》で作られ、江戸には新版物がほとんどなかった。

吉兵衛が江戸に来て眼にしていたのは、草双紙の挿絵だ。三浦屋がいうように、そこに絵師の名は記されていない。当時、絵師はその物語に画を添えるという役割だけで、自身の名など必要とされなかったのだ。挿絵は、狩野や長谷川、海北《かいほう》などの画を手本にし、修練した者、あるいは各派の弟子筋の者が描いている可能性があった。だが、どんなに巧者であっても、その名も、まして画号などない。

吉兵衛は、それを苦々しく思っていた。なにゆえ、画に己の名を記さないのか。草双紙の挿絵に名を入れることは絵師として恥であるのだろうか。ただの添え物である画を描くことは糊口《ここう》を凌《しの》ぐだけのものなのであろうか。

吉兵衛はそう思っていなかった。物語の挿絵の絵組は絵師が考えているのだ。そこには確かに絵師の思いがあるではないか。

それを誇ってはいけないのか。

「小紫、もうお暇《いとま》しよう。大門が開いちまうよ。太夫のお前がいなけりゃ吉原の灯りがぼやけてしまう」

三浦屋は、吉兵衛へ侮りの視線を放って、腰を上げた。

「親父さま、わっちは、吉さんのまことを信じましょう」

「な、なんだって。お前までそんな夢のようなことをいっているのかい？　確かに吉兵衛さんはいいお客だった。けどね、大店の若旦那だという触れ込みだったからこそだ。蓋《ふた》を開けてみりゃ、縫箔屋に居候していたどこぞの馬の骨だ。まあ、里は素封家なのかもしれないが、仕送りを断って絵師になるってんだよ。勘当されたに違いないんだ」

小紫は、唾《つば》を飛ばす三浦屋を無視して、吉兵衛だけを見据えていた。

吉兵衛も小紫を見返した。すると、小紫が不敵な笑みを浮かべた。

「親父さま。吉さんから二百両頂戴《ちょうだい》したならば、わっちは親父さまに借金をお返しし、ここを、大手を振って出て行きますが、それでもよろしいでおざんすか?」

三浦屋が、ぎょっとした顔をした。

「急になにをいうのだね。まだ太夫になったばかりだよ。お前が稼ぐのはこれからじゃないか。うちだって、お前にいま出て行かれたら、困ってしまうよ」

お前に執心しているお大名はどうするんだね、大店の主人もいるのだよ、それに新吉原になったばかりだ、と三浦屋はおろおろしながら眉尻《まゆじり》を下げ、それまで見せていた偉ぶった態度をすっかり引っ込め、小紫をなだめすかし始めた。

小紫は、冷めた眼で三浦屋を見やる。

「それならば、吉さんのいうことをこちらが呑むしかないでおざんす。幾年掛かろうと二百両を必ず払うといっているのですから。それに此度の一件は、わっちにお任せいただいたはず。妓楼の旦那衆すべての総意でおざんしょう。そのわっちがそれでよいといっているのですから」

むむっと、三浦屋が唇を曲げ、吉兵衛を睨めつけると、足を踏み鳴らして座敷を後にした。

小紫もその後を追うように立ち上がる。裾を捌《さば》き、吉兵衛に背を向けた。

「待て、小紫。お前、まさか初めからそのつもりで」

止める吉兵衛に、小紫が首を回した。いつもの通りの無表情。

「はて。なんのことでおざんしょう。では、吉さん、少しずつ少しずつお願いいたしんす」

すっと前に向き直り、小紫は出て行った。その横顔は凛《りん》として美しかった。太夫になってからいっそう、美貌《びぼう》に磨きがかかったように思えた。廊下に控えていたお付きの禿《かむろ》が、小紫の煙草盆を抱えて、吉兵衛にぺこりと頭を下げた。

三

はあ、と吉兵衛は画室で息を吐いた。

その小紫も二年前、けっこうな大店の若旦那に落籍された。あの煙草盆は、その若旦那から贈られたものだと知れた。

大門を出た小紫は、「空が広うござんす」とひと言いって、迎えの女駕籠《おんなかご》に乗り込んだという。それからすぐに小紫から文が届いた。桐《きり》箱に入った巻紙だ。

小紫のように太夫まで張る遊女は、芸事一式を仕込まれている。筆ももちろん立つ。流れるような仮名文字で綴《つづ》られた文には、時候に触れ、最後にいつか屏風絵《びょうぶえ》を描いてほしい、と記され、それを百八十五両二分で買い上げるとあった。

どこまで情が強《こわ》いのだか。吉兵衛は呆《あき》れながら、苦笑した。二年で渡した金子は十四両二分。そのぶんをきっちり引いてきた。

吉兵衛は、筆を執った。

「此度は、たぬきの画か」

上方で版行された童向けのお伽話《とぎばなし》の挿絵だ。童向きの草双紙は、わずか五丁（十頁）だ。文字が入った丁と挿絵の丁とに分かれている。その挿絵だけを差し替える仕事だ。丸川にやって来た絵双紙屋をおさわが仲立ちしてくれたのだ。それ以降、絵双紙屋の間で評判となったようで別の絵双紙屋からも注文が入るようになった。

だが、やはり名はいらないといわれた。

「子どもは画を見て、楽しんでいるだけだ。誰が描いたものなのか気にしないよ。それにね、話が面白けりゃいいんだよ」

どの絵双紙屋もはかったように、げらげら笑って、取り合わなかった。

それでもやはり得心がいかなかった。画は添え物でしかないのか、と吉兵衛は悔しさを拭《ぬぐ》うことが出来なかった。挿絵絵師などこんなものか——。

たぬき、たぬきと、ひとりごちながら吉兵衛は、積み上げてある草双紙を引っ張り出し、たぬきの画を探す。たぬきがそこらにいて写せればいいが、そうそうお目にかかれない。

こうして、他の名もない絵師の画を見て、自分なりの画にするのだ。

「お父っつぁん、お客さまだって」

おたえが戻って来た。

「いつもの絵双紙屋さんかい？」

ううん、とおたえが頭を振る。

「おっ母さんが、下の客間に通したから、早く来てくれだって。たぶん、お父っつぁんが驚くって」

驚くとはどういうことだ、と呟《つぶや》きながら吉兵衛は筆を置いた。おたえが文机《ふづくえ》の上を見て、眼を見開いた。

「わあ、たぬきだ。可愛らしいね」

「そうか、可愛いか。それはよかった」

吉兵衛は、おたえの頭を撫《な》でる。子どもが見て、可愛いと思ってくれれば、その画に間違いはないだろう。

「いいかい、ここにいてもいいが、筆や画を触ってはいけないよ」

「いつもいわれていることだから。触らないよう。ねえ、草双紙を読んでもいい？」

「それは構わないよ」

おたえは早速嬉《うれ》しそうに、山積みにされた草双紙を上から取って選び始める。子どもがもっと夢中になれるような作りに出来ないものか、と吉兵衛は考えつつ画室を出た。

階段を下り、客間へと向かう。おれが驚く客とは誰だろう。と、障子の内側から、おさわの声と、男の声が聞こえて来た。男はふたりいるようだ。ひとりは若く、ひとりは

年寄りといったところか。吉兵衛は廊下にかしこまり、

「お待たせいたしました」

声を掛けると同時に障子を開けた。

「ああ、吉さん、久方ぶりだね。覚えているかい、私だよ、私」

年寄りの方が声を張り上げた。その顔を見て、吉兵衛はたしかに驚いた。

三左衛門だ。かなり白髪が増え、歳を取ってはいたが、忘れるはずがない。

「ご息災で。めっきりお姿を見なくなっていたので心配していたのですよ」

相好を崩した三左衛門は、

「心配なぞしていなかろうよ。吉原の知り合いは、俗世に出れば他人だよ。町で会っても知らんふりだ」

そういって笑った。そういえば、三左衛門の敵娼《あいかた》は火事でひどい火傷《やけど》を負ったと聞いた。

「身請けして、ひと月もたなかったよ」

しんみりといいながら、酒を呑み干す。

「けど、それはあの妓にとっては幸せなことですよ。吉原にいたのじゃ、ろくな手当てもしない。死ぬのを早めてやるだけですから」

おさわが、銚子《ちょうし》を差し出し、三人の盃《さかずき》に酒を満たす。

それから、足が遠のいてしまった、と三左衛門は呟いた。

「それに新吉原はどうにも賑やかすぎてね。元吉原の頃のほうが、大らかだったが品があった。これも湯女《ゆな》が入って来たせいかもしれないね」

「ええ、吉原と湯屋とは格が違います。湯女にはしきたりもお定めもありませんから」

おさわが不満そうに口にした。

湯女は、湯屋に置かれた売笑だ。値も安いことから、町人に圧倒的な人気があったが、もともと幕府が公許の遊郭としているのは吉原だけ。湯女は私娼《ししょう》と見なされ、公序を乱すという理由から、新吉原に押し込まれたのだ。

「初会も裏もあったものじゃない。すぐに男と同衾《どうきん》するから、吉原にもともといる妓たちから文句が上がっているんですよ」

けれど、男にしてみれば、二度、三度のやり取りなど面倒だし、金もかかる。湯女に人気が傾くのも当然だ。

おさわがあからさまに不服な顔をして、若い男の盃へ酒を注いだ。

「だから品がないといっているのさ、悲しいねぇ」と、三左衛門がいった。

それにしても、吉さんとおさわさんが夫婦になるとはなぁ、と三左衛門がいうや、元吉原の頃の思い出語りが始まった。

おさわと三左衛門の話は弾んでいるが、若い男は時々笑みを浮かべて相槌《あいづち》を打っただけだ。吉兵衛も蚊帳《かや》の外だ。それで、この若い男は、誰なのだと吉兵衛は、ちらちら窺う。

すると、若い男が、眦《まなじり》の上がった細い眼を向け、吉兵衛に軽く会釈をした。

「鱗形屋孫兵衛《うろこがたやまごべえ》と申します。親父がお世話になりまして」

三左衛門の倅《せがれ》か、と呆気《あっけ》にとられた。歳は、まだ三十前だろうか。

「あら、大変失礼いたしました。あたしったら、すっかり昔話に花を咲かせちゃって。お前さん、あたしは、お店がありますから、これで」

と、おさわがそそくさと立ち上がった。では、ごゆっくりと障子を閉めた。

「申し訳ございません。慌ただしくて」

「なに、構わんさ。おさわさんが元気でなによりだ。親父さまを亡くして気落ちしていたと風の噂で聞いていたのでね。それを慰めたのが吉さんだったというわけか」

「まあ、そういうことにしておきましょう」

吉兵衛は、三左衛門の盃を受けた。

しかし、倅を連れての思い出話もおかしなものだと、内心思いつつ、盃を干すと、

「ははん、なぜ来たかという顔をしているね」

三左衛門が、倅の孫兵衛に顎《あご》をしゃくった。孫兵衛は、傍に置いてあった風呂敷《ふろしき》包みを吉兵衛の前へ差し出した。

「どうぞ中をあらためてください」

孫兵衛が低い声でいった。吉兵衛は訝《いぶか》りつつ、結び目を解《ほど》き、風呂敷を広げた。茶色のしみで汚れ、なにをしたのか紙もよれている。

これは――。言葉に詰まった。なぜこれがここに。

「懐かしいでしょう。いや、もう見たくなかったですかね。草履で踏んだ痕《あと》まで残っておりますものな」

三左衛門が口角を上げた。探幽屋敷の裏口で、悔しさのあまり踏みしだいた、おれの画帳。吉兵衛はそれを手にした。指先が震える。

孫兵衛が、落ち着いた口調でいう。

「驚くのも無理はありません。うちと懇意にしていたある方から譲り受けたものです。中を開いていただけますか」

吉兵衛は指先の震えを抑え込むように、丁を繰る。途端に総身が粟立《あわだ》った。

「――これはどうしたことだ」

と、思わず声が洩《も》れた。吉兵衛が描いた画のひとつひとつに朱墨が入っていた。鳥、花、獣、人などが二十数点あったが、筆法、画法がわかるように手直しされていた。その上、余白にはびっしりと書き込みがある。吉兵衛はそれを眼で追った。鳥の羽や足をどう描けばいいか、花を描くのに注意すべきことなどが、記されていた。

「これを一体誰が。懇意にしていたある方とは、誰なんです、三左衛門さん」

喉《のど》が渇く。ひりひりと張り付くようだ。声がかすれる。

「知っていなさるかね？　岩佐《いわさ》又兵衛《またべえ》翁だよ」

岩佐、又兵衛――だと？

「知っているもなにも――あの方は」

吉兵衛は言葉を呑み込んだ。

岩佐又兵衛は、浮世《うきよ》又兵衛とも呼ばれた絵師である。浮世と称されたのには所以《ゆえん》がある。

天下人に重用された狩野派は絵師の頂点を極めていた。四季花鳥、山水、神仏に至るまで画題は多岐に亘《わた》り、障壁画、屛風、掛け物など多くの注文に応えるため弟子を育て、工房化させていた。他方、又兵衛は和漢の古典に取材した画を多数描きながらもその画の力強さ、流派にとらわれない画風が広く認知されていた。さらに、京の名所を描くのが通例の、『洛中洛外図屛風《らくちゅうらくがいずびょうぶ》』で、又兵衛は、町中でたわむれる男女、宴《うたげ》や踊る人々など世俗的な場に主眼をおいた。

狩野派でも風俗画は試みられたが、又兵衛のそれには敵《かな》わなかったといわれる。世俗を描き、生々しい暮らしぶりを描いた。憂き世を浮き世として描いた又兵衛だったからこそ、それを冠した名で呼ばれたのだ。

そんな又兵衛を、吉兵衛とて知らぬはずがない。しかし、画を実際に眼にすることは叶わない。それは、又兵衛の注文主の多くが武家や豪商であったからだ。いくら吉兵衛が画を見たいと望んでも、挿絵絵師とは格が違う。いや、又兵衛が存命の頃は、自分は何者でもなかったからだ。

「豊頰長頤《ほうきょうちょうい》」

「ほう」と、三左衛門が吉兵衛の呟きに、感嘆の息を洩らす。

「やはり、ご存じでしたか」

江戸に出て来て、吉原と芝居小屋通いに興じていたが、その時々に評判になる絵師の動向くらいは知っていた。豊頬長頤は、豊かな頰に、長い頤《あご》という又兵衛独特の人物造形だ。そして、その筆遣いは、狩野、海北、長谷川、土佐、漢画、あらゆる流派のようであり、そのどれでもない、独自の世界を打ち出した。

吉兵衛はどこかで岩佐又兵衛という絵師を敬愛していた。出自は武家であるが、当時の絵師の諸流派に依《よ》らず、後ろ盾もなく、我が画道を貫いたからだ。福井松平《ふくいまつだいら》家に招聘《しょうへい》され、筆を執っていたが、将軍家息女の婚礼品の制作を任された又兵衛は、狩野を歯嚙《はが》みさせたのではあるまいか。なんと小気味がいいことか。以来、江戸に居住し、慶安三年（一六五〇）、七十三年の生涯を終えた。

吉兵衛は、奇《く》しくも戻ってきた己の画帳をしげしげと眺めた。ここに入っている朱墨が又兵衛の手によるものであるなら、その喜びは筆舌に尽くしがたい。

しかもその指摘は的確だった。捻《ねじ》れた葉の一枚をどう見れば良いか、どう描けば、そのように見えるか。形ある物を、紙の上に写し取るには、どういう眼で見る物を捉《とら》えるのか。

これは、又兵衛の指南書だ。まるで、手を取り教えられているような気もする。

「又兵衛さんは、これを狩野屋敷の裏口で拾い上げたそうだよ。法眼さまをお訪ねした日だったそうだが」

画帳を踏みしだき、逃げて行く若者に声を掛けた、という。

ああ、と吉兵衛の唇の間から思わず息が洩れた。それは、おれだ。ではあの時の蓬髪《ほうはつ》の老人が岩佐又兵衛だったというのか。なんてことだ。

「拾い上げて驚いたそうだ。見事な花鳥、魚介、木々、風景だったと、舌を巻いたといっていたよ」

「そ、それは、まことですか」

己でも驚くほど、つい大声を出した。吉兵衛は気恥ずかしさに顔を伏せる。三左衛門は、構いませんよ、と笑う。

「そんな嘘をついても仕方ないでしょう。わざわざ朱墨を入れたということは、画才を感じたからでしょう。そうでなければ、こんな面倒はしないとおっしゃっていたからね」

三左衛門さん、と吉兵衛は顔を上げ、思い切って訊《たず》ねた。

「どのようなお付き合いをしていたのです？」

「私は、お宅にも伺ったことがありますが」

吉兵衛は眼を見開いた。それをもし知っていたら。頭を床に擦《こす》り付けてでも、仲立ちを懇願したに違いない。一度でいい、この眼で又兵衛が筆を揮《ふる》う様を眼にしたかった。

吉兵衛は三左衛門を恨んだ。それがつまらぬ逆恨みとわかっていても、だ。

「まさか、画をお持ちとか？」

おずおずと三左衛門を窺うように訊ねる。

「戯れに描いてくださった立ち姿の美人画があります。小さい画ですが、せっかくなので掛け幅にしてございます」

それを、ぜひ、見せてください、と吉兵衛は勢い込んでいった。

三左衛門は、その様子を見て、嬉しそうに笑った。が、すぐにその笑みを引いた。

「それは出来ますがね、その前にお耳に入れたいことがございます」

と、いささかもったいをつけるように一拍おくと、煙管を取り出し、煙草を詰めた。

ふう、とひと口喫《の》んでから、口を開いた。

「たとえ、吉兵衛さんがこの画帳の持ち主だと知れても、又兵衛さんは会うことを望まなかったでしょうな。どのような理由があろうとも、己が精魂込めて描いた画をぬかるみに捨てていくのは許せないとね。しかも足で踏みつけているときてる」

吉兵衛は、はっとした。画帳を投げ捨てたのは、探幽の弟子と思《おぼ》しき者であったが、確かに足で踏みしだいて、立ち去った。おれは――。

「絵師を志す者が、ましてや入門を請うて訪ね来た者が、一時の憤激に駆られるなどあってはならぬと、又兵衛さんはおっしゃっていた。この者には確かな才がある。迸《ほとばし》るような思いがある。だが、心根が惜しい、と」

もしも、それでも画を描くことを続けていたとしたら、見込みがあるかもしれない、その時はこの画帳を返してやってほしい、と又兵衛から託されたのだと三左衛門はいった。

「又兵衛さん自身が画帳の持ち主を捜すのは、とても無理だからね。お歳だったし、お忙しい身でもあったのでね。任された以上、これを手に幾人もの絵師を当たってもみましたが、結句、わからずじまい。又兵衛さんが亡くなって、もう十年だ。まさか、託された画帳がねぇ、元吉原で顔見知りの吉兵衛さんの物だったとは。私の眼も曇ったもんだ」

三左衛門は、落胆を隠さずにいうと、火皿の灰を煙草盆の灰吹きに落とした。

「なぜ、こんなに時が経ってから、私の画帳であると気づいたのですか」

「あの大火事さ」と三左衛門が応えた。

「あの時、持ち出した行李《こうり》の中にこれが入っていてね。再び眼にして思い出したんだよ。そら、画帳の最後に刺繍の意匠があったろ」

吉兵衛は画帳を急いで繰った。確かに、刺繍の上絵用の画だ。その中にあったひとつの意匠に眼が釘付《くぎづ》けになった。

様々な花の意匠の中に、菊菱《きくびし》と桜があった。吉兵衛は目蓋を強く閉じる。

初めてさくらに会ったとき、粗末な小袖を見かねて、吉兵衛が戯れに刺繍を施した。それを纏ったときのさくらの嬉しそうな顔が浮かんできた。

──憂き世を浮き世として生きている。

そんなさくらの声が聞こえたような気がした。

「そう。元吉原の頃、吉兵衛さんが妓たちに刺繍を施してやっていただろう？　その中で、ほら、名はなんといったかな、桐屋の愛らしい妓だったが」

「さくら、ですか？」

三左衛門が膝を打った。

「そうそう。あの妓は火事で死んだそうだね」

「ええ」と、吉兵衛は頷《うなず》いた。

「かわいそうだった。いい妓だと、評判になっていたろう……。そう、それでね、あの妓が身に纏っていた小袖の意匠とこの画帳の意匠が似ていると、気づいたんだよ」

遅くなって、すまなかったね、と三左衛門が頭を下げた。

「そのようなことはおやめください。これを戻していただいただけで、もう」

「又兵衛さんは、その日、この画帳を法眼さまにご覧に入れたそうだ」

つまり、探幽が私の画を見た――？

吉兵衛は身の震えを抑えることが出来なかった。探幽はなにをいったのか。

「法眼さまは、又兵衛さんから花鳥の画を見せられた直後、汚れたこの画帳を自ら手に取られ――」

吉兵衛はごくりと喉を鳴らした。

「なにもおっしゃらなかったそうだ」

「なにも？」と、吉兵衛は三左衛門に質《ただ》した。

「そんな顔をしなさんな。吉兵衛さん。まだ話は終わっていないよ」

探幽は裏口に捨てられていたことから、弟子の誰かが、この画帳の持ち主に会ったのではないかと、居室に呼び立てたという。その場にいた、ひとりの若者が探幽の前に進み出、自分が対応をしたが、安房の縫箔屋の倅であり、そのような下賤《げせん》の者の画帳など、法眼さまのお目汚しになるだけだと、追い返したと申し出た。

「それを聞いた法眼さまは、えらくご立腹なされたらしい。又兵衛さんも驚いたといっていたよ。画を極めんとする者に身分など問うな、と咎《とが》められ、その場で破門を言い渡されたそうだ」

あの男か。縫箔屋なら食っていけるといわれたのを今更ながら思い出す。狩野を追い出されたのか。もしも、それを若い頃に聞いていたら、いい気味だと思ったろうが、いまは違う。探幽に破門されたとなれば、もう狩野で修業をしたとはいえない。あの男がどれほどのものかはしれないが、破門された後に名を成した者もいなくはない。しかし、それは天賦の才を持った者に限られる。おそらく、何者にもなっていないのだろう。

「まあ、法眼さまがなにもいわずとも、お手に取られただけでもすごいことだよ、吉兵衛さん」

「いいえ、もう十数年前の若造の頃のことですから」

吉兵衛の口から、気持ちとは裏腹な言葉が飛び出していた。おれの画は狩野探幽の眼にどう映ったのであろうか。やはり、職人の倅の画だと思ったのだろうか。

浮き世を描く又兵衛の眼と、幕府御用を務める狩野の眼は異なるのであろうか。

もし、あの時分にわかっていたら――いや、いいのだ。それでいい。

「ああ、これで肩の荷が下りた」

大声でいうと、三左衛門は、己の拳《こぶし》で肩を叩《たた》いた。

「ようやく又兵衛さんとの約定が果たせたのだからね。もっとも、又兵衛さんが存命のうちに渡したかったたが」

「とんでもないことですよ。先ほどもおっしゃっていたではないですか。悪所通いの私とはきっと会ってくださらなかった。そうしたご縁です。会わずとも繋《つな》がる。そうした縁もあるということでしょう」

そう。もし、江戸に出てすぐに、又兵衛や探幽に画才を認められたとすれば、きっと鼻持ちならない天狗《てんぐ》になっていた。よしんば絵師として、画号を得ていたとしても、それこそ破門された弟子と同じように、人を見下し、人を腐し、人を嘲《あざけ》っていた。

父吉左衛門の仕送りを頼り、悪所に通い、遊ぶこともなかったかもしれないが、おさわにも、小紫にも、さくらにも会うことはなかった。

だから、これでいい。回り道ではなく、これが私の道筋であったのだ。

「会わずとも繋がる縁か。それはいいね。吉原は三回会わねば縁が通じぬが」

三左衛門は、そういって笑った。

「確かに、その通りですね。面倒な縁ですよ」

吉兵衛は、三左衛門の盃に酒を注いだ。

「結局のところ、絵師は、手取り足取り画技を磨くものじゃありません。こうした指南書や絵手本で学ぶことも大事だと思っております。これは、感謝しかございません」

吉兵衛は背筋を伸ばし、深々と頭を下げた。

「やめようやめよう、お互いに頭の下げっこしても詮無いことだ。それより、吉兵衛さん、悪いが、今度はこいつの話を聞いておくれ」

三左衛門が倅の孫兵衛に眼を向けた。

「くだらないと思ったら、話の途中でも、やめさせていいからね」

「ひどいな、お父っつぁん。私は本気で考えているんだよ」

孫兵衛がいささかきつい眼を父親に向けつつ、銚子を取り、吉兵衛に差し出した。吉兵衛は膳《ぜん》から盃を取る。

「親父とも常々話してはいたのですが、鱗形屋は、よろず屋商いをしております。が、これからは江戸の本屋として、江戸の本を作りたいのです」

四

あまりにも突飛すぎ、吉兵衛は注がれた酒を呑まずに、訊ねた。

「吉兵衛さんも十分身にしみていらっしゃるはずだ。いまだに、江戸で読まれているのは京で版行されたものばかりじゃありませんか。新版本ならまだしも、写本や古本ときている。経典やら学問書、漢籍なら仕方がないと思えるが、子どもらが手にするような草紙までがそれでは情けない。しかも、挿絵だけを差し替え、江戸の本だ、というにはあまりにもお粗末だと思うのです」

吉兵衛はようやく酒を呷《あお》り、唸った。三左衛門の倅は一体何を企《たく》んでいるのか。吉兵衛は孫兵衛を見据える。父親のような遊び人の風情はその佇《たたず》まいからは微塵《みじん》も感じられない。背筋をぴんと伸ばし、口角をわずかに上げるその笑みはまさに商人という言葉がぴたりと当てはまる。孫兵衛はさらに続けた。

「五年前の大火から江戸はようやく立ち直ってきました。江戸にあった上方の文化はあの猛火とともに根こそぎ逝《い》ってしまった。そうは思いませんか、吉兵衛さん」

孫兵衛が身を乗り出してきた。

「それは、確かにその通りだと思いますよ」

あの焼け野原の江戸の町を見回したとき、どのような変貌を遂げていくのかを思った。それをこの倅も灰塵《かいじん》の町で感じていたのだ。

「しかしながら、まだまだ、江戸は京よりも劣っている。京の都へは上りといい、江戸へは下りという。御所のある京に文化はとても敵わないのかもしれません」

ですが、いま政の中心は江戸です。私たちは、将軍さまのお膝元にいるのです、と孫兵衛はきっぱりといい放った。

「だからこそ、江戸の版行物を出したいのです。写本や買い付けてきた古本を扱ってばかりいては、駄目なのです。これからは、江戸で、江戸の本を版行するのですよ」

孫兵衛は見た眼に反して、語り口に熱があった。思わず吉兵衛はその勢いにたじろぎながらも強く頷いた。

「つまり、地場の書物ということだね」

吉兵衛が訊ねると、ふん、と三左衛門が鼻で笑う。

「そこですよ、吉兵衛さん。つまりは地本。地酒と同じです。要するに、京の書物は物の本。江戸の本は、地本。どうも威勢のいい話じゃありません」

倅の孫兵衛をせせら笑った。

「なぜだい？　地本のどこが悪い。お父っつぁんは口を開けば、そういう皮肉ばかりだ。あの大火事から、江戸は大きく変わった。両国橋《りょうごくばし》が架橋され、本所、深川の整備も始まった。町はどんどん広がりを見せている。社寺が移転し、武家地が町屋に替わり、さらに賑やかになった」

「いいかえ、江戸はな、なにも作れない、ただ使うだけの場所なんだ。諸国から物が入ってこなければ、たちまち干からびる町なんだ」

三左衛門が異を唱える。

「それは逆だよ、お父っつぁん。諸国から物が入ってくれば、江戸はより豊かになる。豊かになれば人も増える。商いももっとしやすくなるんですよ」

吉兵衛は唸った。父子が、言い合っていることはもっともだった。けれど、孫兵衛のいうことのほうに分がある、と吉兵衛は思っていた。

確かに、江戸はこれからの町だ。生まれたての町だ。その町は一瞬で炎に包まれ、再び立とうしている。京坂《けいはん》が幾星霜積み上げてきたのか、途方も無い歳月を費やし、繁栄してきたのかを考えれば、江戸などとるに足らない新興の町だ。

だが、諸国から様々なものが入ってくることは町にとって大きなことだ。物が溢《あふ》れる。銭が落ちる。それが町をさらに大きくしていく。

「町が大きくなれば、その町としての自負が出てくる。ましてや将軍のお膝元だというのは大きい。だからこその江戸の新版本ですよ。町人たちは必ず欲し始めるはずですよ。江戸には江戸の物がほしくなる。江戸の絵師が描く本を。必ず手に取ると思うのです」

鱗形屋は地本問屋となり、新しい江戸に新しい風を吹かせたいのだ、と孫兵衛は頬を紅潮させて語った。

「いくつかの書物問屋とも話が進んでいます。それには、物語を書ける者もいなければならない、むろん絵師も必要です」

ぶるり、と吉兵衛は身震いした。江戸の絵師か、と心がぞめく。

「どう思われますか、吉兵衛さん。けれど、親父は頭が固く、困っております」

ちらり、と孫兵衛が三左衛門を横目で見やる。

「当たり前だ。江戸には、京の版元が店を出しているんだぞ。その者らが、江戸の地本など作るわけがない、いわんや江戸の版元が新版本など出そうものなら拒むに決まっている」

「いいや、いいや」と、孫兵衛は頭を振る。

「鶴屋《つるや》の喜右衛門《きえもん》さんは京からの出店ですが、私の思いを汲《く》んでくれておりますよ」

まず、版本を作るには、絵師、彫師、摺師《すりし》が必要だ。

筆で直接画を描く肉筆画であれば、絵師のみがいればいい。だが、広く大衆に書物を届けるためには、まずそうした職人から育てなければいけないのだ。それに加えて、文字を書く筆耕、版木を売る板屋。江戸にもまったく存在しないわけではないが、まだまだ調っていない。江戸で版本の制作が後れをとっていたのは、一歩も二歩も先んじていた京坂に依るところが原因でもあった。

「お前の熱意もわからんではない。しかし、考えてもみろ。江戸には三十万もの人がいるのだぞ。江戸の本屋は、それだけ多くの人々を相手に出来るほどの力も金もない」

「だからこそ、大きな商いとなる。大火事の時、なにを皆が欲していたか、お忘れですか」

三左衛門は、むっと唇を歪《ゆが》め、小海老《こえび》の甘煮を口に運んだ。

吉兵衛は、眼をしばたたく。なにもいまここで、親子で諍《いさか》いを始めることもなかろう、と呆れ返った。

と、孫兵衛がずいと膝を乗り出し、吉兵衛を見据えた。

「吉兵衛さんは、いかがですか。おわかりになりますか？　なにが求められていたか」

吉兵衛は、腕を組んだ。

「まずは、飯、水ですよ。それから雨露をしのぐ家屋だ。そのあとは、どうです？」

「銭、ですかね。仕事であるとか」と吉兵衛は遠慮がちに応えた。

孫兵衛が、違います、と残念そうに首を横に振る。

「瓦版や町触れですよ。どこがどれだけ焼けたか、どれだけ死んだか。お上がどう町を作るかという報《しら》せです。生き残った者たちは、いまがどうなっているのか知りたくなる。家族の安否が知りたくなる。それを叶えてくれたのが、瓦版屋です」

「なるほど」

吉兵衛は唸った。この倅は、先を見据えている。それが、地本に繋がったのだ。

「もちろん、瓦版だけではありません。絢爛《けんらん》豪華な武家屋敷はほとんど大火の後にはなくなりました。どれだけの威容を誇っても、炎の前には勝てるはずもない」

壮麗な武家屋敷が残したのは、黒焦げの柱や割れた瓦だ。それをそっくり再建するほどの余裕は武家にはない。国許《くにもと》から材木や普請のための職人を集めても限界はある。建て直しにどれだけ金子が掛かるか。

武家が金子の工面に四苦八苦する中、富を得たのは町人、商人だ。特に材木商、大工などの職人に至っては、復興景気の恩恵に与《あずか》った。武家屋敷が質素になる中、日本橋通りには間口の広い表店が並び、活況を見せはじめた。

「吉兵衛さん、江戸は常に動いている。本所深川の堀には人を乗せる舟が行き、大川には荷を運ぶ荷舟が浮かんでいます。日本橋の魚河岸は毎朝活気に満ちている。いまは、武家よりも町人、商人の方が勝っている」

そうして人の心に余裕ができたとき、

「求めるものが娯楽です」

孫兵衛は自信たっぷりにいった。

「それは、草紙であればいい。小難しい書物は学者や坊主に任せておけばいいのです。町人は違います。面白いもの、興味が引かれるもの、人と話題をともに出来るもの。そういったものを求めるのです。もはや公家《くげ》や武家の時代ではない。これから、金を動かすのは町人です。文化の担い手になるのは町人なのですよ。江戸で新しい文化を作り出すのです」

三左衛門が顔を歪め、孫兵衛の話に割り込むように、声を張った。

「京坂がどれだけ栄えていたか、わからんのか。江戸などまだよちよち歩きの赤子だ。上方の文化は、長い年月をかけて作り上げてきたものだ。洗練された上品さ、たおやかさがある。我が国の文化、そう、やまと文化そのものだ。それをお前は壊そうというのか。たかだか、六十年やそこらで大層なことをいうな。新しい文化を作り出すだと。夢物語だ」

「上方から文化を受け入れるだけではなにも変わらない。若い町だからこそ、出来ることがある。そう思っているのです。まずは、多くの人々の眼を引くもの、多くの人々を惹《ひ》きつけるもの、広く行き渡らせることが出来るものとして、ぴったりなのが版本であると」

吉兵衛は、これはひとつの契機であると思えた。

草紙は、軽い読み物である。これまでは女子や子ども向けのものが多かったが、男が、特に元服を済ませた成人男子が読みたいと思えるもの。それを物語と画で出来ないものか。

吉原、芝居――。

このふたつは江戸の悪所。しかし、いかがわしい香りが人をも惹きつけて止まないのもまた真実。

遊女を描きたい、その姿を写したい。そう思ってもきた。

それが、もしも叶うのならば。この孫兵衛と手を携えることができるかもしれない。

吉兵衛は、不機嫌な三左衛門と孫兵衛をじっと見た。と、

「お前さん」

おさわが座敷を覗《のぞ》き込むように障子をわずかに開けた。

吉兵衛はおさわの遠慮がちな様子を訝しんだ。幾分、顔色が悪いようにも思える。

「なんだい。どうした？」

「今、南茅場町から、お使いがありまして」

おさわの声音を沈んだものに感じたのだろう、三左衛門が吉兵衛に目配せした。

「申し訳ございません。ちょいと失礼させていただきます。ついでに肴《さかな》と酒を頼みましょう」

「ああ、いや、十分だよ。私らに気は遣わんでくれ」

では、と吉兵衛は腰を上げて、廊下に出た。

「どうしたんだ。いまな、大事な話をしている最中なんだ」

後ろ手に障子を閉じると、吉兵衛はおさわを小声で詰《なじ》った。おさわが吉兵衛の袖を引く。階段下まで来ると、おさわが眉間《みけん》に皺《しわ》を寄せ、吉兵衛を見る。

二階で宴席が張られている。今日は、昼から三つも入っている。相州《そうしゅう》から来たというお大尽と、神田の材木問屋の主人、日本橋の魚河岸の旦那衆だ。

賑やかな音曲と笑い声が階段を伝って下りてくる。

なるほど、吉原でも銭を落としていくのは町人だ。

「お前さん」と、おさわが声音を低くしながらも、強くいった。

「ああ、すまん。どうも気が高ぶっていたものだから。それでなんだい?」

おさわが吉兵衛を見上げる。南茅場町からの使いだといったでしょ? 聞こえなかったの? と、おさわが吉兵衛に言い聞かせるようゆっくりいった。

「そうだったな。才蔵の小父《おじ》さんからなにかいってきたのか」

「いい? よく聞いて。安房のお父さんが亡くなったの」

「え?」

吉兵衛は耳を疑った。一瞬、頭の中が真っ白になる。すべての音がかき消え、おさわの唇が動いているのだけはわかった。おさわが吉兵衛の両手を握った。

「しっかりして。お父さんが三日前に亡くなったのよ」

吉兵衛は、おさわがいった言葉を繰り返すように応えた。

「――親父が死んだ？」

おさわがこくりと首を縦に振る。

吉兵衛は、おさわの暗い顔を穴のあくほど見つめて、ようやく我に返り、笑みを浮かべた。強張っているのが自分でもわかる。

「そんなことがあるものか。ついこの間、おたえのために小袖を送ってきたばかりじゃないか。ほら、手鞠《てまり》と猫の刺繍を施した物だ」

「ええ、そうよ。おたえも大喜びだった。それを着たおたえに会ってみたいと、文まで添えてくれていたわ。あたしの前夫の子なのに、気を遣っていただいて」

おさわの声が震える。

まことなのか。親父は本当に死んだのか。

あれは、赤を基調にした色鮮やかな鞠と戯れる白猫の刺繍だった。愛らしく、美しいものだった。それを見た吉兵衛は安堵《あんど》もしたし、あらためて父吉左衛門の縫箔師としての腕の高さを感じた。

吉兵衛が上絵を描き、父が縫箔を施した松翁院の釈迦涅槃図も見事なものに仕上がったのは知っていた。必ず見に行くと、吉左衛門に文をしたためたが、結局、足を運ばなかった。どこかで郷里を捨てて江戸に出たという呵責が拭えなかったせいだ。父の工房を継ぐ気はなかった。絵師を志して安房を出たのだ。

郷里に戻れば、それを己の口から告げねばならない。それが怖かった。父はそんな吉兵衛の思いを知りつつ、送り出してくれたことは才蔵から聞いた。それと知りながら、十年もの間仕送りを続けてくれた。

どこかで、長子として定められた責から逃げ出した自分を恥じていたのかもしれない。己の画才を信じて疑わなかった。それが若い吉兵衛のただの驕《おご》りであったことを認めたくはなかった。

いまだにうだつのあがらぬ、画号すらない己を父の前に晒《さら》すわけにはいかなかった。

「そんな、急にいわれてもな」

吉兵衛は宙を仰いだ。なぜだろう、何を言葉にしていいのかわからない。

「なぜ、こっちに知らせてくれなかったんだろうな」

おさわは首を横に振る。

「なぜ、小父さんのほうへ知らせがきて、倅の私のほうには来なかったんだろうな」

「それは、わからない。わからないけど、遠慮したんじゃないの。お母さんが」

「それこそ、おかしいだろう？　なぜ遠慮などするんだ。私は、息子なんだ」

私は——。

「息子なんだぞ！」

絞るようにそう言った途端、眼前がくらりと揺れた。おさわの顔も歪んで見えた。吉兵衛はくずおれそうになるのを懸命に堪《こら》えた。

反物を広げ、ひと針ひと針、慎重に、だが素早く針を動かす吉左衛門の姿を、吉兵衛は飽くことなく眺めていた。上絵の花が五色の糸で美しく彩られていく様を、手妻のように思いながら見ていた。

「どんな娘が着るのか見られねえのが惜しいな。けど、おれの小袖を着れば、どんな醜《しこ》女《め》も別嬪《べっぴん》に見える」

吉左衛門はいつもそんな冗談を口にしては、皆を笑わせていた。

工房の目の前は静かな入江の海だ。朝は、漁師の声、海鳥の鳴き声がした。潮の香り、波の音。己を育《はぐく》んだ房陽の海は吉兵衛にとっていつでも戻れる場所であり、一番遠い場所でもあった。

「お前さん、大丈夫？」と、おさわが心配げに吉兵衛を見つめる。

「大丈夫だ。三左衛門さんたちを待たせちゃ悪い。座敷に戻る」

足下のおぼつかぬ吉兵衛をおさわが支える。吉兵衛はおさわの手を握りしめた。

「すまないね」

「お前さんは、いますぐ才蔵さんの所へ行ったほうがいいんじゃないかしら。三左衛門さんには事情をお話しして、今日はお暇していただいたら？　なんなら、あたしから伝えましょう」

吉兵衛は、握ったおさわの手を軽く叩いて離した。

「私はね、親不孝をしたんだ。工房を継ぐような顔をしていたが、本当は縫箔などやりたくはなかった」

そうだろう？　職人など誰にも認められない。どんなに美しい刺繍を施し、箔を完璧《かんぺき》に刷《は》いても、誰も褒めてはくれない。纏った者の喜ぶ顔さえ見られない。何を以って職人でいられるかは、仕事が途切れずにあること、飯が食えること、それだけだ。しかし、縫箔師に誰もがなれるわけではない。画が描けなければならず、手先も器用でなければならない。

手を抜けば注文はなくなる。納期に遅れれば罵《ののし》られる。割に合わない。

それならば、絵師として名を売るほうがいい。好きな画を描いて、暮らしが立つのなら、なにもわざわざ職人の苦労など好んで背負う必要はないと考えていたのだ。

けれど、江戸へ出て来ても、すぐに絵師になれるはずもなかった。十年以上かかって、ようやくありついたのが挿絵の仕事だ。

父のことは敬っていた。吉兵衛の誇りだった。嘘偽りなくそういえる。父は縫箔師として、生をまっとうした。

けれど、私は父と同じ道は歩まない。そう決めたのだ。

ああ、そうだ――。

又兵衛でもない、探幽でもない。

他の誰でもない。誰かになれるはずもない。

私は、菱川《ひしかわ》吉兵衛だ。


吉兵衛が座敷に戻ると、三左衛門が険しい顔を向けた。

「何かあったのかい？　なんなら私たちは出直すが」

「里の父が亡くなりました」

三左衛門父子は顔を見合わせた。

「そ、そいつは大変だ。いますぐ里へ戻るのかい？」

吉兵衛は、きちりとひざを揃えて座った。

「戻りません。父は立派な縫箔師でした。私はその息子でありながら、その跡を継がなかった親不孝者です。戻れるはずがございませんよ」

だけどね、と三左衛門が尻を浮かせた。

「親が死んだのなら、戻らなきゃ。お袋さまもいるのだろう？」

「姉や妹が側にいるので、大丈夫でしょう。戻ったところで、土の中の親父とはもう話はできません。詫びたところで、詮無いことです。許しちゃくれませんでしょうから。父をたばかり続けた私です」

吉兵衛は、ふと笑みを浮かべた。

「それよりも、孫兵衛さん」

私は画が描きたい、と静かにいった。

第三章　迷　友

一

　江戸の本、地本を出す、と息巻く鱗形屋孫兵衛に出会ってからというもの、吉兵衛は夜となく昼となく筆を執った。昼間は絵本の挿絵を描き、夜には心の赴くまま、絵筆が走るに任せて画を描いた。傍には、己の画帳。岩佐又兵衛が朱筆を入れてくれたそれを置き、ときには開いて、じっと眺め、それからまた筆を執る。

　折に触れて、孫兵衛が揚屋丸川にいる吉兵衛の許《もと》に顔を見せる。

　あそこの版元も地本は面白いから協力する、あっちの絵双紙屋も地本が出来ればぜひ店に置く、といちいち報《しら》せに来る。孫兵衛自身がまず、京には負けない草紙を作るという熱情に駆られている。相変わらず父親の三左衛門は難色を示していた。けれど、孫兵衛の気持ちは、それによってさらに煽《あお》られているようだった。

「江戸中の書肆《しょし》がまとまるときなのですよ。もう古本を扱うだけではつまらないと思いませんか？」

　毎度そう熱く語って孫兵衛は帰る。

手燭《てしょく》を持ったおさわが、不安げな顔で画室を覗《のぞ》きに来た。

「なんだ。こんな夜更けに。まだ起きていたのかい？」

「この頃あまり眠っていないのではないかえ？　明け方にも灯《あか》りがついているし。それでは身体を壊してしまうよ」

おさわがいった。新吉原も大引けのあとはさすがに通りも静まり返る。むろん、眠るどころかまだまだ妓《おんな》たち相手に睦事《むつびごと》に励む男はいても、それは妓楼《ぎろう》の中でのこと。おさわが主人を務める丸川はすっかり客が引き、奉公人たちも寝床に入った頃だろう。

「それは、お前だって、同じじゃないか」

「ううん、帳簿付けのはかがいかなくて。いままで掛かっちまったの。でも銭勘定は好きだから」

おさわの言葉に吉兵衛は苦笑する。

「ははは、それはよかった。私は心配されるほどでもないさ」

気力が充実しているときには疲れも出ない。いまおれは画《え》が描きたいのだ。巧《うま》くなりたいのだ。眠る暇があるのなら、絵筆を動かしていたいのだ、とおさわにいった。

「朝が来て夜が来る。そうして日が過ぎてゆく。それが惜しくてならない」

「お前さんは、十分、巧いのに。まだ気に入らないのかい」

おさわは、わずかにため息を吐いて、反故《ほご》の散らばる画室に足を踏み入れた。と、足下にあった一枚の反故を拾い上げた。手燭を置いて、かしこまると、その画にじっと見入る。女の立ち姿だ。左褄《ひだりづま》を指先で少し持ち上げて、顔は斜めに、視線は真っ直ぐ前を向く。頬の下膨れた若い女で、唇は微笑んでいるようにも見える。男はこういう女が好みなのかえ」

「おやまあ、いい女だこと。胸乳が張って、柳腰。男はこういう女が好みなのかえ」

「さあな。男もいろいろだが」

あれあれ、とおさわが周りを見渡し呟《つぶや》いた。女房がいるっていうのに他の女ばかりに眼がいってる証《あかし》だね。

「呆《あき》れるねえ、まったく。女房がいるっていうのに他の女ばかりに眼がいってる証《あかし》だね。もっとも吉原に住んでいたんじゃ当たり前だけど」

吉兵衛は、きまり悪げに墨を磨《す》った。墨に混ぜ込まれた龍脳の香りが立つ。吉兵衛は、菜種やごまの煤《すす》から作る油煙墨が好みだ。油煙墨は細かい煤を膠《にかわ》で練り固めるので、硯《すずり》に当てた瞬間も軽く、柔らかい。他方、松煙墨は文字通り松の煤を使うので、硬質だ。

「は？　油煙の墨は女文字用ですよ。花魁《おいらん》たちが間夫《まぶ》に文を書くときと同じ物を旦那《だんな》さんも使うんですかい？」

以前、丸川の若い奉公人はそういって笑った。笑ったのにはちゃんとした訳がある。松煙墨は主に漢字を書くのに良く、油煙墨は仮名文字を書くのに良いとされているからだ。

「私は文字を書くのではなく画だからね。柔らかくて伸びのある墨がいいのさ」と、吉兵衛が返すと、奉公人は、ふうんとわかったようなわからぬような顔をして、買いに走った。今はそれにもすっかり慣れて「墨」といえば油煙墨を求めてくる。

おさわは、画を見ながら、

「玉屋《たまや》の妓だね。たしか、おきぬだ。喜ぶだろうねぇ。自分が画になったのを知ったとしたら。女を描くのが得意なのは、やっぱり吉原でたっぷり十年遊んでいたせいかしら」

吉兵衛はおさわに返す言葉が見つからず、口をへの字に曲げ、墨を磨り続ける。

「この画はおきぬだけれど、別の妓にも似てる——さくら、だね」

おさわが微笑みを浮かべながらも、眼を伏せた。

吉兵衛は、はっとして反故を見る。そうだろうか。吉兵衛は、さくらの顔をもうはっきりとは脳裏に描けなくなっていた。

それでも、おさわが似ているというのであれば、たぶんそうなのだろう。

あの大火で、多くの遊女が死んだ。さくらもそのひとりだった。吉兵衛がいまやっとのことで思い出せるのは、さくらの死に顔だけだ。さくらの身体は幸い火に炙《あぶ》られてはいなかった。焼けて崩れた建物に押し潰《つぶ》されたのだ。

焼け野原になった吉原で、吉兵衛はさくらの亡骸《なきがら》を潰れた楼閣から引きずり出した。

頭が割れて、顔の半分は血と土埃《つちぼこり》にまみれて固まっていた。腰から下の骨は砕け、脚も捻《ねじ》れて、膝《ひざ》が後ろを向いていた。

酷《ひど》い亡骸だった。だが、地面に横たえて、布で丁寧に血と土を取り除いてやると、さくらの顔が現れた。ふしぎと顔には傷ひとつなかった。どこかほっとしたように笑みを浮かべているようにも見えた。もしかしたら、苦界から逃れられたと、思ったのかもしれない。いいや、さくらはそんな女じゃなかった。憂き世だから浮き世の心で暮らすのだと折り合いをつけていた女だ。それが偽りか本音かはわからねど、いつかは大手を振ってこの吉原を、振り返りもせずに堂々と出て行きたかったのではあるまいか。

まことはもっと生きていたかったろうに――。

命が抜け落ちたその顔は、さくらであってさくらではない。物言わぬ骸《むくろ》は、さくらという女であったことだけを表していた。吉兵衛の知っているさくらは生気に溢《あふ》れ、愛らしく、豊かな表情をしていた。だがここに横たわる女には、その面影すら見当たらない。死の匂いだけが張りついている。吉兵衛はさくらの顔を忘れようとした。無理やり胸底に押し込めたというほうが正しい。

けれど――やはり筆は正直なのだ。

「ああ、これもそう、あれもそう、どこかにさくらの面影がある。なんだかちょいと妬《や》けちまうよ」

おさわは反故を取っ替え引っ替えしては、そういった。妬けるといいながら、そこに怒りはない。どこか、さくらの姿を懐かしんでいるようにも見えた。ひと通り見終えると、

「実はね、話があるのよ」

おさわが切り出した。

吉兵衛は眼をしばたたいた。ただ、画室の様子を覗きに来たわけではなかったのか。

「用があるなら、早くいえばよいものを。どうしたんだ。お前らしくないなぁ」

おさわは手にしていた反故の一枚をそっと置き、「この頃、お前さん、忙しくしていたから、いいそびれてしまってね」と、言い訳がましくいって、後れ毛を掻《か》き上げた。

手燭の灯りがおさわを下から、照らす。顔の陰影がくっきりと出る。ずいぶんと頬や首元に肉がついている。おさわはいくつになったのかと、吉兵衛はぼんやり考えた。

「お前さんのね……が、ね」

おさわの声が届かなかった。やはり、いつものおさわではなかった。

「今なんといったんだ？」と、吉兵衛は聞き返した。

「――やや子、が出来たのよ」

おさわが肩をすぼめていった。吉兵衛は眼を丸くした。

「やや子？　まことに？」

声が上ずっているのを自分でも感じた。もちろん、亭主として女房から子が出来たと聞かされるのはなにより嬉《うれ》しい。こうしたとき、どのような言葉をかけたらよいものか。大げさに、でかした、といって抱き寄せるのがよいのか。なにせ初めてのことだ。吉兵衛が戸惑っていると、

「嬉しくなさそうね」

おさわが探るような眼つきをした。吉兵衛は慌てて首を横に振る。

「なにをいうんだ。おれにとって初めての子だ。嬉しくないわけがないじゃないか。た

だ、どうしてよいのかわからなくてな」

吉兵衛は素直に心の内を吐露した。おさわがどう受け止めるかわからないが、ともかく吉兵衛は、筆やら紙やら硯やらを脇に寄せ、おさわに向けて膝を回し、

「元気な子を頼む」

ぐっと表情を引き締め、頭を下げた。それを見たおさわが、ぷっと噴き出したかと思うと、続けて大声で笑い出した。

「そのように笑うことはないだろう。おかしかったか？」と、吉兵衛は不貞腐《ふてくさ》れた。

「そうじゃないんだけど」

おさわは、目尻《めじり》に溜《た》まった涙を指先で拭《ぬぐ》いながら、いった。笑いが引いても、おさわの眼には涙が残っていた。

吉兵衛は首を傾げる。ここに入って来てからのおさわの様子はずっとおかしい。妙に深刻な顔をしたり、変に大声で笑ったり。おさわのほうがどこか戸惑いを感じているのではないかと思えた。

おさわは、急に背筋を伸ばし、居住いを正すと、少し間を空けてから口を開いた。

「心して聞いてほしいのよ」

吉兵衛はおさわを見つめ、黙って頷《うなず》いた。

「あたしには先の亭主との間に生まれたおたえがいます」

「そんなことは知っているよ」

「混ぜっ返さないでおくれよ。おたえは、七つ。つまり、あたしが子を産んだのは六年前」

なにがいいたいのかと、吉兵衛はますます訝《いぶか》る。

「あたしはもう若くはないってこと。おたえのときも難産だった。お前さんの子を授かったのはあたしだって嬉しい。けれど、六年も経つと、身体はもう初産と同じ。しかも三十をとうに過ぎている。だから……」

おさわは、いい淀《よど》んだ。

思わず吉兵衛は身を乗り出した。

「はっきりといわないか。私は男だよ。女子《おなご》の産みの苦しみがどういうものなのかはわからないが、女のお前にはなにか不安を感じることがあるというのだろう？」

おさわがこくりと顎《あご》を縦に振ったのを見て、吉兵衛は唇を引き結んだ。

おさわは己の心を鎮めるように抑えた声音でいった。

「なにが起きてもおたおたしないでほしいの」

「なんだそんなことか。裏を返せば、なにも起きないということもあるじゃないか」

吉兵衛は不安を悟られないように努めて明るい口調でいう。

「そりゃあ、そうだけど。あたしは、怖いのよ。お前さんの子が死んじまうかもしれない。初めての子をちゃんと産んでやれないかもしれない。それにね、あたしだって死ぬかもしれない。おたえには父親がいない。あたしがいなくなったら、ううん、それだけじゃない。赤子が無事に生まれて、あたしが死んじまったら、赤子の世話は誰がするの。それを考えると、怖くてたまらない。夜、真っ暗な闇を見つめて、あの世はこんなところじゃないかとか、そんなことばかりを思っちまうの」

思いの丈をおさわはひと息にいい放ったせいか、潤んだ瞳《ひとみ》から、涙をひとしずく落とした。吉兵衛は飛びつくようにおさわを抱きしめた。

「馬鹿をいうな。お前らしくもねえ。お前は、あの大火事の時、この丸川をお父《と》っつぁんから託されたんだぞ。え？　浅草田圃に移って来てからも、ずっとここを守り立ててきたじゃねえか。それにな、おたえはおれの娘も同然だ。父親がいないなんていうな。ともかく、お前からそんな弱音は聞きたくねえよ」

「弱音じゃないのよ。女は赤ん坊を産める身体ではあるけれど、お産はね、死ぬことだってあるのよ」

おさわが涙を振り切って、声を荒らげた。

ずきんと胸が痛んだ。まだ安房にいた幼い頃、吉兵衛とよく遊んでくれた漁師の女房がお産の最中に息絶えた。赤ん坊も死んだ。女房はまだ十九だった。お産は厄を払うというが、本厄だとさすがにねぇ、と村の者たちは噂した。

「けどな、おさわ。若くたって、お産はキツいこともあるんだ。はなから、死ぬだの、なんだのいっていたら」

「歳を食っているから、その分、力もなくなっているのよ。だから、なにが起きるかわからないっていってるの」

おさわも引かない。それだけ自分の身のことも赤子のことも心配なのだろう。

「おれは、ここじゃなんの役にも立っていねえ。ただてめえの好きな画を描いてるだけだ。お前がそうさせてくれているからだろう？　そんなお前がいなくなったらおれが困る」

なにそれ、勝手だこと、とおさわが呟く。

「おれの初めての子がどうなっても、おれはお前が無事でいてほしい。いや、駄目だ。おれはおれの子の顔が見てえ。お前が乳を含ませるその姿を見てえ。乳臭え赤ん坊を抱いてみてえ。よくわからねえが大丈夫だ。必ずお前も赤子も無事だ」

おさわは吉兵衛の腕に抱かれながら、泣き笑いした。

「もし、男なら名は吉左衛門だ。おれの親父の名だ」

「気が早いよ。生まれて来なけりゃわからない」

吉兵衛は、おさわの身体に回した右手を外して、帯に手をあてた。

「ここにおれとお前の子がいるんだろう。ああ、これはきっと男だ。早く出てえとさ。こいつはいい子だぜ。おっ母《か》さんが楽に産めるようにさっさと出てくるといっている」

「ほんとお前さんは馬鹿ね。吉原で遊んでいる頃から、人当たりのいい人、綺麗《きれい》な遊びをする人って評判だった。ちっとも変わらないねえ」

「変わるものか。変わったといえば、女房のお前がいることだ」

おさわの高ぶった気が少しずつ穏やかになってきた。吉兵衛の言葉で安心したのではない。言いたいことを吐き出せたからだろう。

女はすごいと吉兵衛はおさわの身の温《ぬく》もりを感じながら思っていた。

命懸けでなし得ることなど男にはない。これが戦国の時代ならば、いつ首を挙げられてしまうかという思いはある。けれどそれだって、忠だ義だといいながらも己のためではないか。武功を立てて出世がしたいからだ。だが、女はそうじゃない。新しい命を世に送り出すという、命を賭《か》けてなし得ることが、その生の中に組み込まれているのだ。

男が命懸けなどと口にしたところで、女にとっては、ちゃんちゃらおかしいことなのだろう。

「おれは命懸けで絵師になる」といっても、結句なれなかったとしてものうのうと生きている。おれなど、丸川の隠居にでもなっていそうだ。

敵《かな》わない。女には敵わない。

だから吉原は繁栄するのだ。男は女に敵わないとどこかで知っているからだ。だから女を求める。その優しさと強さに引かれてくる。遊女たちの手練手管と知っていても、男はそれに騙《だま》され、満足している。

やっぱり女を描きたい。おれを男として好いてくれたのは小紫だ。おれに教え諭してくれたのはさくらだ。そしておれはおさわに食わしてもらっている。

そんなおれが、女を描いて銭が稼げたら。

男を誘い、蠱惑《こわく》して離さない、そんな女を描きたい。

まったく、男は女に産んでもらい、育ててもらっているのだとあらためて思う。

「吉さん、苦しいよ」

吉兵衛ははっとして、腕の力を緩めた。

「吉さんと呼ばれたのは久しぶりだ」

おさわの顎に指を添え、顔をあげさせると、その唇を吸った。

二

ばたばたと扇子で風を起こしながら、孫兵衛が麦湯を啜《すす》り、苦い顔をする。

挿絵の仕事で大童のところに孫兵衛がやって来たので、吉兵衛もいささか機嫌が悪かった。筆を止めることなく、孫兵衛に訊《たず》ねた。

「それで、いつになったら地本問屋を作るご予定なんです？」

「もちろん、私だって走り回っているよ。けどね、問屋株だのなんだのといろいろいってくる親爺《おやじ》どもがうるさくてね。小売の絵双紙屋もそうなのさ。江戸で作った版本はどの程度、店に卸してもらえるのか、なんなら版元になるにはどうしたら良いのかとかね。金儲《かねもう》けの匂いがするとなれば、色めき立つのは仕方がないとしても、こう話が広がるとまとまるものもまとまらない」

孫兵衛の元々細い顔がさらにやつれたようになっていた。

「顔色がお悪いようだが」

「ああ、もともと身体が丈夫な方ではないのでね。けれどそんなこともいっていられません。今、瓦版屋《かわらばんや》の彫師や摺師《すりし》、筆耕、絵師、などにも声をかけております。版本はひとりでできるものではありませんからね。安価な一枚摺りの瓦版とはわけが違う。ちゃんと製本して、江戸中に行き渡らせるためにもどうしたらよいか考え中です」

かつては、寺院が書物を出していた。経文の類《たぐい》だ。ありがたい経文だって作るためには銭がいる。篤志家や檀家衆から銭を募って作っていたのだ。だからこそ立派な経典ができていたともいえるが、市中に流通させる一冊五丁（十頁）の草紙の類だとしても、製本は必要だ。

孫兵衛は、ため息を吐く。

「表紙は表紙屋、綴《と》じるのには経師屋、あちらこちらに声をかけねばなりません」

「絵師はどうなのです？　他には集まりそうなのですか」

途端に孫兵衛が苦虫を嚙《か》み潰したようになる。その顔は、父親の三左衛門とよく似ていた。顔形はまるで違っても親子だと、吉兵衛は進まぬ版本の状況を耳にしたせいか、そんなくだらぬことを考えていた。

「京から絵師を引っ張ってくるわけにもいきません」

「けれど、江戸にも絵師は大勢おりますでしょう。例えば、町狩野。画を学んだはいいが、とても画では食べていけないという絵師も大勢いますよ」

吉兵衛はわずかに腹を立て、ぶっきら棒にいった。

「町狩野ですか。まあ、狩野であれば間違いはない。やはり、画の巧さでいえば狩野を学んだ者に頼むのが安心ではありましょう。それはいい」

若い頃とはいえ吉兵衛を門前払いにした狩野をわざわざ持ち出した皮肉に気づいていないのか、孫兵衛が宙へと視線を移した。

結局、おれはその程度か、おれも絵師だぞ、と口を衝《つ》きそうになるところを、ぐっと堪《こら》えて試しに訊ねる。

「そうなれば、絵師の名を入れた版本になるのですか？」

「狩野さまから念のために御許可をいただかなければなりませんかな。下世話なものを描かせたら、叱られるかもしれません。やはり名は入れられないでしょうなぁ」

孫兵衛はそれが当然だといわんばかりに言葉を吐いた。

狩野では、派としての意に沿わない画を描けば破門の憂き目に遭う。

ただの草双紙に名を入れることは、幕府御用絵師集団として恥ということだ。これまでの草紙に絵師の名がないのはそうした事情もあったのではなかろうか。

狩野の画塾で修業を終えたという免状を受けても、狩野の画姓は当然名乗れない。画姓を名乗れるのは、一族と、狩野家当主に認められたごく一部の者だけだ。

そこまで狩野は偉いのか。

同じ画を描く者として、ここまで差があるのか。

それは吉兵衛が狩野に抱く恨みとは違う。吉兵衛の画帳を見たという狩野探幽が、一言も言葉を発しなかったことへの悔しさでもない。

狩野派は、幕府の御用を務め、その注文主は大名家や旗本といった武士階級が多い。いわゆる障壁画だ。注文主が松を求めれば松を、龍を描けといえば龍を描かなければならない。それは画を描く者にとって窮屈ではなかろうか。

狩野は狩野という様式を残すことに意義を見出《みいだ》しているのかもしれない。幕府御用絵師という権威を守るだけに、絵師としての存在を求めているとしたら。

なんと退屈な。

ならば、名も無き絵師たちは、何を目指しているのだろう。ただ銭を手にするためか。生計《たつき》のためだけか。

画を描くということは、己にとってなんであるのか。

狩野派という巨大な絵師集団のあり方が、吉兵衛の胸の内に一点、火を灯《とも》した。赤い小さな火種がちりちりと燃え上がる。

それなら、変えてやろうじゃないか。

おれは、おれのために、おれの好きな画を描いていきたい。

そのためには、自分の名を、画号をまず版本に入れることだ。これが、菱川吉兵衛の画だと見る者にわからせることが必要だ。

だが、吉兵衛の思いとは裏腹なことを孫兵衛がいった。

「今、考えているのは、既刊本の焼き直しです」

吉兵衛は眼を細めて孫兵衛を見る。

「つまり、再版するということですか？」

孫兵衛は、麦湯を飲み干した。いや、暑い暑い、と扇子を動かした。

「そうです。小咄集《こばなし》です。『私可多咄《しかたばなし》』という、数年前に上方で版行されたものでね。元の判型を大きくして、すっかり体裁を変えたものにしたいと」

今すぐ新しいものを作り出し、版行するのは難しい。そこで、これまでにあった物を違う形で版行すれば差別化もできる、と孫兵衛はいうのだ。

それでは江戸の地本にはならない。

「その挿絵を、吉兵衛さんにお願いできないかと思いましてね。元は、うちにございます」

それを参考にして描けという。笑い話を百以上も集めた五巻本だというが、吉兵衛にとっては仕事としてまったく面白い話ではなかった。要するに、元絵に似せた画を描けというのだ。

「お願いしますよ。まったく何もないところから立ち上げるのはやはり難しいと痛感しております。ここは上方を少し利用させてもらおうと」

利用とは、物は言いようだ。吉兵衛は渋々承知したが、ひとつ条件を出した。

「彫師に会わせてくれないか？　孫兵衛さん」

「彫師ですって？　職人ですよ」

孫兵衛が眼を瞠《みは》る。吉兵衛は、ふと口角を上げた。

「私とて、狩野のお偉いさんとは違う。名もなきただの画工、画を描く職人ですよ」

「いや、それは――」

孫兵衛は、ちらりと吉兵衛を見やり言葉を濁した。

「彫りがどの程度までできるのか、それを見ておきたいのですよ。ただ、版下絵を描くだけでなく、私の筆の線をどれだけ彫りで再現できるのか、確かめたいのです」

縫箔《ぬいはく》の上絵は、あくまで刺繍を施すためのものなので、そこに線の強弱は邪魔になる。だが、画となれば違う。人物と建物などによって、線の太さ、強弱を変えることも必要だ。

此度《こたび》は、筆の運びに一切の制限がない肉筆ではない。穂のかすれなど、彫りで表現できるとは思えない。それが故に、彫師の腕は見ておかねばならない。

「承知しました」

吉兵衛が画の依頼を受けたことで、孫兵衛は胸のつかえが下りたような顔をした。

「ところで、楽しみですねぇ。お産はいつ頃ですか」

孫兵衛が口元に扇子を当てて訊ねてきた。

別に声をひそめることでもないが、つい秘密を打ち明けるような気分になり、「霜月です」と、小声で返す。

「ああ、暑い時期は身体が辛《つら》いといいますよ。赤ん坊が腹にいるとふたり分の熱がこもっておりますからねぇ」

「そうなのですか？」

「でも、お産が冬でよかったですな。季節が次第に春に向かっていきますからね。これが夏の子だと寒さに向かっていくでしょう？　世話が大変なんだそうです」

ですけど、人ってのは面倒ですなぁ。牛や馬なら生まれてすぐに立ち上がり、自ら乳を飲みますが、人はそうはいかない、と笑った。

「孫兵衛さん、お子がいらっしゃるのか？」

実は、とまた声を落とした。

「ある芸者に産ませてしまいましてね。親父は認めてくれましたが、母親が嫁にはするなと。外で暮らさせております。もちろん銭は与えておりますから、生活には困らせていませんがね」

それはお気の毒に、と吉兵衛はうっかり呟いた。

「これはこれは、人様のお家のことを失礼しました」

「構いませんよ。相手も承知してくれています。そんな姑《しゅうとめ》とじゃうまくはいかないから、いっそ外の方が気楽でいいと」

「今様《いまよう》の女子は強うございますな」

吉兵衛はしみじみいう。孫兵衛もそれに同調し、深く頷いた。

「まことにそう思いますよ。こちらの女将《おかみ》さんも、吉兵衛さんと一緒になるまで先のご亭主のお子をひとりで育てていたのでしょう？」

「ええ、まあ」

吉兵衛は曖昧《あいまい》に応《こた》えた。丸川の奉公人や妓たちが世話をしていたようだが。

「男の子だったら、やはり絵師でしょうかね。それとも丸川の主人でしょうか」

さあ、と応えて、吉兵衛は苦笑した。子は親の背を見て育つが、親の思い通りにはならないことを吉兵衛は身を以《も》って知っている。女であろうが、男であろうが、今はただ、おさわと子が無事であることだけを祈っていた。

梅雨も過ぎ、蟬がうるさく鳴くようになった。吉原では、甘露梅の仕込みも終わり、どこの楼閣もほっとしている。甘露梅は青梅を紫蘇《しそ》で巻き、砂糖漬けにしたものだ。正月に配られるのだが遊女手ずから作るとあって客に人気があった。

おさわは、変わらず揚屋の仕事をこなしていたが、足に浮腫《むくみ》が出ているとぼやいていた。

「足首がなくなっちまって、足袋《たび》を履くのもひと苦労さ」

冗談めかしていっていたが、吉兵衛が通ってくる産婆に訊ねると、

「段々、お腹が大きくなるからね、浮腫は仕方がねえがなぁ、それより逆子なんだよ。それのほうが怖えな」

と返事が返ってきた。

赤子は頭から出てくる。逆子は足から出てくるということだ。

「お産が大変になるんだよ。胞衣《えな》が赤子の首に巻きついちまうこともあるからねぇ」

「それは直せないのかい？」

「そうだねえ、うつ伏せになってお尻《しり》を上げるようにするといい。赤子も頭の方が重いから、腹の中でくるりと回るからさ」

そうか。妙な恰好《かっこう》だが、そうするのがいいというなら伝えねば。すると、おさわはその日から、うつ伏せになって尻を上げてしばらくじっとしていた。

「なんだか恥ずかしいね。見ないでおくれよ」

おさわは顔を赤らめ、長火鉢の前で煙草を喫《の》んでいる吉兵衛を恨めしげに見る。

「なかなかいい恰好だ。描いてやろうか」

「冗談おいいでないよ」

「それだけ元気がありゃ大丈夫だな」

吉兵衛は笑った。

霜月の、底冷えのするような夜。陣痛が始まった。布団をいく枚も重ね、そこにおさわは背を預ける。梁《はり》から垂らした紐《ひも》をしっかり摑《つか》み、おさわは歯を食いしばっていきんだ。産婆がおさわを励ます。

隣室でまんじりともせずに待っている吉兵衛の耳にもおさわの苦しい声が聞こえてくる。

切なげな声や、腹をえぐられてでもいるかのような苦痛に耐える呻《うめ》き声もする。すでに二刻《ふたとき》（約四時間）が経っていた。なにもしてやれない己が歯がゆかった。おさわの苦痛を少しでも和らげてやりたいと思っていても手出しはできない。

「男は産屋を覗くんじゃないよ」と、産婆にきつくいわれたのだ。

空気を切り裂く断末魔のような叫び声に、吉兵衛はいても立ってもいられなかった。座敷の中をうろうろと歩き始め、おさわの声がするたび、こっちにも力が入る。早く出てこい。吉兵衛は指を組んで天を仰いだ。おさわの身も案じた。

ああ、こんなにもおさわを気にかけている。大火の後、おさわは病身の父親を見捨てた呵責《かしゃく》に己を苛《さいな》み、吉兵衛はさくらを亡くした辛さで互いにどうかしていた。負の溝を埋めるように互いに身を貪《むさぼ》りあった。それだけの夫婦だと思っていたが、いまは違う。おさわを失うことが恐ろしい。自分の子が、おさわを殺すのではないか、そんな思いまで湧き上がる。

頼む、頼む。

明け方近いのかどうかも、冬の最中《さなか》ではわからない。ただ、寒さだけが容赦無く襲ってくる。隣室が騒がしくなってくる。湯がどうの、晒《さら》しがどうのと産婆が叫んでいる。もうすぐか。吉兵衛の胸が騒ぐ。と、おさわの声が突然止んだ。そのすぐ後に、赤子の泣き声がした。

「おさわ！」

「これ！　まだ入るんじゃないよ」

産婆の厳しい声が飛んだが、吉兵衛はかまわずおさわに近寄り、傍に座り込んだ。

「おさわ、おさわ。よく頑張ったな」

おさわは額に汗を浮かせ、短い息を繰り返していた。はだけた襟元からわずかに覗く胸乳が忙しく上下していた。吉兵衛の言葉も聞こえていないのか、眼を閉じたままだった。

「おさわ？」

吉兵衛は不安にかられた。赤子の泣き声はまだ続いていた。まるで、己の存在を懸命に誇示しているようだった。

「男の子だよ。名は、吉左衛門だそうだね」

産婆が安堵《あんど》の表情を見せた。が、

「おさわさんはそれきり話ができなくなっちまった。逆子が直っていなくてね。重いお産だった。滋養のあるものを食べさせてやっておくれ。今日はこのまま寝かせてやりなよ」

吉兵衛は頷いた。丸川の仲居が、盥《たらい》に張った湯で赤子を優しく洗っている。ちゃぷりちゃぷりと水音がする。

「旦那さん、可愛いですよ。ほらご覧になってくださいましな」

仲居が赤子の首を支え、吉兵衛に顔を向けた。

これが、おれの子か――。くしゃくしゃな子猿のように見えた。顔は真っ赤だ。だから赤子というのだろう。

なにやら、笑みが溢《こぼ》れてきた。男は馬鹿だ。自分の子だといわれてもピンとこない。だが、安堵と疲労が混じり合ったおさわを見て、吉兵衛の心は揺さぶられた。

吉兵衛は、胸の上に置かれたおさわの手を取った。「ありがとう」と、思わず知らず言葉が洩《も》れた。


吉左衛門は大病もせずすくすくと育った。丸川の中を走り回り、時には、客間に入り込み、太夫《たゆう》たちに遊んでもらったりしていた。太夫を揚げた客にとってはとんだ邪魔者だが、ここで太夫の機嫌を損ねては、と吉左衛門に料理を食わせたり、私も子どもになって甘えてみたいといってみたり、涙ぐましくも滑稽《こっけい》な座敷になっていた。そういうときは、吉兵衛と、おたえが座敷まで迎えにいっては、吉左衛門を連れ戻す。

おさわは、変わらず寝たり起きたりの日々が続いていた。女将として、丸川を回して行くのは無理だった。涙を流すことも多くなった。こんな身体じゃなければ、と恨み言をいうようにもなり、それが吉左衛門を産んだせいだと、寄せ付けないことすらあった。

医者は、少々気鬱《きうつ》の病かもしれないという。治ることもあるが、治らぬこともある、と頼りない。

お産が引き金になっているとしたら、子をそばには寄せないことだといった。

「おさわは母親だ。乳もむつきの替えも懸命にやっていた。それがどうして子を憎むことになるんだ」

そんな馬鹿な話があるものかと、吉兵衛は医者を怒鳴りつけた。が、おさわにとって丸川は代々引き継いできた吉原でも屈指の揚屋だ。その女将である自分が店に出られない悔しさが、子の可愛さの先に立っているのかもしれなかった。

食事も、今は十三になったおたえが寝間に運んで行く。吉左衛門の面倒もほとんどおたえが見ていた。

おさわの代わりに、吉兵衛が店に出るようになった。揚屋商売などまったくわからないが、この頃は、客に愛嬌《あいきょう》を振りまくことも覚えた。

けれど、太夫たちは、おさわがいないことで昼見世が終わってから夜見世が始まるまでの間に、丸川に遊びに来ることが少なくなった。おさわは、遊女たちからも好かれていたし、愚痴を聞いてくれる頼りになる女将だったのだと、あらためて吉兵衛は思った。

他方、地本作りを目指している孫兵衛の話は一向に進まない。吉兵衛は落胆もし、諦《あきら》めかけていたが、その度に孫兵衛は「必ず、必ず」と言い訳がましくいって立ち去った。

寛文十年（一六七〇）、春。

鶯《うぐいす》の初音が聞こえ、梅の花が咲き乱れる季節になった。

古参の番頭が、苦い顔をして廊下を歩いて来た。二階の座敷へ上がる階段の前で吉兵衛の姿を見とめると、

「旦那、また来ておりますよ」

と、顎を上げた。

「ほう、あの若造か。今日も三浦屋の滝乃《たきの》を揚げたのか？」

「へい。料理も酒もふんだんに頼んで。お客だからどうのこうのはいえませんが、懐具合が心配で」

「これまで、渋ったことなかったはずだね？」

番頭は、そうなんですよ、と首を傾げた。

「一度もねえから、不思議なんでございますよ。まだ二十になるやならずのケツの青い若造が太夫を揚げて、騒ぐなんてそうそうできるものじゃありませんよ」

番頭の言葉の裏には、やっかみが感じられた。

吉兵衛は、ふうんと気のない返答をしつつも、己の身と重ね合わせた。まるで若い頃のおれじゃないか。親父が送ってくる銭で、芝居町だ吉原だと通人を気取っていた。はて、どのような男であろうか。

「私は会ったことがないが、どこの若旦那だい？」

それが、と番頭がいい淀む。

「どこかの藩お抱えのお医者の息子さまで、お名は多賀助之進《たがすけのしん》と伺っております」

医者の息子とは驚いた。藩医ならば、禄《ろく》を得ているのだろうが、それにしても、そう遊びは続くまい。

「今日で、幾度目だい？」

吉兵衛が訊ねると、二階から大きな笑い声が落ちてきた。音曲も賑《にぎ》やかだ。

「確か、五度目でございますよ」と、番頭は少し溜飲《りゅういん》を下げるようにいう。吉原では、初めて会うのを初会、二度目は裏を返すといい、三度目から馴染《なじ》みといわれる。しかし、助之進、まだ太夫とは同衾《どうきん》していないということだ。

「一応馴染みではあるのだ。私が挨拶《あいさつ》に出よう」

「そのほうがよろしゅうございましょう。番頭の私では、手持ちの銭をお聞きするのは荷が勝ちますゆえ」

どうぞ、よろしくお願いいたしますと頭を下げた。

揚屋の主人という役目もすっかり板についてきてしまったか、と吉兵衛は、なにやら煮え切らない気持ちを抱えつつ、階段を上がる。

件《くだん》の多賀某《なにがし》の座敷の前で吉兵衛は膝をつき、声をかけようとした。そのとき、

「どうだ、太夫。いい出来であろう。中橋狩野、法眼安信さまから手ほどきを受けたのだ。法眼さまに画を習った私だぞ。それそれ、どうだ、そっくりだろう」

「ひどいでありんす。わっちの顔はそんな下膨れておりんせん」

太夫が怒りの声を出す。座敷内が笑いに包まれる。

中橋狩野、だと？　法眼安信？　一体、多賀というのは何者か。

吉兵衛は勢いよく、障子を開けた。

三

座敷の中にいた者たちの視線が一点、吉兵衛に注がれた。慌てて、頭を垂れる。

「こ、これは失礼いたしました。丸川の主《あるじ》の代人をしております吉兵衛でございます。お楽しみのところ不躾《ぶしつけ》な真似を」

んん？　とひとりの男が振り向いた。若い。色白で眼が大きくなかなか整った顔立ちだ。おそらくあれが、多賀助之進であろう。中橋狩野の画塾で学んでいる男。

「いつもご贔屓《ひいき》にありがとうございます」

「やあ、これはこれは、主から直々に挨拶されるとは思いませんでしたが―」

「主の代人でございます」

助之進と思《おぼ》しき男は額に手拭いを巻いて、尻端折《しりはしょ》りをし、右手に筆、左手には太夫を描いた紙を持っていた。

吉兵衛は、その画が見たくてたまらなかった。どんな画なんだ。どのような筆なのだ。

吉兵衛は焦《じ》れるそぶりを懸命に隠して、口元に笑みを作っていた。

「ああ、もしかしたら揚代の心配ですかね？　それは大丈夫ですよ」

「いや、そのような失礼なことでは」

あはは、いいのですよ、当然でしょう、と助之進は笑いながら懐を探り始めた。

「私のような若造が、太夫を揚屋に呼んでどんちゃん騒ぎをしていれば、不審がらないほうがおかしいくらいですよ。おや？」

助之進は、掲げていた画を伏せて置いた。吉兵衛は、なぜ表に返さないのか、と内心で叫んでいた。ここで風でも起きて、めくれ上がればいいのにと願ったほどだ。

だが、そんな吉兵衛をよそに、助之進は、首を左右に傾げながら、懐を探り、帯の間に指を入れ、袂《たもと》を振っていた。次第に周りの気が重くなってくる。

さすがに異変に気付いた吉兵衛は、初めは黙ってそれを眺めていたが、やがてたまらず訊ねた。

「どうかいたしました、かね？」

助之進はそれでも慌てた様子は微塵《みじん》も見せず、

「いやあ、参りました。財布が見当たらないのですよ」

堂々といい放った。座敷の中が凍りつく。

「おっかしいなぁ。屋敷を出るときは確かに、懐に入れたはずなんだが――あっ」

助之進がいきなり尻を浮かせた。

「あの時だ。吉原に着いてすぐです。仲之町を歩いていた時、私に突き当たって来た男がいた。あれは巾着切《きんちゃくき》りに違いない。いやはや驚いた。まことに江戸は生き馬の目を抜く町ですねぇ」

と、陽気に笑った。

吉原はひとつの町だ。大門の外には番屋があり、吉原掛りの役人が詰めている。なんて男だと内心呆れつつ吉兵衛は、「すぐにお役人さまにお伝えしましょう」と、腰を上げかけた。が、助之進がそれを制した。

「騒ぎにしても詮無《せんな》いことです。巾着切りに狙われたのは、私がぼんやりしていたからでしょう。その者が私の銭で遊べるならそれでいい」

助之進は事も無げにいう。

それを聞いた太夫の滝乃が、「面白いお方でおざりんすなぁ」とくすくす笑う。

「ああ、嬉しいねぇ、さっきまでの怖い顔が笑い顔になった」

助之進は、またぞろ描いた滝乃の顔をさっと取り上げ、目の前にかざした。

「それは、まったく似ておりんせん」と横を向いて一蹴《いっしゅう》し、滝乃が吉兵衛に眼を向けた。

「ねえ、吉さま。吉さまも絵師でござんしょう？　この画を見てくださいまし。わっちに似ておざりいすか？」

へえ？　と助之進が吉兵衛を見て、眼を瞠った。

「まさか、絵師で食えないから、揚屋の主人をやっているのですか？」

吉兵衛はむっと口元を歪めた。

「残念ながら。ここの主人は私の女房です。ですが、いまは寝込んでおりますので、私が代わりを務めているだけでございますよ」

　ふうん、と、どちらでもいいような顔をした助之進は、

「お師匠はどなたですか？」と訊ねてきた。

「おりません」

　吉兵衛は即座に応えた。いない？　と助之進が眼を丸くした。

「絵師なら、師匠がいて当たり前ではありませんか？」

　信じられない、というふうな顔で声を上げ、

「私は中橋狩野にお世話になっておりましてね」

　鼻をうごめかせた。

「そのようでございますねえ。先ほど、廊下にまで響いておりましたゆえ」

　助之進は、少々決まり悪そうに頭に巻いた鉢巻をきつく結びなおした。少しは恥を知っているようだと、吉兵衛は愛想笑いを浮かべた。

「中橋狩野家といえば、幕府奥絵師筆頭。主は法眼狩野安信さまですね」

「おや、ご存じで？」

「私も絵師のはしくれ。当然でございますよ」

　と、吉兵衛は、大きく息を吸った。気持ちがささくれ立つのを堪えるためだ。吐き出しながら、再び笑みを浮かべる。

「いや、なんと申しますか、惜しいかな、法眼さまは、あまり狩野家の画才を引き継いでおられないという話を小耳に挟みましたが、ご門弟の眼から見ていかがでしょうか」

そう思い切り皮肉った。太夫も顔色を変えた。揚屋の主の代人としては客を持ち上げるべきだが、つい絵師の己が先に立った。しかし、法眼安信の噂は噂ではなく、まことのこととして巷間《こうかん》に伝わっている。兄である探幽が安信に、狩野家の中、頂きである中橋狩野を引き継がせたのは、弟子に免許状を出す唯一の家としてあるからだ。

免許状は、画の修業を終えたという証であり、狩野家より弟子に授けられる、お墨付きである。それを出せるのは中橋狩野家の特権だった。免許状を与えることで門弟から金銭を得る。要するに、権威だけで飯が食える。画才の劣る弟のためにそう探幽は考えたのだ。

助之進は吉兵衛の皮肉にさして不快な様子も見せず、

「どうですかねぇ。弟子の私から師匠を語ることなど恐れ多い。ただ鑑識眼だけは優れたものをお持ちだ。私は、それだけでも中橋狩野の当主でいる意味があると思いますがね」

さらりといいのけた。吉兵衛のほうが面食らう。鑑識眼だけは、ということは、つまり画はさほどでもないとはっきりいっているのと同様だ。

なんとも豪胆で、面白い若者だ、と吉兵衛はちょっと感心した。ますます滝乃を描いたというその画が見たくなる。

いやいや、と吉兵衛は首を横に振る。

「これはまったく無礼なご質問をいたしました。くだらない風聞でございますゆえ、どうぞ法眼様にはご内密に。ですが、せっかく描かれた太夫の画、私にも見せてはいただけませんか？」

「それは駄目です」

助之進が即答するやいなや、画を折り畳み懐にしまいこんだ。

吉兵衛は、心の内で舌打ちする。やはり滝乃の騒いでいるとおり、似ても似つかぬ顔なのか。法眼安信の手ほどきを受けたというのだけが自慢なら、画才のほどは推して知るべしか。

「良いではありませんか。一目だけでも」

吉兵衛が詰め寄ると、助之進は再度、駄目だと応えた。

「代人さんも絵師なら、なおさらです。私はまだ修業中の身ですから。代人さんこそ、なにか描かれているのでしょう？」

絵本挿絵、というのははばかられた。おそらく狩野派を学んでいる者にとっては、紙くず程度にしか思えないだろう。

「そうですねぇ、互いに見せ合いっこができるなら」

と、助之進はいたずらっぽくいう。若造に翻弄《ほんろう》されているようで吉兵衛は鼻白む。が、それも大人げない。なにを興奮しているんだと、すぐに己を戒めた。やはり狩野は私にとって鬼門だと、自嘲《じちょう》する。吉兵衛はひと息吐いて、再び心を落ち着かせると、肝心なことを口にした。

「それでは此度は諦めましょう。それより、勘定ですが、どういたしましょう。財布が盗《と》られたとなれば、こちらの払いが」

「ですよねぇ」

うーん、と助之進はさも困ったという表情をして首を傾げた。

「お屋敷の方に店から使いを出すというのはいかがでしょうか」

吉兵衛が提言すると、これまで落ち着き払っていた助之進がいきなり慌てふためいた。額に巻いた手拭いを取り去り、吉兵衛の前に這《は》うように近寄って来ると、膝を合わせてかしこまり、合掌した。

「この通り。それは勘弁してくれ。頼む。頼みます。いや、お頼み申します」

まるで悪鬼に命乞《いのちご》いをするような助之進に、吉兵衛も太夫の滝乃も呆れ返った。

「そのように拝まれましても、こちらではツケ払いはいたしておりませんのでね。お客さまに付け馬を付け、お屋敷で用立てていただくか、それとも――」

すると、助之進が、それとも？　と期待に満ちた眼《まなこ》で、身を乗り出してきた。

「こちらにお留《とど》まりいただき、それなりの」

「待った。代人さま。皆までいうな」

助之進は掌《てのひら》を広げ吉兵衛に向かってまっすぐ突き出した。いちいち芝居がかっている。

「ここで働く。なんでもする。幸いにも幇間《ほうかん》まがいの真似も出来る。座敷に呼び出されても構わん」

懸命にいうやいなや、畳に額をこすりつけた。

四

はてさて、どうするか。

平伏したままの助之進を見下ろし、吉兵衛は腕を組んだ。

これまで揚屋での勘定が支払えないという客はなかった。居残られてもこっちが困る。だいたい、藩医の倅《せがれ》を揚屋に留め置けば、その家中から、どんなとばっちりを受けるかわからない。

「仕方ありませんね。おおーい、誰かいるかね」

吉兵衛は、手を打った。

間もなく、するりと障子が開いて番頭が姿を現した。「お待たせいたしました」と、番頭が座敷の中に身を滑り込ませてきた。

「悪いね、忙しいところ。助之進さまが財布を掏《す》られたらしい」

番頭は絶句したが、すぐ我に返って、中腰になっていった。

「急いでお役人さまにお届けをいたしましょう」

「それは必要ないと、助之進さまがおっしゃっている。ここで働くそうだ」

ええ、と頓狂《とんきょう》な声を上げた番頭は慌てつつも、帯に挟んだ算盤《そろばん》を抜き取り、パチパチと弾《はじ》き始めた。

「ええと、酒肴《しゅこう》、芸者、三浦屋さんへの支払い――」

番頭は、助之進に近寄り、算盤を置いた。

「しめて、三両二分となります。毎度ありがとうございます」

助之進は、算盤の珠《たま》の並びを見て、唸《うな》った。

「働くとおっしゃっても三両二分を稼ぐのは大層苦労いたしますよ。やはり、お屋敷にお戻りになり――」

吉兵衛がいうと助之進は、

「じつは、親父にこっぴどく叱り飛ばされたばかりなのです。そのうえ、財布を掏り盗られたなどといえば、何をいわれるか」

おそらく、剃髪頭《ていはつ》から湯気を出して、働いて返してこい、といわれるでしょう、そう自信たっぷりに返してきた。まるで他人事《ひとごと》。この鷹揚《おうよう》っぷりは並みじゃない。

「江戸は、芝居も吉原も縁日も楽しすぎるのですよ。困ったものです、わはは」

ますますかつての自分を見るようだ。まったくもって気恥ずかしい。

「しかし、多賀さま。旦那さまのいう通りですよ。うちの奉公人、特に客引きなどの若《わか》い衆《し》は古い者でも一日百五十文。奉公したての者ですと、年で三両。後二分足りません。

ともあれこっから一年、みっちりお働きになりますか？」

番頭が背筋を正して、毅然《きぜん》といい放つ。

「三両返すのに一年かかってしまうとはなぁ」

助之進はさすがに戸惑いの表情を見せた。

が、やはり苦労知らずに育ったせいなのか、どこか対岸の火事といったふうの様子ではある。

「ここは、お父上に素直に頭を下げ、金子《きんす》を用立てしていただくのが得策だと思いますがね。遊びに使っていたのですから、多少のお叱りは仕方がない。そこは真摯《しんし》に反省する様を見せることが大切ではなかろうかと」

吉兵衛はやんわり諭すようにいう。父親の銭で遊びまくっていた己が、まさか今になって若者にこのような苦言を呈すとは思いも寄らなかった。心の内で、吉兵衛は己を笑いつつ、ひどく歳を取ったような気分になる。当然だ。四十一。不惑の歳も過ぎた。

そうですね、と助之進は腕組みを解くと肩をすぼめた。

「いつまでもこのような話で座敷を使っているわけにもいかない。金がないなら、宴《うたげ》はお開き。次の客もお待ちなもので。ここを片付けてしまわないとなりません」

吉兵衛は助之進を見ながら強めの口調でいった。

「吉さま、わちきは」

滝乃が不安げな顔を向けてきた。

「ああ、太夫。すまなかったね。多賀さまとの宴はお開きだ。三浦屋に戻ってくれて構わないよ。番頭さん、太夫を送っておくれ」

「承知しました。さ、太夫」

滝乃は助之進を大きな瞳で見つめた。その視線にはわずかに哀憐《あいれん》があった。滝乃は助之進を毛嫌いしているわけではないのか。これまで四度逢瀬《おうせ》を重ねながら、滝乃は同衾を拒んでいる。なのに、助之進をそのような眼で見るのが不思議に思われた。

「番頭さん。やはり太夫は私が三浦屋まで送ろう。三浦屋の四郎左衛門《しろうざえもん》さんにも此度のことを謝らなけりゃならないからね」

「わかりました。で、多賀さまは」

うんと、吉兵衛は助之進に眼を向けた。

「私の居間に通してやってくれ。多賀さま、私の処で話の続きをいたしましょう」

「では、こちらに置いていただけるので？」

「それは、話をしてからですよ」と、軽く助之進をいなした。

「番頭さん、若い衆の三次郎《さんじろう》を多賀さまに付けておいておくれ」

そういって笑みを浮かべた。

「三次郎ですか、それはいい」

番頭が得心するように頷いた。

と、滝乃が煙管《キセル》を取り出した。美麗な所作で刻みを詰め、火を点《つ》けると、赤い唇で一服した。白い煙が上がると、滝乃がくるりと吸い口を助之進に向けた。

「さ、召し上がりなんし、助さま」

吉兵衛は仰天した。拒み続けていた助之進に煙管を渡そうとしているのだ。滝乃の両側に付いている禿《かむろ》たちも眼を見開いていた。

「太夫！　煙草をいただいてもよろしいんで？」

助之進は、どたばた音を立てつつ滝乃に近寄り、煙管を押し戴《いただ》いた。

吸い口には滝乃の紅がうっすらと付いている。

助之進は、それをとっくり眺めてから自らの唇で吸い口を咥《くわ》え、天にも昇る心地のような顔つきで一服した。

「がほげほ」

思い切り吸い込みすぎて助之進が咳《せ》き込む。それが滝乃には初心《うぶ》に映ったのか、優しく微笑んだ。

滝乃が立ち上がる。禿のひとりが、煙管を助之進から受け取り、灰吹きに吸い殻を落とした。

「まことに、まことにかたじけのうございました。美味《おい》しゅうございました」

深々と頭を下げた助之進に、

「次の御目文字はいつになるやらわかりんせんが、楽しみにしておりいす」

滝乃がさらりと言葉を投げた。「吉さま、戻ります」と、裾《すそ》を引いて歩き出す。

「じゃあ、あとは頼んだよ」

　吉兵衛は滝乃の後に付いて、座敷を出た。


　階下に下りたとき、おさわがいた。寝巻きではなく、きちりと小袖を着ている。吉左衛門を産んでから肥立ちが悪く、気鬱の様子もあり、もう幾年も寝たり起きたりの日々が続いている。が、今日は幾分顔色もよく、表情も元気な頃と変わりない。

「女将さん。久方振りでござりいす。お加減はいかが」と、滝乃が眼を細めた。

「三浦屋の滝乃かえ。相変わらず、おもてだねぇ」

「おい、大丈夫かい？」

　吉兵衛が心配げな声を出すと、おさわが後れ毛を撫《な》でつけながら、口を開いた。

「天気がいいと気分もいいんだ。たまには店にも出てみようかと思ってさ。いつまでもお前さんに代人をやらせてちゃ、気の毒だ」

「そんな気遣いは無用さ。だいぶ慣れてきたよ。ただ、少しばかり厄介があったが」

「おや」と、おさわが滝乃を疑うように見る。

「女将さん、わっちはなにもしておりんせん。わっちの馴染みが財布を掏られて、勘定ができないのでありいす。それでお開き」

「それは難儀なことだねぇ」

　というおさわの側に、吉左衛門がとことこと寄って来た。

「あら、吉っちゃん、大きくおなりでありいすなぁ」

滝乃が腰を屈《かが》めて吉左衛門へ笑顔を向けた。

「ほんに、子どもはいつの間にか大きくなるもんでね。お前さんの画室に入りそうになったから、懸命に止めたんだよ」

おさわが吉左衛門を抱き上げる。

「それは済まなかったな。あそこに入られたら、めちゃくちゃにされてしまう」

「お父っつぁんの血を引いているのだか、やたらと筆を持ちたがるのさ。おかしいねえ」

おさわが笑う。ああ、まだ駄目だ。口元に笑みはあるが、眼までは笑っていなかった。どこか屈託を抱えているような、そんなふうだった。

「無理はせずにいなさい。これから三浦屋に行って、事情を話してくる」

「ええ。そのお客は？」

「番頭には、三次郎を見張りに付けて私の居間で待たせるよういいつけた」

おさわが、お前さん、たいしたものだ、と吉左衛門をあやしつついった。

三次郎は六尺豊かで二十五貫近くある大男だ。そんな者に側に居られたら、侍とて逃げる気は起こさない。元は力士であったが、幕府から度重なる相撲の禁止令が出され、さらに明暦の大火が追い打ちをかけた。そのせいで勧進相撲が激減し、仕事にあぶれていたのを丸川で雇ったのだ。

お取り潰しの憂き目にあったどこぞのうらぶれ家中よりはよほど役に立つ。おさわは、他の奉公人と給金は一緒でも三次郎には飯を好きなだけ喰《く》わせている。

「それじゃあ、行ってくるよ」

おさわは、吉左衛門の小さな手を取って、吉兵衛に向かって振って見せた。

三浦屋から供として付いて来ていた若い衆たちに声を掛け、丸川と染め抜かれた長暖《ながの》簾《れん》をくぐって、表に出た。仲之町を三浦屋のある京町一丁目へと歩く。

「おーい、滝乃太夫じゃねえか。またお客を振ったのかい」

滝乃の姿を見て、通りにいた男がからかいの声を上げた。

「そうでありいす。野暮な殿方はまっぴら御免でありいす」

滝乃が声を張って応えると、あたりから、さすがは滝乃、日本一、と歓声が上がる。

「妙な道中になってしまいましたね」

「いいでありいす。面白いから。うふふ」

滝乃はさも楽しげだ。その横顔は眩《まぶ》しいくらい、陽の下で輝いている。

そういえば、滝乃はなにゆえ、多賀助之進を妓楼に揚げさせないのか。若く、風采《ふうさい》も悪くない。今日は財布のごたごたがあったが、これまでの四回は一文違《たが》わず支払っている。それなりに酒肴を注文し、呼び出しは太夫の滝乃。揚屋からいえば、金離れのいい上客。それは遊女にとってもそうであろう。馴染みになると、禿や妓楼の若い衆に祝儀を出す。太夫からはその礼として、紙入れや煙草入れが贈られ、名入りの箸箱ができる。客はそこで有頂天になるのだが、滝乃は未《いま》だに助之進との床入りを拒んでいる。

吉兵衛は、滝乃の横顔に訊ねた。

「多賀助之進さまのなにが気に染まないのだね？」

すると、滝乃が驚くほど顔を赤くした。手練手管で男を惑わす遊女の表情ではない。

「まさか、惚《ほ》れていなさるのか？」

吉兵衛がさらに問うと、滝乃は、口元を押さえて噴き出した。

「吉さま。そうではござりんせん。あの方は、わっちの――」

噴き出したはずの滝乃が今度は顔を伏せ、小声でいった。

「裸を描かせてくれと」

裸身を？　滝乃の口から出た思わぬ言葉に吉兵衛は啞然《あぜん》とした。

吉兵衛は滝乃太夫を三浦屋まで送り届け、主人の四郎左衛門に事情を話し、急いで丸川にとって返した。

果たして助之進はおとなしく待っているだろうか。

滝乃の裸身を描きたい、か。どういう了見をしているのだ。滝乃が怒っても仕方がない。

吉兵衛が丸川の暖簾を分けると、出入り口の横に設えられている台所からよい香りがした。大釜《おおがま》からは湯気がもうもうとあがり、手際よく包丁を振るう小気味好《よ》い音が響いている。暮六ツ（午後六時頃）からの夜見世《よみせ》に備えて、仕込みが始まっていた。

「お帰りなさいませ」

番頭が吉兵衛の許にすっ飛んで来た。

「多賀さまを居間に通したかい？」

「それが」と、番頭が困った顔をした。

「待っている間、旦那の描いた画はないか、見せてくれないかとうるさくいうもんですから、三次郎にいってしごきで柱に縛りつけました」

なんともはや、図々《ずうずう》しい男だ。

「けどね、そのような乱暴な真似はよくないよ。聞けば、亀山石川《かめやまいしかわ》家の倅という じゃないか。三浦屋の四郎左衛門が教えてくれた」

「構うこっちゃありません。財布を掏られたのは気の毒ですが、ここでは銭を払えない輩《やから》は、皆同じ。身分など吉原では役に立ちません。振りかざすほうが野暮でございます」

番頭はきっぱりいった。

まあ、確かにそうだ。出入り口は大門のみで、三方堀で囲まれた吉原は、江戸の市中とは一線を画している。ここにはここだけのしきたりがあり、やり方がある。訪れる客は、きれいに遊んで、きれいに銭を払ってこそなのだ。それができない者はどんな仕打ちを受けても文句はいえない。武士も町人もない。

「なんだろうねえ、私はそんなことも忘れてしまったのかと思わず笑ってしまったよ。あんなに元吉原で楽しませてもらった身なのにねぇ」

「いいえ、お優しいのでしょうよ。さて、どういたしましょうか。喋《しゃべ》りが巧みそうですから、口車に乗せられちゃいけませんよ、旦那」

番頭が吉兵衛に釘《くぎ》を刺す。吉兵衛は苦笑しつつ、あたりを見回した。

「おさわはどうした？」

「お座敷へご挨拶に出ておられますよ。お元気になられてあたしも嬉しゅうございます」

「今日は気分が良いようだが、疲れたらすぐ休むようにといっておくれ」

「承知しました」

吉兵衛は番頭に背を向け、奥に入った。なにやら笑い声が聞こえてくる。

助之進か。縛られているというのに妙な男だ。

廊下の角を曲がると、果たして助之進が楽しそうにしている。その前に胡座《あぐら》をかいている三次郎も笑みを浮かべていた。力士を廃業した三次郎は滅多に笑わないどころか、口を開くのも稀《まれ》だ。珍しいこともあるものだ。

「三次郎、ご苦労だったね。もうしごきを解《ほど》いてやりなさい」

三次郎と助之進が同時に吉兵衛に眼を向けた。

「あ、代人さん、お戻りですか。あの番頭は酷い男だ」

「酷いのはどちらかな。私の留守に私の画を見たいとごねていたそうではないですか」

「ごねたわけではない。頼んでいたのだ。さあ、ほら代人さんが解けといったんだ。早くしておくれよ、三次郎さん」

三次郎は笑顔を引っ込めて、吉兵衛を見上げた。

「三次郎、随分と楽しそうだったな」

吉兵衛が話しかけると、三次郎は黙って頷く。その問いを引き受けるように助之進が口を開いた。

「いやあ、元は力士だったと聞いたんで、ね。そうしたら私の父が懇意にしている力士の付け人だったというから驚きだ。ついつい相撲やら人気の力士の話で盛り上がってしまったというわけでして」

「ほう。それは奇縁ですね」

吉兵衛が驚くと、助之進がにっと笑った。

「私は江戸に出て来て、まださほどに年を経ていないが、町絵師に会ったのも何かの縁。ねえ、どうでしょう。代人さんの画を見せてはいただけませんか？」

三次郎がしごきを解くと、ああ、痛えと助之進が腕をさすった。

「さすがに力士だっただけのことはあるよ。しごきが腕に食い込んだ」

「申し訳ございません」と、三次郎がぼそりといった。

「いいよいいよ、三次郎さん、私はしばらくここで厄介になるつもりだから、よろしく頼むよ」

へい、と三次郎がかすかに笑みを浮かべた。ただ、図々しいだけじゃない。助之進は人の心の中にすっと入って行くのに長《た》けているらしい。滝乃も別れ間際に煙草を喫《の》ませていた。裸身を描かれるのは拒んでいるが、助之進をどこか憎からず思っているのだろう。やはり面白い。

「さあ、こちらへ。三次郎、茶を頼むよ」

吉兵衛は助之進を促しつつ、障子に指を掛ける。

「ここは私の居室なので遠慮なく」

「画室として使われているのですか？」

「いえ、画室は隣室を使っておりますがね。ほんの小部屋ですが」

おう、と助之進が眼を輝かせた。

「いやぁ、師匠につかなかったという町絵師の画をぜひ拝見させていただきたい。私もまだまだ修業が足りませんのでね」

その物言いにいささか鼻白んだ吉兵衛は障子を開け、首を回した。

「やはり狩野を学んでいる方は違う。町絵師とご自分をしっかり分けていらっしゃる」

あ、そういうわけではありませんよ、様々な画を見て学びたいのです、と助之進は悪びれた様子をまったく見せない。

「では、多賀さまが先ほど描かれた滝乃太夫と見せ合いをいたしましょうか」

気を鎮め吉兵衛は、宴席の際に助之進がいったように返した。

「意地が悪いですね。ま、先に私がいったのだから仕方ない。けれど太夫の画は戯れに描いたもの。描いたのは、おたふくですから」

おたふく、とは。滝乃がむくれるはずだ。

「それで気を引こうと思ったのですがね。女子の心は難しい」と、助之進が鬢《びん》を掻いた。

「からかいを嬉しく思う女子もいるが、気に染まぬ女子もいる。見極めなければね」

「代人さんは、女子の機微をわきまえていなさるんですねぇ。さすがだなぁ」

「世辞と聞いておきますよ」

吉兵衛が座敷に足を踏み入れると、やや、と助之進が頓狂な声を上げた。

居室には、京から仕入れた草双紙が堆《うずたか》く積まれている。

「これは、すごい。すべて代人さんが集めたのですか？」

そういうや助之進は吉兵衛の答えも待たずに、座敷に走り込んで早速、草双紙を繰り始める。

「ああ、これは京の版元だ。懐かしいな、国許は伊勢《いせ》亀山ですが、京の草紙はよく読んでおりました。江戸へは父について来たのですがね」

吉兵衛は、草紙を食い入るように見つめる助之進を後目《しりめ》にゆっくりと腰を下ろした。

「さて、多賀さま。三両と二分。どのようにお支払いいただけますかね」

はあ、とため息を吐いた助之進は草紙を閉じて、背すじを伸ばしかしこまった。

「やはり屋敷には使いを出されたくはないので、ここで働かせてほしい」

どうしてもここに居残りたいらしい。

「ですが、帰らなければそれはそれで騒ぎになります。どこにいるかだけでもお伝えしないといけませんよ。いずれにしろお父上のお耳に入ることになりましょう」

いや、それは、と助之進が慌て始める。そこまで父親に知られたくないのはどうしたわけか。吉兵衛が小難しい顔をする。と、助之進が慌てて、頭を下げた。

「頼む、この通りだ。まことに父は厳しいのだ。私が中橋狩野の門を叩《たた》いたのは殿さまの命だというのに、気に食わないのだ。おかしいでしょう？　画はあくまでも嗜《たしな》み。本業は医術なのだとうるさくてかなわんのです」

それはそうだろう。藩医を務める父であれば、跡を継いで禄を食《は》んでほしいと望むのは当然だ。それでも狩野を学ばせたいと思った殿さまは、この助之進の画才を見抜いたということだ。

「それで多賀さまは、医術と画とどちらを望んでいなさるので？」

吉兵衛が訊ねると、助之進は、ややあってから、きりりと眉《まゆ》を引き絞り、はっきりと口にした。

「絵師になろうと思っています」

吉兵衛は二の句が継げなかった。狼狽《ろうばい》した。侍医という地位を捨てる気か。若さゆえの気の迷いか。が、すぐに助之進の眉は垂れ、物言いも情けなくなり、

「なんでもいたします。客引きでも、薪割《まきわ》りでも、これでも多少医術の心得もございますし、色々お役に立てると思いますが」

置いてけ堀にされた童のような眼をして、吉兵衛の言葉を待っている。

面白いが厄介な若者だ。

吉兵衛は頭を巡らし、ふと考えた。

本来、絵師の修業には、筆を自在に運ぶ運筆、物を見ながら写す写生、師匠の手本を写す粉本《ふんぽん》や先人の画を写す臨画《りんが》がある。しかし、吉兵衛に師匠はいない。郷里房州保田でただひたすら古《いにしえ》の絵師たちの画を見、写してきた。父が集めた様々な流派の小品を、掛け物を飽くことなく眺め、手本として画技を磨いた。我流の筆だ。絵手本すら持っていない。今眼前で、頭を下げるこの若者は、おそらくなんの苦労もなく暮らしてきたのだ。その育ちの良さが鷹揚な態度に表れてもいるし、他人を引き込む巧みさもある。その上、殿さまのお声掛りで中橋狩野に入門し、画を学んだという。

しかも、絵師になりたいと堂々といってのけた。

おれは、どうだ？　他人と比べたとて詮無いとわかっていながら、苛立《いらだ》ちが募る。この助之進が素直な心根であるがゆえに、余計、気に障る。

若いうちなら、なんでもいえる。なんにでもなれると思うのだ。歳を重ねれば、それが勘違いだったと気づく。

おれは四十過ぎ。助之進はまだ二十歳そこそこ。

おさわと夫婦になって、ようやく絵師への道が拓《ひら》けたとはいえ、幾年経っても、子ども相手の草双紙の挿絵絵師だ。墨一色の版下絵師だ。自分の名さえ入れることが出来ない。鱗形屋が京坂に追いつけ追い越せとばかりに、江戸の地本を版行すると息巻いているが、それもいっかな進展がない。何年、待たされているのか、嫌気が差す。

不意に大火で死んださくらの笑顔が浮かぶ。いつか、描きたい。吉原の妓たちをこの手で描いてやりたい。そう思っても、その望みは叶《かな》わぬかもしれぬのに。

それなのに、この若者は——。

吉兵衛は、はっきりと妬心《としん》を覚えた。

なんと惨めなことか。ちくりと縫い針が指先を突いたような痛みが走る。叫び出したい気分になる。

黙っている吉兵衛を助之進は神妙な面持ちで見つめていた。

吉兵衛は煙草盆を引き寄せる。煙管を取り出し、刻みを詰めた。

「わかりました」

吉兵衛がいうや、助之進が色めき立つ。煙を吐いた吉兵衛は一拍置いてから口を開いた。

「そこまでお父上に知られたくないとおっしゃるなら、こうしましょう。私は大伝馬町《おおでんまちょう》に住まいを別に持っております」

「では、私をそこにいることにしていただけるのか?」

助之進は思わず身を乗り出す。

「そうです。僭越《せんえつ》ではございますが、兄弟子の処とでもいえばよろしいかと」

「ありがたい」と、助之進は、ポンと膝を打った。

「恩に着せるわけではないが、中橋狩野家の絵手本をお譲りいただけないか?」

吉兵衛はもう一服、煙草を喫むと、胸を撫で下ろしている助之進に向かっていった。

五

助之進が丸川に居座り続けてから十日が経った。その働き振りには、眼を瞠るものがあった。朝は誰より早く起きて店先の掃除をする。その後は座敷の畳を拭《ふ》き、それが終わると、昼見世の客たちに声を掛ける。夜は夜で、呼ばれてもいないのに宴席に入って幇間の真似事をする。客も遊女も戸惑うが、助之進の話術と滑稽な仕草に大笑いし始め、ちゃっかり花代までせしめるという調子の良さだ。

遊女から、腹が痛いといわれれば、診立てをする。若い衆が足をくじいたといえば手当てをする。おさわと先夫との子、おたえと遊び、吉左衛門のむつきも替える。

大引けの子《ね》の刻（午前零時）、助之進は宴席を片付け、器を洗い、風呂《ふろ》まで掃除する。いつ休んでいるのかと思うほど、八面六臂《ろっぴ》の仏すら敵わないほどの働き者だ。

ほんの数日で、丸川の奉公人たちは助之進を「助さん」「助の字」と呼んでいる。すっかり丸川に馴染んでしまった。

吉兵衛は、息子の吉左衛門を抱くおさわとともに、番頭の話を聞いていた。

「すでにどこかで居残りやっていたんじゃないですかね。びっくり仰天とはこのことですな。客あしらいなどうまいどころじゃねえんですよ。幇間にいたっては本業が舌を巻くくらいで、ぐうの音も出ないと。今日など、助さんを頼むよ、なんて客までついてしまって」

苦り切った番頭の顔を見て、おさわが身をよじって笑う。

「いいじゃないかえ。ずっといてもらいたいねぇ。吉左衛門もおたえも懐いているし、風采もいいし。このまま、うちの名物男にしちまえばさ」

なんと、と番頭が慌てふためく。

「そんなわけにはいきませんよ。三両二分の払いのためとはいえ、助さん、いや助之進さんは亀山藩の侍医の倅なんですから」

「でも、お医者にはならないんでしょう？　絵師なら遊びも大事よね、お前さん？」

おさわが妙な眼を向ける。言い返せない吉兵衛を見て、くすりと笑う。

「でも、まことに侍医の倅ですかね？」

首を傾げる番頭に吉兵衛が応えた。

「上野《うえの》の黒門町《くろもんちょう》にある上屋敷に助之進さんの自筆の文を届けたのだから間違いないよ」

番頭は、ああそうでした、三次郎が使いをしましたな、と頷いた。

「客から花代まで得ておりますから、借金もあっという間に返せるかもしれませんね」

「あら、花代から三割はお取りなさいな。うちで勝手に商売しているなら」

「それは、うっかりしておりました」と、番頭が盆の窪《くぼ》に手を当てた。

「いやねぇ、うちに出入りしている芸者や幇間と扱いは同じにしないと。だいたい、自分から居残りしているんだから、ここのしきたりは守ってもらわないとね。でないとちゃんと生業《なりわい》にしている芸者たちから睨《にら》まれる」

大変申し訳ございません、と番頭が頭を下げた。すると、

「きゃあ」と、表通りから嬌声《きょうせい》が聞こえてきた。

「なんでしょうな。うちの前のようですが」

番頭が腰を上げかけたとき、ひとりの若い衆が「番頭さん、女将さん」と、すっ飛んで来た。顔を強張《こわば》らせている。

「どうした、今の女の声のことかい?」

「助の字ですよ。高田屋《たかだや》の妓を裸に剝《む》いて画を描いております」

「な、なんだって」

吉兵衛は弾かれるように立ち上がると、足袋裸足《はだし》で通りに躍り出た。

色々な遊女屋の妓たちが輪を作るように集まって、歓声を上げている。その中心にいるのは助之進だ。

「なにをしているんだ」

吉兵衛が声を張ると、妓たちがはっとして蜘蛛《くも》の子を散らすように逃げていく。吉兵衛の目の前に現れたのは、縁台に座って筆を執っている助之進と裸、とはいかないまでも乳房の膨らみが見えるほど襟を大きく抜いている妓だ。高田屋の張り出しだ。

張り出しは吉兵衛を見て、とってつけたような会釈をすると、ささっと襟を直し、その場から立ち去ろうとした。

「お待ちなさい」と、吉兵衛が厳しい声を浴びせると、張り出しの足がぴたりと止まる。

「悪さをしていたわけじゃない。客へ出す文を代わりに書いてもらったそのお礼だよ」

と、吉兵衛を上目遣いに見つめてきた。

妓たちは昼見世と夜見世の間に身体を休める。だが、ぼうっとしているのではなく、肌の手入れや、近ごろ足が遠のいている馴染み客に文などを書いて過ごす。

「申し訳ありません、代人さん。この姐《ねえ》さんに代書を頼まれたんですが、銭が払えないというので、ならば像主になってくれと。それは私からいい出したことなので、どうかご勘弁願います」

珍しく助之進が真顔でいってきた。

「勘弁もなにも、ここに集っていた妓たちから洩れることだよ。余計なことをしてくれるね。妓たちは皆、妓楼に抱えられているんだ。主人の許可なく身を晒すなんて、ましてや画を描こうだなんて——あ」

そういえば、滝乃の裸身の件を聞きそびれていた。

「助之進さん、このことは高田屋さんに私から詫《わ》びておく。お前さんも、行きなさい」

張り出しは、ほっとした表情で、ぱたぱたと駆け出していった。

吉兵衛は、妓を見送ってから助之進をぎろりと睨んだ。素直に頭を下げる助之進の隣

に腰を下ろすと、

「訊《き》きたいことがあったのだがね。滝乃にも裸身を描かせてくれといっていたそうで。あの張り出しはその代わりということですかね」

吉兵衛は質《ただ》した。

「ご存じでしたか。滝乃太夫はいい女です。あの小袖の下にどんな裸身があるのか気になって仕方がないのです。それで懸命に通ったのですが、色良い返事はしてもらえず」

助之進がうな垂れた。が、すぐに顔を上げて吉兵衛を見るや、喚《わめ》き出した。

「裸だけでいいといったのですよ。それ以外は必要ない。あとは眠っていようが、構わないと。それなのに」

その必死な形相に吉兵衛はたまらず噴き出した。怒りを通り越し、あまりに可笑《おか》しくて、腹がよじれて苦しい。

「なんですか、代人さん。妙なことをいいましたか。笑っていないで教えてくださいよ」

吉兵衛は目尻の涙を拭いながら、途切れ途切れにいった。

「それは野暮天だ。野暮すぎる」

ここは吉原。妓とは三三九度の盃を交わして擬似夫婦になり、契《ちぎ》る。

「それを裸身だけ描かせてくれたら、あとは用済みでは、滝乃太夫も怒るに決まっている」

かりそめの夫婦とはいえ、好いた惚れたの恋模様がここにはある。男は女に好かれたい、女は男を惚れさせたい。そういう駆け引きの場でもある。そして同衾したら、女は男を離すまいと、手練手管で骨抜きにする。

滝乃は、太夫としての自尊心を傷つけられたのだ。連れ立って見世までの道中を張ろうなどとは思わないだろう。

「いうなれば、遊女の生業を無視したってことですよ。それに助之進さん、あなた五回も滝乃に会いに来た。それもね」

と、呆れるように首を横に振った。初めて揚屋に呼び出して顔を合わせることを初会という。このとき、太夫は話もせずただ宴席を設けるだけだ。

そして、二度目は裏を返すといい、盃をやり取りして仮祝言。それでも太夫は男を受け入れることはない。三度目でようやく馴染みとなれる。だが、ここで太夫が嫌だといえば、もう脈はない。男は泣く泣く諦めるか、金に飽かして納得させるか。ともかく通い詰めるか。かつて吉兵衛もそうであったが……いずれにしても、女が男を選ぶのだ。

「うんといわない遊女を追いかけるのも野暮だが、画だけでいいというのもまた野暮だ」

「ああ、そういうものですか。私はただ裸身を描きたい、その一念だけで来たというのに。それが太夫を怒らせていたとは」

助之進はすっかり肩を落とした。

「それでも、滝乃の煙草を喫めただけでもいいとしましょう――」

と、吉兵衛は助之進の手許を覗き込み、はっとした。紙に描かれた張り出しの画。ふっくりとした頰から顎、喉元《のどもと》、襟の皺《しわ》、乳房の膨らみが、滑らかな強弱のついた線と墨の濃淡とで表されていた。艶《なま》めかしい女の匂いが立ち上るようだ。滝乃もこうして描かれたならば、くらりとしたかもしれない。なにより美しいその線に吉兵衛は魅《ひ》かれていた。

狩野の絵師とは皆、こうなのか。いや、違う。この若者が優れた才を持っているのだ。吉兵衛の視線に気づいた助之進が画を隠そうとしたが、すでに遅しと思ったのか、

「代人さんと約束した絵手本は、画塾に置きっぱなしなもので、むろん、取りに行けばいいことなんですが、私は、破門されそうなんですよ」

そう唐突にいって、張り出しの画を膝の上に載せ、矢立をしまった。

破門？　中橋狩野をか。吉兵衛は眼をしばたたいた。

「狩野で最初に描かせるのは宝珠だというのはご存じでしょう。狩野では、正月元日にも古例に則《のっと》り、宝珠を描きます。描き初めですね。幾度も描くことで、筆の運びがわかってきます。それから、師匠より絵手本を頂戴《ちょうだい》し、それを嫌というほど、描き続ける」

それが粉本と呼ばれているものだ。

「さらに狩野では先人たちの画がすべてです。それを踏襲することが、狩野が狩野たる所以《ゆえん》なわけです。けれど、私は粉本にも臨画にも飽いてしまった。先人の画をそっくり写したところで、その画以上のものは描けないと思ったのですよ」

「しかし基本は疎かにすべきではないな。それらを続けることで、運筆もわかる。筆の

趣も理解できる」

吉兵衛は助之進を見つめる。画を描く者とこうして話をする機会は滅多にない。しかも助之進は絵師になりたいのだ。だが、狩野を破門されそうだという。一体なにがあったのか。助之進がなにをいわんとしているのか、知りたくなった。それが狩野を否定するものならば、興味がある。とっくりと聞きたい。吉兵衛は己の卑しい心を呪う。

いまだに門前払いを食らわされたことを恨んでいるのか。

もう二十年以上の前のことを――。

いや、そうではない。画帳を偶然拾い上げた岩佐又兵衛がおれの画を褒めたのに対し、探幽の口からは一言もなかったことをだ。

おれの画を否定したわけでもない。つまりは無関心だったのだ。それが歯嚙みをするほど悔しかった。

夜見世までの客のいない吉原は長閑《のどか》なものだ。時折、妓たち相手の菓子屋が通り過ぎ、若い衆たちも仲間内で将棋を指している。

「粉本も臨画も、技量は上がりましょう。しかしそれだけだとは思いませんか。筆意は、描き手の思いでなければならない。先人の画をいかに巧みに写し取っても、本来の描き手の心には遠く及ばない」

「画には描き手の思いが宿っていなければならないということだね?」

吉兵衛が訊ねると、助之進は幾度も頷いた。

「そうですそうです。写しただけの画は所詮抜け殻。魂など入ってはいない」

「しかしそれは修業のためでしょう。画技の習得のためですよ」

「そんなことは承知の上です。自分の修業であるのは間違いない。とはいえ、このやり方では法印探幽さまのようなとてつもない才を持つ者が幾人も出るはずがない。もっとも狩野が生き残ってきたのは、粉本や臨画で、我が子、門弟に狩野の技を徹底的に継承させてきたからです。たとえ子に才がなくとも頭領にして、門弟たちに描かせればよいのですから。それに、同じ筆遣いができれば多くの注文をさばくこともできる。師匠が絵組さえ考えれば筆は弟子でも構わない。まったく都合のいい仕組みを作り上げたものです。それで狩野は安泰だ。ははは」

　そこまで言い切る助之進に、吉兵衛は清々《すがすが》しささえ覚えるが、このような考え方は狩野には必要ないに違いない。必要なのは、あくまでも、狩野の筆法を会得させること。それは足利家室町《あしかがむろまち》の時代、狩野派の祖である正信《まさのぶ》の頃から連綿と受け継がれしものである。

　そして、血族の堅い結束もまた幕府御用絵師としての地位を揺るぎないものとしていた。

「ですから私は生身の人を描きたい。花、草木、獣とて同じですよ。本物はただそれだけで美しさがある。画はとても敵いません。しかし、美しく描きたいという描き手の思いが入ることで、画は違って見える。私はそれを会得するために、太夫を描きたかった」

代人さんにもこの気持ちわかっていただけますよね、と吉兵衛に顔を寄せてくる。

真顔で語る助之進に、抱いた妬心が解けていく。これからこの若者がどういう画を描いていくのか、吉兵衛の心が騒いだ。やはり、若さが羨《うらや》ましい。この先、いくらでも描ける。

「しかし、それがなぜ破門につながるのですかね？」

吉兵衛の問いに、助之進が唇を曲げた。いきなり右腕の袂を捲《まく》り上げる。吉兵衛は眼を見開く。青い痣《あざ》が無数に出来ている。

「兄弟子たちにやられました。法眼さまの庭の花を写していたら、背からいきなり蹴《け》り飛ばされ、そのあとも寄ってたかって殴られ蹴られ。痛いのなんのって。息が止まるかと思いましたよ」

明るくいっているが、相当に酷い折檻《せっかん》だったのだろう。

「気に食わなかったんでしょうねぇ。狩野ではしてはならない、写生などと馬鹿にする。それが法眼さまのお耳に入ったのでしょう。まあ、兄弟子たちが有る事無い事尾ひれをつけて、言い立てたと思いますが」

吉兵衛は眉間《みけん》に皺を寄せた。乱暴を働いた兄弟子ではなく、助之進が破門とは。なんとも得心しがたい。

「それでよろしいので？　法眼さまになにゆえ訴えないのか」

「仕方がありません。もう花は写しませんと約定できませんのでね。修業の仕方を限られるのはたまりませんよ。無論、狩野は幕府の御用絵師であり、大名家のお抱えでもある。その権威はわかります。私とてその権威で食っていけるかもしれません」

しかし、描きたいものを描いてなにが悪いのか、と助之進は力を込める。

「代人さんはどうですか？　絵師なら自分の描きたいものを描くべきだと思いませんか」

吉兵衛は顎を上げ、空を仰いだ。

「さて、それはどうでしょうね。好きに描くのが絵師とは限りませんよ」

「どういう意味ですか、代人さん」と、助之進が訝しげにいった。

「そのままの意味ですよ。さ、店に戻りますか。そろそろ夜見世に備えないと」

吉兵衛は両膝を叩いて、腰を上げると助之進を促した。

六

店に戻ると、

「ちょっと私の画室に寄りませんか」

助之進を誘った。

「ようやく画を見せていただけるのですか？」

眼を輝かせる助之進に、吉兵衛は薄く笑う。

「がっかりされるかも知れませんよ。好きに描くのが絵師とは限りませんといった答えがここにありますのでね」

吉兵衛は、以前通した居間の隣室の襖《ふすま》を引いた。紙があちらこちらに散らばり、筆立て、硯、水洗が並んでいる。その中に描きかけの版下絵がある。玩具《おもちゃ》で遊ぶ童の画だ。助之進は、ああと息を洩らした。

洩らした息が、落胆なのか、その表情からは窺《うかが》い知れない。

「さ、とっくりご覧ください。これが、今の私の仕事ですよ。絵師といっても、子ども向けの絵本挿絵ばかりだ。蔑《さげす》んでもらっても一向に構わない。ここには助之進さんのいう筆意の欠片《かけら》もない。私はこのようなもので銭を得ている挿絵絵師なのですよ」

吉兵衛は画室に入るなり、自分がこれまで手がけた草紙を両腕に抱え、助之進の足下にどさりと置いた。

「これをすべて描かれたのですか？」

助之進は積まれた草紙を眺めて、座り込むとすぐに手に取った。吉兵衛自身、もう幾冊手掛けたものか数えることさえ億劫《おっくう》になっていた。はじめは、己の画が摺られ、世に出ることに興奮もした。喜びもあった。おさわとともに同じ草紙を飽くことなく幾度読み返し、眺めたことか。けれど、慣れてしまえばどうということもない。たいていが、京坂版の再版である。挿絵だけを新たに描き起こすだけ、絵組は元の物とさして変えていない。

物語を読み、版元にそういわれているからだ。挿絵をこうしたいと吉兵衛が提案しても、「画は入っていればいいんですから、余計なことをしないでください。誰が描いても同じですよ」と取りつく島もない。

そうこうする内、吉兵衛の熱も失われていったのだ。それは諦観《ていかん》に似たものだったのかもしれない。だが、胸の奥底ではちろちろと燻《くすぶ》る火種が確かにあった。

絵師として立つためには、作画が誰であるのか版本ではっきりと示すべきであると。

そのためには画技をさらに磨かねばならないと。しかし、その意気込みを理解してくれる版元はいない。

「京の草紙を集めているのも、手本として使っているのだよ」

吉兵衛は、京の草紙と自分の草紙を次々開いて、自嘲気味にいった。

「絵組もこれを拝借しているんだ。この獣もそう」

「ええ。そのようですね」と、助之進は遠慮なく応えた。

「中橋狩野の法眼安信さまから教えを受けている助之進さんにはわからないだろうね。このような草紙の類などくだらぬ悪戯《いたずら》描きでしかないだろう」

先のある助之進に吐露したところで詮方ない。だが、溜まった澱《おり》を吐き出してしまいたい思いに駆られていた。おさわと夫婦になり、暮らしは豊かになった。しかし、画を描く熱を持ち続けたとしても、思い通りにはならない。その苛立ちを、理想を語るこの若者にぶつけたくなった。なんとも己がうら寂しい。

「私は縫箔師の倅でね、小袖の文様などを描いていたんだよ。漁村の生まれで、幼い頃から私は一番画がうまいと驕《おご》っていたものでね。絵師になると決め江戸に出たが、仕事などそうそうありつけはしない。ようやく得たのがこれだ」

吉兵衛の声は知らぬうちに大きくなっていた。怒りではない。己の不甲斐《ふがい》なさを責めているのだ。いや、それも言い訳か。

「絵師なら自分の描きたいものを描くべきだという、助之進さんの気持ちはわかる。だが、それは名のある絵師だけだ。狩野をはじめとし、土佐、琳派といった画塾で学び、名を得た者たちのみだ。そうした者らとて、依頼者の要望が優先されるのだ」

吉兵衛は草紙の丁を繰る助之進を厳しく見据える。聞いているのか、と口から出かかったとき、

「京の挿絵絵師も画塾で学んだ者でしょう。ですが、代人さんの方が勝っております」

助之進が顔を上げた。

「馬鹿馬鹿しい。勝っていようと、所詮は写しだ」

吉兵衛は吐き捨てた。

「いいえ。代人さんの画は、この草紙を楽しむ童たちのために描いているのが伝わってきます。私は間違っていた。先人の画をいくら写そうと、それ以上の画を描くことはできないと思っていた。だが、これは違います」

助之進が身を震わせる。

「絵組は同じでも、筆の運び、勢いがまったく異なっている。ああ、こちらもそうだ。

これもこれも。伸び伸びとして、品がある。すべてが代人さんの画になっている。こうした画なら絵本でなく飾って眺める一枚が欲しい」

と、助之進は草紙を幾冊も開く。

「師匠がいないというのは偽りでしょう。これらの絵師はそれぞれが、別の流派ではないですか。こちらは土佐、これは長谷川」

ひと目で見抜く助之進の眼力もたいしたものだ。

そのようなことをいわれたのは初めてだ。版元は画など見てはいない。もしも助之進のいう通りなら、おれは様々な流派を通して己の画を生み出せるかもしれない。それがおれだけの画法になり得るというのか。

「私は、心得違いをしていました。代人さん、かたじけのうございました。学ばせていただいた」

助之進が静かに頭を下げた。けれどすぐに顔を上げ、いった。

「鳥も花も、本物を写すことはやめませんがね。私に描かれたがっているから」

それから五日後の昼、助之進は三両二分をきちりと支払った。ほとんどが幇間で稼いだ銭だ。丸川の者たちは、助之進が居残り者であるのは知っていても、まことの身元は知らない。そのためか、ここにずっといればいいとか、遊び銭が払えなかったらまた働けばいいとか、男芸者になればいいとか、勝手なことを口々にいった。

中でも三次郎が特に寂しそうにしていたのが、吉兵衛の眼に映った。

おたえは涙ぐんで、おさわにしがみついている。見れば、番頭まで洟《はな》をすすっている。

助之進は、ぐるりと皆を見回し、にこりと笑う。

「皆々さま、お世話になりました。大変楽しく過ごさせていただきました。次はきちんと財布を腰に括《くく》り付けて客として遊びに参ります。ちゃんともてなしをしてくださいよ」

そういって皆を泣き笑いさせた。

吉兵衛は、助之進を大門まで送るとおさわに告げて、ともに丸川を出た。

仲之町通をゆっくりと歩く。

「代人さん。狩野を破門されたら、多賀朝湖《ちょうこ》と名乗って画を描くつもりです」

「男芸者の名じゃなさそうで、ほっとしたよ。しかし、侍医の父上にはどう話すんだい」

吉兵衛は訊ねた。

「そのままいうしかないでしょう。医者にはならない、絵師になると。まあ、狩野は破門、親には勘当。この身ひとつでやっていくしかないですね。ここの妓たちを見習って。憂き世を浮き世に変えませんとね。それが、画で出来ればなおよしです」

吉兵衛は思わず助之進の顔を見る。

「あはは、大層なことといっちゃいましたかね」と、助之進が照れる。

吉兵衛は、いいや、いいやと首を横に振る。

歩きながら、ああ、そうだ、と助之進が呟いた。

「ああ、ところで草双紙なんですが、やはり親が子に読んで聞かせるものなんでしょうかね」

ん？　と吉兵衛は助之進へ首を回した。助之進は、それがさも不思議だというように、顎に手を当て、考え込むような顔をしていた。

「なにか、妙なことでもあるのかい？」

吉兵衛が問うと、助之進は、

「まず親が読む。そして子は画を見る。そういう作りになっているのだなと思っただけなんですけどね――なにやら、面倒だなと。あ、あ、代人さん！」

あれ、あれ、見てくださいよ、と助之進が声を震わせ、大門を指差した。吉兵衛も仰天した。滝乃が立っていた。

吉兵衛は、助之進の背をとんと押した。

「私の見送りはここまでだよ。あとは、滝乃に任せた。また遊びに来るのを待っておりますよ」

「はい、必ず」

と、助之進は小躍りしながら走り出した。

まったく最後まで調子のいい男だ、と吉兵衛は踵《きびす》を返した。そのとき、不意に助之進の言葉が甦《よみがえ》ってきた。

「まず親が読む。そして子は画を見る。まず親が読む。そして子は画を見る――」

吉兵衛は助之進の言葉を繰り返した。頭の中で丁を繰る。まず詞書《ことばが》きがあり、画がある。詞書きの見開き、そして画の見開き。

なにゆえ、そうなっている？　文字だけの版木と画だけの版木で草紙はできている。もっと挿絵が見やすく、楽しめないか。

ああ、そうか――。そういうことか。

吉兵衛の足の運びが速くなっていた。こうしちゃいられねえぞ。変えるんだ。おれが江戸の本屋を変えてやる。いつの間にか、駆け出していた。

「おさわ、おさわ。鱗形屋に行くぞ。羽織を出してくれ」

暖簾をはねあげるなり、叫んだ。

第四章　絵師菱川師宣

一

吉兵衛は羽織を着け、駕籠屋《かごや》を頼んでから揚屋丸川を出た。仲之町通を急ぎ歩きながら、胸の高鳴りが抑えきれなかった。これはきっと面白いに違いない。鱗形屋の孫兵衛に告げれば必ず乗ってくるだろう。今売られている絵本の形を変えるのだ。もっと見やすく、読みやすい物へと変えるのだ。誰もが楽しめる読み物にするのだ。

おれの考えなら、必ず出来る。作ってみせる。

もともと書物は学のある者や武家、僧侶《そうりょ》、豪商のためにあった。すなわち海を渡って来た唐本や医書、歴史書の類《たぐい》。経典、仏教書などはあらゆる宗派の物が出された。いわゆる物の本だ。それらは、一般に流通させるのを目的として作られておらず、ごくごく一部の者たちの間で売り買いされていたにすぎない。または、写本という形で知識人たちの間を巡っていた。

そうした硬い書物は美麗なつくりで、部数も少なく、値も張るため、とてもとても庶民の手が届くはずもない。が、そもそも漢籍や医学書など、大衆が興味を抱いたり、読みたいと欲したりするものではない。

日々の暮らしを懸命に営んでいる庶民が、頭を捻《ひね》って漢文を読もうと思うだろうか。経典を見ながら経を唱えるだろうか。古《いにしえ》の公家《くげ》たちが編んだ歌集も、宮中の女官が綴《つづ》った物語も彼らにとっては大差ない。俳諧《はいかい》本とて、同じだ。

つまり書物など、裏店《うらだな》住まいの者には何の役にも立たないのである。

だが、孫兵衛は大衆に広く行き渡らせる読み物を作ろうとしている。それが――江戸の地本になる。この日の本でもっとも多くの人々が集まっているこの町で、人々が喜ぶもの、役に立つもの、裏店で話題になるもの。

それを作るとき、絵筆に何が出来るか？　そんなものは愚問だ。文字よりも、画だ。画のほうがよほどわかりやすいではないか。眼にすぐさま訴えることが出来る――。

大門から駕籠に乗る。

日本堤を駕籠に揺られながら、吉兵衛の思いは一層確かなものへと変わってくる。

頭の中では、一冊の草紙がすでに出来上がっていた。

こんな容易《たやす》いことになぜこれまで気づけなかったのかが、不思議なくらいだった。

思わず知らず笑みさえこぼれてくる。

山谷堀《さんやぼり》を渡る風が心地よく感じられた。

大伝馬町の鱗形屋の前を小僧が掃いている。箱看板には、丸に三角形を三つ配した鱗形の紋に「本問屋　さうし」と記されている。通油町《とおりあぶらちょう》には、京の本屋の出店鶴屋もある。

　小上がりには薄べりが敷かれ、左側には帳場、その背面の壁には書物の外題が書かれた紙が貼られている。奥に堆《うずたか》く積まれているのは浄瑠璃《じょうるり》本、漢籍、説経本などの類であろう。帳場では番頭と手代が客の相手をしていた。武家がふたりと商家の隠居と思《おぼ》しき者が供連れで書物を選んでいた。気持ちは急いていたが、声を掛けるのははばかられる。箒《ほうき》を手にした小僧が吉兵衛に気づいて近寄って来る。

「あの、お客さま。なにか書物をお探しですか？」

　利発そうな顔をした小僧は、吉兵衛を仰ぐ。

「いや、違うんだ。主《あるじ》の孫兵衛さんにお会いしたいのだが、いらっしゃるかね。丸川の菱川吉兵衛と伝えてもらえばすぐにわかる」

　小僧は少し困った顔をした。

「旦那《だんな》さまは出掛けておりますが」

「そうか」と、吉兵衛は呟《つぶや》いた。孫兵衛の不在など頭に割り込むすきが微塵《みじん》もなかった。なにやら勢いを削《そ》がれる気がした。浅草の外れの吉原から、ここまでの道すがら、今にも口から溢《あふ》れ出そうなのを堪《こら》えてきたというものを。だが、孫兵衛にも都合がある。

　勇み足、か。吉兵衛は己を笑う。それでも、

「いつ頃お戻りになるとおっしゃっていたかね。急いでいるのだが、店で待たせてもら

っても構わないかね」

早口でそう訊《たず》ねると、小僧は首を傾げた。

「おいらに決められることじゃありませんので。番頭さんに訊《き》いてください」

「けれど、お客の相手をしているから、呼び寄せるのもどうかとね」

吉兵衛は呟くようにいった。小僧が口元を曲げる。少しだけ吉兵衛を警戒し始めたようだ。かなり不機嫌な形相をしているのだろうか、と吉兵衛が無理やり笑みを浮かべようとしたとき、

「おや、吉兵衛さん、吉兵衛さんじゃないか」

店の奥から声が掛かった。聞き馴《な》じみのある声に吉兵衛はほっとして首を回した。

「やあ、驚いた。大門の内でしかお姿を拝見したことがないもので、まさか町場でと眼を疑いましたよ。ご息災ですかな」

孫兵衛の父、三左衛門だ。家業から身を引いてからは、すっかり息子の孫兵衛に任せて、この頃は吉原にも遊びに来ない。

「こちらこそ、久方ぶりでございます。私のほうこそ、近頃めっきり大門の内でのお姿を拝見しないので、心配しておりましたよ」

吉兵衛は三左衛門の言葉を返すようにいう。

見れば、三左衛門の髷《まげ》はすっかり白くなっていた。

「ははは、やっぱり吉兵衛さんは楽しいね。けれど、元吉原の頃が懐かしいよ。やはり

浅草田圃まで行くのは骨が折れる。私も歳だね」

「そんな気弱なことを。駕籠や舟でいらっしゃればどうってことはないですよ。妓《おんな》たちが首を長くしておいでになるのを待っています」

「そう願いたいものだね」

三左衛門と吉兵衛は笑い合う。遊び仲間は軽口を交わせばすぐに昔に戻れる。

「ああ、立ち話で失礼したね。さ、上がっておくれ、上がっておくれ。訪ねて来てくれて嬉《うれ》しいよ」

「知り合ってから、もう十年以上も経ちますのに、初めてお伺いしました」

「いやいや、互いの素性も住まいも知らない。吉原での遊び仲間はそういうものさ。ああ、もうそこからでいいよ」

上機嫌の三左衛門は吉兵衛を手招き、小僧に履物を玄関へ移しておくようにいいつける。

吉兵衛は店座敷に上がる前に財布から小銭を出して小僧の手に握らせた。びっくりした小僧はすぐに三左衛門を窺《うかが》った。

「いいんだよ。頂戴《ちょうだい》しなさい」

小僧は三左衛門の許しを得て、嬉しそうに笑うと頭を下げた。

吉兵衛は小僧に笑みを向け、

「しっかり奉公するんだ。お前さんが本屋になるのを期待しているよ」

と、いった。小僧は不思議そうな顔をしたが、こくんと頷《うなず》いた。

母屋の客間に通され、三左衛門と向かい合った。

「おさわさんの具合はどうだね？」

「ええ、だいぶ良くなりました。子を育てるのは容易じゃありません。それに丸川も変わらず忙しいので、疲れが溜《た》まってしまっていたのでしょう」

「それなら安心したよ。おさわさんは妓たちにとって姉さんみたいな存在だからね。もちろん揚屋は料理屋だから、妓楼《ぎろう》とは異なるが、それでも男ばかりの旦那《だんな》衆の中で女子《おなご》が店を営むのは容易いことじゃあない。気苦労も多かろうよ」

「恐れ入ります。おかげといってはなんですが、おさわの代人を務めておりまして、客あしらいなども身につけましたよ」

三左衛門が相好を崩す。

「遊び人が揚屋の主人の代人とはねぇ。面白いこともあるもんだ」

「若い頃から十年ほども吉原で銭金を落として参りましたが、今はその逆。金を取る側に回ると不思議なもので、もっと金を使わせることが出来ないかと算段いたします。おさわもいつもこうして私に金を落とさせていたのかと思うと少々複雑な心持ちで」

ははは、と三左衛門は大声で笑った。

「客から金を絞り取るのが店だからね。内情を知ってしまうと、嫌な気分にもなるだろうよ。でも、気持ちよく遊ばせてもらっていれば、客が怒ることもない」

「そうですが」

「吉左衛門も大きくなったろうね」

「おかげさまで。歩き出してからは、より手がかかります。私の画室に入り込んで遊びたいようで困っていますよ」

「なに、画室で遊ばせてみればいい。先が楽しみだ。すでに父親の跡を継ぎたいと思っているんじゃないのかね？」

「いやいや。まだ赤子ですよ」

応《こた》えながら吉兵衛は鼻白む。町絵師の扱いがどれほどのものか、版元も兼ねていればわかるだろう。商売を離れたためか、三左衛門からはなんの気概も感じられない。楽隠居といったところか。

「ああ、そうだ。おたえちゃんは、いつも吉兵衛さんの画室に入り浸っているんだったね」

おたえは確かに画《え》に興味を持っている。一度、絵筆を持たせて画を写させてみたがなかなか筋がいい。物をよく見る眼が備わっていた。これは、修練を積んだからといって身につくわけではない。生まれ持った才でもある。むろんのこと、おさわはいい顔をしない。揚屋の跡取りに画の才などなくていいといっている。

しかし、おたえにおさわと同じ道を歩ませるつもりなのかと思うと、それも不憫《ふびん》だ。吉原の揚屋は町場の料理屋とはわけが違う。ときには、妓に振られた男を慰め、野暮な客には吉原のしきたりを教え、妓との取り持ちもする。他の揚屋、妓楼との付き合いもある。海千山千の主人たちを相手にしなければならない。

この先死ぬまで男と女のかりそめの情愛に満ちた大門の中に閉じ込められる。妓たちには年季があるが、揚屋の主人にはそれがない。

「女絵師なんてのも、いいねえ」

三左衛門はそういってひとり悦に入る。

「なんならうちで面倒を見てもいいよ。女絵師なら世間も沸くだろうね。それにおたえちゃんは器量好し。しかも揚屋の娘とくれば、また」

あまりにも能天気な言葉に思わず吉兵衛は三左衛門を睨《ね》めつけた。

「冗談が過ぎておりますよ。町場の絵師が絵筆一本で暮らしを立てていけるかどうか、よくおわかりのはずだ。女絵師だの、揚屋の娘だの、見世物じゃあるまいし」

さすがに三左衛門も顔色を変える。

「すまなかった。まったくその通りだ。ほんの戯言《ざれごと》だと思っておくれ。本気ではないよ。吉兵衛さんに会えてついつい嬉しくてねぇ」

「そいつはありがたい。で、本日、私がこちらに伺ったのは――」

と、身を乗り出したとき、孫兵衛の妻女と思しき女子が茶を運んできた。細面で肌白く、目鼻はくっきりとして唇は薄い。ふっくりした頰にぽてりとした唇という今様の美人ではないが、整った顔立ちをしていた。

「こちらは、丸川の吉兵衛さんだよ。私も孫兵衛も世話になっている。吉兵衛さん、孫兵衛の嫁だ。半年前に祝言を挙げたんだ」

　では吉原の、と妻女は眼をしばたたき、すぐさま指をついた。

「夫がお手間をお掛けいたしております」

「手間など何も。むしろ孫兵衛さんには私も望みを託しておりますので」

　吉兵衛が応えると、妻女はお役に立てると良いのですが、と語尾を濁した。

　その物言いが少々気になったが、ここで問うても詮無《せんな》いこと。それよりも、己の思いつきを早く三左衛門と孫兵衛に披露したくて気が急いていた。

　妻女が座敷を出、足音が遠ざかるのを待ってから三左衛門が口を開いた。

「性質は良いのだが、心配性の嫁でな。気を悪くしないでおくれよ」

「ええ」と、吉兵衛は茶を啜《すす》った。孫兵衛が何をどこまで妻女に話しているかは知れぬが、あの言葉からすると仕事のことも大抵は聞かせているのかもしれない。おそらく、おれが絵師であることも知っているのだろう。

　孫兵衛は、囲い者と子がいることを話したのだろうか。それを承知で嫁いで来たのなら心配性というより、肝が据わっていると思うが。それも他人様の家のこと。つまらぬ下衆の勘繰りだ。

「ところで、さっきいいかけたことはなんだい？　吉兵衛さんがうちを訪ねて来るなんて、よほどのことに違いないと思うのだがね」

　慎重な眼つきで訊ねてきた三左衛門に、

「その通りで」

と、吉兵衛は背筋を伸ばし、己の思いつきを早口に語った。初めのうちはにこにこと耳を傾けていた三左衛門の表情が次第に硬くなる。

すべてを聴き終えると、煙管《キセル》を取り出し、煙草盆を引き寄せた。

「なるほどね。絵本の形を変えるか。それは面白い試みだと思うが、いますぐに江戸で出来るかどうか」

三左衛門がゆるりと煙草を喫《の》み、煙をくゆらせた。

またか、と吉兵衛は内心で肩を落とす。やはり、江戸の地本を版行することには興味がないようだ。あまりに薄い反応に吉兵衛はがっかりした。勢い込んで話した己が滑稽《こっけい》に感じられる。どうすれば三左衛門の気持ちを動かせるのか。

吉兵衛は膝《ひざ》を乗り出す。

「出来るかどうかを考えるより、まずやってみようとは思いませんか？　鱗形屋が先陣を切れば、おそらく他の版元もついて来るはずだと」

「どうかねえ。今はまだまだ京の版元が強い。特に古くから続いている京の十哲と呼ばれている本屋があるのだ。うちは浄瑠璃本や仏書も扱っているからどうしてもそちらを頼らざるを得ない。勝手な真似をすれば、喧嘩《けんか》を売るようなもの。そんなことをして版木が流れてこなくなるのは、うちだけじゃない。江戸の他の版元だって困ってしまうよ」

それこそ、吉兵衛さんの挿絵の仕事だって回って来なくなるかもしれないのだよ、と三左衛門は顔を曇らせた。まったく以《も》って商いには頑固で、因襲めいた形にこだわる親《おや》爺《じ》だと、吉兵衛は苦笑する。こと商売となると遊び人の顔は微塵《みじん》も見せない。

だからこその、主人であるのだろう。

「京の版元がどれだけ力を持っているかしれないが、江戸は江戸。もうよしましょうよ、かつての大火が旧《ふる》い物をすっかり焼き尽くした。芝居も吉原も京にはいまだに敵《かな》いませんか？　そんなことはないはずだ。房州の保田から、おれは江戸に憧《あこが》れて出て来た。もう二十年も居るんです。身も心も江戸者だと思っています。だからこそ、江戸だけの物が欲しい。胸を張って誇れる物が欲しい」

もう都は京だけではない。江戸に暮らす者には将軍の膝元という自負がある。諸大名が住まう場所でもある。もはや東の都、東都なのだ、と説き伏せるように話し続けた。

「鱗形屋ははなから江戸の店。京からの出店に頼ってばかりじゃあ、情けない」

吉兵衛の言葉に、三左衛門が色をなす。

「情けないとは、随分だ。だがね、吉兵衛さん。今の話、私は聞かなかったことにしておくよ。孫兵衛ととっくり話をしておくれ。それと、気を削ぐようで申し訳ないが、孫兵衛は仲間を集っているが、お上は商人の仲間を禁じている」

同じ商売に携わる者たちが仲間を作り独占すれば、その商いを新たに始めたいと思う者が参入するのが難しくなり、仲間入りを拒否されることもある。すなわち商売が広らずに栄えないという考えからだ。

「孫兵衛は、ともかく江戸の版元を守り立てようと、様々な本屋、板木屋、彫師、摺師《すりし》に声を掛けている。しかし、思うようには進んでいないようだね。なんといっても、お上が禁じているにもかかわらず問屋仲間を作れば、お縄を頂戴することにもなりかねない」

江戸の本屋がこのままでいいとは思っていない、書物を扱う以上は儲《もう》けだって考える、と三左衛門はいった。

「けどね、危ない橋を渡ってまで商売を広げる必要はないんだよ、吉兵衛さん。考えてもご覧よ、江戸には武家も坊主もごろごろいるんだ。そういう確かな者を相手にしたほうが商いは安泰だということだ。町人にまで手を広げる必要はない」

三左衛門は煙管の雁首《がんくび》を灰吹きに打ち付けた。口振りは穏やかだが、その実、苛立《いらだ》っているようだ。すると、廊下を踏み鳴らすような音が響き、

「吉兵衛さんっ」

障子が開け放たれ、孫兵衛がまろぶように入って来た。

二

「まったく幾つになっても行儀が悪いな」

三左衛門が息子の孫兵衛を睨めつける。

「いいじゃないか、お父《と》っつぁん。吉兵衛さんに報《しら》せたいことがあるんだ。まさか訪ねて来てくれているとは」

最悪だ、たまらないですよ、という孫兵衛の表情に落胆の二字が張り付いていた。

「何事ですか？」

吉兵衛は思わず問うた。

孫兵衛は脛《すね》を丸出しにして、胡座《あぐら》に組むと、吐き出すようにいった。

「通油町の板木屋が御番所に召し出されたのです」

これには、三左衛門も吉兵衛も眼を剝《む》いた。板木屋は、版下どおりに板を切り整え、版木として売る店である。

「甚四郎《じんしろう》さんか？　お前が色々と口説いていたお人じゃあないか。なんてことだ。だからいったじゃないか。御番所から眼をつけられたんだよっ」

三左衛門が声を荒らげた。

「板木屋が召し出しをくったということは、なにかしらの申し渡しがあったということですか？」

吉兵衛が孫兵衛を見つめる。

「まさにさっき、その甚四郎さんに会ってきたんだ。町奉行から板木屋仲間を作れというお達しがあったそうだ」

「仲間を作ってはいけないと、伺ったばかりでしたが――」

三左衛門からいまいま聞いたこととは異なっていた。

孫兵衛が舌打ちした。

「違うんだよ、吉兵衛さん。これは開版者への圧力だ。怪しい開版をしそうな版元や本屋を板木屋に見張らせる腹づもりだ」

「つまり、そうした版元がいたら、畏《おそ》れながらと訴え出ろ、と」

「そういうことだよ。くそっ。先回りされた」

孫兵衛が悔しそうに吐き捨てる。

さらに聞けば、軍書、歌書、暦、好色物、噂、風聞の類にかかわる書物を版行するときには、すぐさま奉行所に報せよということらしい。奉行所で吟味の上、許可されたものでなければ版行ができなくなるのだ。

お上はなにを恐れているのか。急速に伸びている商人の力を押さえ込みにきているのだ。統制や禁止を増やしているのもそのためだ。

「ふうん。『源氏《げんじ》物語』や『徒然草《つれづれぐさ》』、『太平記』はいいということかい。それなら、うちは変わらない。これまで通りの商売でいい。後ろ暗いことなどひとつもない」

「お父っつぁんは相も変わらずそればかり。いつまで京の版元から書物を仕入れるつもりなんだい。いつまで版木を買い付けるんだ。古本や再版で喜んでいるだけでは駄目なんだよ。再三、いっていることじゃないか」

「新しいことを立ち上げるということは容易じゃない。お前は、本屋が集まれば地本も可能だといったが、版木がなきゃ本は出来ないよ」

「わかっていますよ、そんなことくらい」

孫兵衛は拗《す》ねたように唇を尖《とが》らせる。

またぞろ親子喧嘩《げんか》か、と吉兵衛は呆《あき》れたが、なにやらおかしくてたまらなくなった。

お上もわかっているのだ。この江戸がどんどん膨らんでいくのが抑えきれなくなってきたことを。一旦《いったん》、焼け野原になった町から、芽吹いてくる勢いは止められない。元に戻るのではない。その先を皆が望んでいるのだ。

草木が陽を浴びて伸びるのと同じだ。

それをいちいち踏んで歩き、引き抜いていても、新たな芽はいくらでも出てくる。

不意に、先刻吉原を出て行った多賀助之進の顔が脳裏に浮かんできた。狩野の仕組みに疑問を持ったがゆえに、破門になるかもしれない。

京の版元に逆らえない江戸の版元たち。昔からの仕組みに都合よく乗っかって、安堵《あんど》しているだけだ。その枠から飛び出そうとも思わない。助之進のように疑うことすらしない。

いつまでも、書物は一部の人々のものだと考えていては、なにも変えられない。

この世に幾多の人間がいるのかわかっているのか。ああ、つまらねえ。

けれど、おれも変わっていないのかもしれない。

助之進が描いた妓の画が甦《よみがえ》る。妓を写したあの筆の線——布地の柔らかさ、肌の滑らかさが伝わってきた。あれが狩野の修業ゆえか。だが、おれも修練はしてきた。ただ、描くことが好きだった幼い頃から、父親が描く縫箔《ぬいはく》の上絵をじっと見つめてきた。

挿絵を描き続けることに苛立ち、名もない絵師であることが悔しくてならなかった。師もいない、どの流派にも身を置かない己は、劣っているのかと怖くもあった。町狩野で学んでいれば、うまくいけば画塾も開けたかもしれない。もうすでに師匠ともてはやされていたかもしれない。

しかし、狩野に門前払いを食らわされた日からずっと、おれは――。

手の届かぬものへの憧憬《しょうけい》と憎悪を抱いてきた。

そのすべてが修練であったのだと得心することだ。それは己を誤魔化すことではない。むしろ、挿絵絵師だと己を卑下しているほうが、よほど誤魔化している。

孫兵衛や助之進のように若くはない。

もたもたしていれば、世に出る機を逸するどころか、あの世に逝《い》ってしまう。

町場の絵師は画号など誰からも与えられはしない。けれど、与えられるのを待つこともない。師がいないのだ。それならば、自分で名乗ればいい。

「代人さんのほうが勝っております」

写しを見た助之進の言葉が頭を巡る。どの流派でもなければ、気が赴くままに画を描けばいい。どんな線だろうと構わない。絵組も約束事に則《のっと》る必要などない。好きにやればいい。町絵師ならば流派などに縛られることはない。

参った、参った。

三左衛門を頑《かたく》なな古臭い親爺と思っていたが、自分自身がそうだった。流派に固執し、つまらぬ感傷に囚《とら》われて、抜け出すことが出来なかった。

もう先を考えろ、吉兵衛。そのためには、何をすればいいか。おれを世間に認めさせるために、おれの画を見せるために、どうすればいいのか——答えはひとつしかない。

くつくつ、と吉兵衛は含み笑いを洩《も》らした。

孫兵衛と三左衛門が、ぎょっとして吉兵衛を見る。ふたりの緊張が伝わってきたが、吉兵衛の笑いは止まらなかった。次第に大声を出して笑っていた。

「ど、どうしました、吉兵衛さん」

孫兵衛が恐る恐る訊ねてくる。

吉兵衛は、くくっくくっと笑いつつ、途切れ途切れに言葉を継いだ。

「いや、どうも、急におかしくなってしまってね。おれは版元じゃない。本屋でもない。なにがしたいって？　画が描きたいだけですよ。描ける場所を与えられれば、いくらでも描きますよ」

「なにがいいたいんだね？」

三左衛門が眉根《まゆね》をひそめ、笑い続ける吉兵衛を訝《いぶか》る。

吉兵衛は胸のあたりを撫《な》でさすり笑いを堪えると、息を吐いた。

「恐れていたらなにも出来ない。孫兵衛さん、本屋をまとめ、地盤を確かなものにしたい気持ちは当然でしょう。しかし、お膳立《ぜんだ》てが整わなければ動けないというのは、言い訳だ。お上が統制に出て来たなら、それは孫兵衛さん以外にも同じようなことを考えている本屋があるということ」

「あ、確かに」

孫兵衛がぽんと膝を打つ。

「通油町界隈《かいわい》だけじゃないってことだ。それに板木屋が仲間を作ってお上の狗《いぬ》になりましょうかね？　それこそ仕事が減りますよ。版木があってこそだが、本屋がなければ板木屋とて煽《あお》りを食らう。物は試し。お上の様子見をしてはいかがですかね？」

吉兵衛は孫兵衛を窺った。

「様子見とは？」

孫兵衛が吉兵衛を見つめる。

「以前おっしゃっていた笑話の詰まった『私可多咄』でもいい。新版でなく再版だろうが構いません。なんなら説経本でもいい。ですが、版木は江戸で作りましょう」

「それは」と、眼を見開いた孫兵衛だったが、すぐに顔を強張《こわば》らせた。

京の版元の版木であれば新たに彫り起こすことはない。ゆえに、わざわざ板木屋に申告もせずに済むが、いちから作るとなれば、板木屋を通して開版せねばならない。それを孫兵衛は恐れているように思えた。

「江戸で版木が起こせなくて、なにが地本ですか。おれもおれの画を描きます」

「吉兵衛さん――」

吉兵衛の熱に気圧《けお》されたのか、孫兵衛が口籠《くちご》もる。

「今のおれは挿絵絵師です。けれど、絵師であることには変わりない。狩野で学ぶ若い絵師が気づかせてくれましたよ。おれにはおれの筆法がある。筆意がある。京の絵師に似せて描くのも、写しもしない。もう十分に、嫌というほどやらされてきた。腹一杯ですよ」

「吉兵衛さん。本気ですか？」

「むろん。偽ったところで詮無いこと。出来るなら、好きなだけ描かせてほしい。その上で、おれには試したいこともある。先ほど、三左衛門さんにはお伝えしたが」

孫兵衛が父の三左衛門に眼を向けた。三左衛門は黙って、再び煙管を取り出す。

「その試したいということを、お聞かせください」

孫兵衛が胡座を解き、膝を揃えて座った。

吉兵衛は冷えた茶をひと口含むと、話を始めた。

「草紙の形を変えるのです」

孫兵衛は、呆気《あっけ》にとられた表情で、ぽかんと口を開けた。

「形を変えるというと、版型ですかね？　江戸では大きい版型に直すことはすでにしておりますが……」

何をいっているのか、と疑問だらけの孫兵衛の顔を見て、吉兵衛はわずかに笑う。

「違います。まず、今の草紙は、詞書《ことばが》きがあって、挿絵があるというその順序です」

表紙があり、外題があり、詞書きが並び、丁を繰ると見開きで挿絵が入っている。

「それは当たり前の形でしょう？　それがなにか――」

孫兵衛が戸惑ったようにいう。

「いいから、黙って聞くんだ」と、三左衛門がいきなり孫兵衛に向かって声を張る。孫兵衛はため息をついて、口をつぐんだ。

「当たり前だと思っているところが、盲点です。文字を読むのが得意な者ならそれも良いでしょうが、そういう者たちばかりではない。私は、裏店の者たちも本を読む者に含めて考えています」

裏店の者、と孫兵衛は呟いた。

「詞書きと挿絵を同じ丁に入れて摺《す》るのです。そうすれば、どの見開きにも挿絵と文字が入っている。つまり、物語と挿絵とがきちんと繋《つな》がりを持って読んでいける。挿絵を見ただけで、そこにはこんな物が書かれているだろうというふうにも思えるわけです。乱暴な言い方をすれば、どこを開いても画が必ず入っているから読み手を飽きさせない」

と、いうことは、と孫兵衛が考え込む。

「これまでは、文字だけの版木、挿絵だけの版木だったものを、文字と挿絵を一枚の版木で起こすということになりますね」

吉兵衛は頷いた。

なるほど、と孫兵衛はぼそりといった。

しばし考え込んだ孫兵衛は深く首肯すると、「そんな工夫が」と、身を震わせた。

「気づかなかった。吉兵衛さん、確かに草紙が格段に見やすく、読みやすい物になると思います。なあ、お父っつぁんもそう思うだろう？」

孫兵衛は色白の頬を紅潮させ、三左衛門を質《ただ》すようにいった。

「いえ、難しいのではと」

吉兵衛は三左衛門の代わりに答える。

「ったく、またお父っつぁんかい？　これはきっと面白いよ。丁を繰れば、文字と挿絵が一緒に眼に飛び込んで来るんだよ。これまでは、文字を読み進めてから、挿絵だったじゃないか。それに比べたら、まったく違う形になるよ。まさに絵本だ」

「よく考えろ。挿絵だけを差し替えるということが出来なくなるんだぞ。下りものの書物を江戸の版元で再版をするのが難しくなる」と三左衛門がいう。

江戸で京坂の草紙を版行する際には、挿絵だけを新たに描き起こしていた。だから、吉兵衛のような江戸の絵師にも仕事があった。挿絵の版木と文字の版木が分かれていたからそうしたことが出来たのだ。

「いや、お父っつぁん。それを逆手に取るのさ。京坂の版元から版木を買わずに無断で開版をしている版元も多い。勝手に版木を起こして草紙を作ってしまう版元もなくはない。一冊草双紙を購《あがな》い、ろくに腕もない彫師、絵師、筆耕を雇って粗悪な偽物を作る。これが江戸の草紙だと謳《うた》い文句までつけて。なんと嘆かわしい。江戸の恥だ。私は粗悪な草紙を版行している版元にも頭を抱えているのですよ」

けれど、一枚の版木に文字と挿絵が入っていれば、再版には手間がかかる、さらに江戸で作ったものとなれば、偽物だとすぐに見分けがつくと孫兵衛はいう。

吉兵衛はそこまで思いが及ばなかったが、版元ならではの考え方なのだろう。

孫兵衛は次第に興奮してきた。

「どんな形になるか、楽しみだ。きっと評判を取るに違いない。京坂が、いやこれまで誰も考えなかった草紙の作りだ。それが江戸の地本の形となる。江戸では、こんな工夫をした草紙があると知ったら、京も、いや大坂だって眼を剝くに違いない。なにを仕立てればいいのか。心が躍ります。お上の統制など、どうでもよくなる」

孫兵衛は手放しで喜んでいたが、三左衛門がぽつっと釘《くぎ》を刺してきた。

「版下はどうなるんだね？　今の形であれば、筆耕と絵師とで別々に版下を作ればよかったが、挿絵と文字が一枚の版木に収まるとなれば、厄介だよ」

それは、と吉兵衛が身を乗り出す。

「私がすべてやりましょう」

「まさか」

孫兵衛と三左衛門が仰天する。

「なに、版下絵と筆耕とやればいいだけのこと。さして苦労はありませんよ。そのほうが絵組も作りやすい」

孫兵衛が膝立ちで近寄って来ると、吉兵衛の手を握った。

「まことに、まことですね。やっていただけるんですね？」

吉兵衛は孫兵衛の向ける眼差《まなざ》しをしかと受け止める。

三左衛門は変わらず苦い顔をしていたが、怒りよりも、やってみるがいいという思いを含ませていた。

吉兵衛は、孫兵衛の手を離すと、すっと身を引いて、頭を下げた。

「なにをなさるのです」と、孫兵衛が困惑した声を出した。

「もうひとつ、聞いていただきたい。いや、お願いといったほうがよいでしょう」

吉兵衛が顔を上げると、三左衛門と孫兵衛はふたりとも口元を引き結んでいた。

「私の画が人目を惹《ひ》くのか、世に通用するのか、確かめてみたい」

「吉兵衛さんは挿絵をずっと描いていらっしゃる。十分な腕を持っているのは、挿絵を頼んでいる版元も知っているでしょう。あらためて問うにしても」

慌てる孫兵衛に向け、吉兵衛は首を横に振った。

「名もない挿絵絵師が京坂、江戸にごまんといる。その中には私のような町絵師もおりましょう。しかし、どこぞの流派の画塾に通い画号を持っていても食えずに、糊口《ここう》をしのぐための内職か、版元に泣きつかれて仕方なく筆を執った者も中にはいるやもしれない。いずれにせよ、彼らは名を出さずに挿絵を描いている。それは絵師が挿絵を描く自分を恥じている、あるいは版元が挿絵をないがしろにしている証拠です」

吉兵衛もこれまでは、挿絵絵師など、と思っていた。が、挿絵は草紙の中でもっとも眼を引くものでなければならない。文字を追うよりも先に、画に興味を示してもらわねばならない。でなければ、万人を惹きつけ、買いたいと思わせられない。

待ってください、と孫兵衛が吉兵衛を制した。

「私は挿絵をないがしろにしてなどおりません。ましてや、吉兵衛さんがおっしゃる新しい絵本の形となれば、もっと挿絵は重要になる」

「失礼しました。孫兵衛さんが、というわけではありませんよ。私がこれまで接してきた版元たちから感じたことです」

「つまり吉兵衛さんは名を本に記したいということですか。それはもちろん構いません」

孫兵衛がいった。三左衛門も異論はないとばかりに強く頷いた。

「いいえ、逆です。名は出しません。これは誰の筆なのか、誰が描いた挿絵なのか、世間の人々の口の端に上るようでなければ、私は絵筆を捨て、房州に戻ります」

おいおい、と三左衛門が前にのめるように手をついた。

「今の今まで、新しい絵本だの、江戸の物が欲しいだのいっておきながら、その舌の根の乾かぬうちに、絵筆を捨てるとはどんな了見で物をいっているんだい。え？　吉兵衛さん」

要は功名心かいと、三左衛門が厳しい口調で吐き捨てた。

吉兵衛は三左衛門を鋭く見据える。

「描くことを求められない絵師など、ただの道楽者だ。私は違う。親を偽ってまで江戸に来た。もう不惑の歳も過ぎ、これが最後の好機と思っております。だからこそ、自分を試したい。今更と呆れられるのも承知の上。お願いです」

私の画をより多く世に送り出していただきたい、と吉兵衛は再び頭を下げた。

「必ずや、版元の眼を開かせ、人々の評判を取りましょう」

吉兵衛は声を振り絞るようにいった。

「それは約定を交わしたと思っていいのかい？　その自信があるということだね」

三左衛門は気を鎮め、訊いてきた。

「あるといいたい。けれど、今は己の執る筆を信じるだけです」

吉兵衛は顔を伏せたまま答える。

「孫兵衛。鶴屋さんにも話をいたしましょう。吉兵衛さんが腹をくっていなさる。私たちもそれに応えないとね」

「お父っつぁん」

「さ、吉兵衛さん、顔を上げてくださいよ。まもなく八ツ（午後二時）の鐘が響く頃だ。酒肴《しゅこう》の用意でもさせましょう。うちは揚屋ではないので、銭は取りませんよ」

三左衛門の声が穏やかに吉兵衛の耳に届いた。

吉兵衛は紙に穂を置いた。すっと細い線を引く。力をわずかに加えて、徐々に太くしながら、また力を抜き、細い線に戻す。

それを幾度も繰り返す。描ける。おれは、己の画を描くのだ。

どこの流派でもない。何物にも囚われない町絵師だからこその画を描く。

鱗形屋、鶴屋は吉兵衛の挿絵の入った草紙をせどりに持たせ、江戸の各版元、絵双紙屋をくまなく回らせた。

吉兵衛の挿絵は、次第に広まっていった。

せどりはもとより、版元や絵双紙屋も首を捻った。ただ、挿絵を変えただけの説経本の再版だ。にもかかわらず鱗形屋は初摺りの二百以上の物を摺っていた。その上、すぐに再版を行っている。しかも京の出店である鶴屋が後ろ盾になっているのも、主人たちの想像を掻《か》き立てた。なにに自信があるのか、どこかに秘密があるのでは、と眼を皿のようにして草紙に食いついた。

それが功を奏したのか、挿絵は誰が描いたのかと噂が立ち始めた。

女は艶《つや》っぽく、男は豪胆に。

江戸の風景も余すところなく取り入れた吉兵衛の挿絵は、人々の眼を楽しませ、飛ぶように売れた。

孫兵衛が連れてきた彫師は吉兵衛のたおやかでいて、力強い線を損なうことのない彫りを施した。摺師も同様に腕がよく、吉兵衛を十分満足させた。

「これはどこの絵師かね」

「狩野じゃないのは確かだが、京の絵師とも違う」

「一体、誰なんだ」

描かれた挿絵は、どのような絵師の画にも似ていない。どの流派かも見当がつかない。

それがなにより魅力的だった。

これは、助之進がいったように、吉兵衛が様々な流派の画を手本にしてきたからだ。

版元たちが、鱗形屋を訪ねて来ても、孫兵衛は口をつぐんで、黙っていた。それは吉兵衛の望みでもあった。

まだ足りない。そう思っていた。

これまでの吉兵衛の挿絵を見てきた者なら、気づくこともある。吉兵衛はそれも期待していた。そうした版元であれば信用できる。

だが、丸川を訪ねて来た孫兵衛が先に音を上げた。

「吉兵衛さん、このままでは版元に恨まれます。でも、ただひとり、これは丸川の人かと訊いてきたお方がいましたよ」

「それは？」

「柏屋仁右衛門《かしわやにえもん》さんです。昔、草紙で似たような筆遣いをしていた絵師がいたと」

吉兵衛はくいと盃《さかずき》を呷《あお》った。

とうとう来たか。

寛文十二年（一六七二）、鶴屋喜左衛門から版行した『武家百人一首』に初めて、菱川吉兵衛と記した。

しかし、すでにひとつの画号が吉兵衛の中にあった。

菱川師宣《もろのぶ》、だ。

三

「いい加減にしておくれでないかえ。おたえを画室に入れるのは嫌だと幾度もいっているじゃありませんか」

おさわが吉兵衛の画室に入ってくるなり怒鳴り声を上げた。吉兵衛は運んでいた絵筆を止め、おさわを振り仰いだ。

「みっともねえな、その剣幕はなんだい。そんなに怒ることでもないだろう。おたえは画が好きなんだ」

「お前さんには、吉左衛門がいるでしょうに。画を教えるなら吉左衛門にしておくれよ。前にもいったはずだよ、おたえは、この丸川を継ぐ娘なんだからね。画を描くよりもっと仕込まなきゃいけないことがあるんだから」

「わかっているさ。吉左衛門にもちゃんと教えている。だが画ってのはな、描きたい奴は、自ら筆を執るもんだ。本人が描きたいという思いは止められない。だいたい、丸川のことは、おたえ自身が重々承知している。吉兵衛がおたえに初めて会ったときはまだ赤子も同然。それが二十歳の若女将《わかおかみ》として、店に出て客の応対もしているし、吉原の妓楼、揚屋の主人たちの寄合にも数年前からおさわとともに顔を出している。

皆、「見世《みせ》に出れば一躍売れっ妓太夫《こたゆう》になれる」と、冗談交じりにいっているが、あながち嘘でも世辞でもない。

女を見定める吉原の主人たちは玄人の眼を持っている。どんな女が男の眼を引くかがわかるばかりでなく、どう男を落とせるか、どれだけ稼げるかも即座に判断する。もちろんその眼鏡にかなわない女を、どうやって磨けばいいかも知っているのだ。

切れ長の眼にすんなり伸びた鼻、小さな唇、柔らかで豊かな丸みを持った頬。おたえはたしかに男の心をくすぐる愛らしさと色気を備えている。その成長を近くで見ていた吉兵衛の眼にも眩《まぶ》しく映る。もちろんそれは、あくまでも継父としてだ。

しかし、おさわはどうもあらぬ心配をしているようだった。

おたえは十五で、月水《げっすい》を見た。それからおさわは、おたえが画室に入るのを嫌がった。

「画室に籠って何をしてるかわかりゃしない」と、喚《わめ》くのだ。

だが、そのようなみょうちくりんな妄想に吉兵衛は取り合わなかった。おさわがなにかいう度、馬鹿馬鹿しい、と吉兵衛は一蹴《いっしゅう》した。それも気に食わなかったようだ。

たしかに、おたえは前夫の娘であるため、吉兵衛との血縁はない。

だがそれだけでなく、女の勘というのはときに背筋をぞっとさせるほど鋭い。

おたえが十六になったときだ。画を見てほしいといわれたので、画室に招き入れた。

画は母屋から見える庭の梅を描いたものだった。運筆も上達して、梅の枝ぶりがよく表されていた。

「おたえ、これはいい画だな。色を差してみるといい」

吉兵衛が顔を上げると、おたえは帯を解き始めていた。吉兵衛は眼を瞠《みは》る。

「なにをしているんだ」

慌てふためく吉兵衛をよそに、おたえはいった。

「妓楼では妓の最初の男は信用の出来る上客をあてがうんでしょ。どうせあたしは丸川の女将としてここで生きて行くことが決められている。その覚悟をするためにも、一人前の女になりたい。あたし、それならお継父《と》っつぁんがいいって思っていたの」

なにをいっているのか、と吉兵衛は困惑した。

おたえは、小袖《こそで》を肩から落とした。すんなりとした肢体。襦袢《じゅばん》の下の素肌が透けて見える。おたえは、水揚げのことをいっているのか。

「やめろ、やめなさい。お前は妓楼の妓じゃない。揚屋を切り盛りする女将だぞ」

吉兵衛は立ち上がって、おたえに近づいた。足下に落ちた小袖を素早く拾い上げ、肩に掛ける。だが、おたえは乱暴に小袖を払いのけると、襦袢の襟にまで手をかけた。

「よせというに」

吉兵衛はおたえの手首を摑《つか》んだ。

「放してよ。お継父っつぁん」

「なんの真似だ。小袖を着けなさい。帯も締めるんだ。お継父っつぁんのいうことを聞け」

「実の父娘《おやこ》じゃないんだから抱けるでしょ。おっ母《か》さんが怖いの？　意気地なし」

おたえが詰《なじ》るようにいった。このようなおたえを見たのは初めてだった。吉兵衛はおたえの手首をさらに強く握った。

「つまらないことをいうな。ここは吉原だ。どうでも抱けというような自棄《やけ》になった女子の相手をするような野暮はいない」

「どっちがつまらないことといってるの。あたしはお継父っつぁんだったら身を任せてもいい――と」

吉兵衛の手を振りほどこうとおたえは身を捩《よじ》る。吉兵衛はなおも力を込めた。

「痛いってば。放してよ」

「たとえ血縁がなくとも、おれにとってお前は娘だ」

おたえが唇を嚙《か》み締めた。

「それがわからねえのなら、さっさとここから出ろ。二度と画室には入れねえ」

吉兵衛は手を離すと、おたえに背を向けて座り込んだ。煙管を取り出したが、指先が痺《しび》れて、うまく摑めない。刻みも押し込めない。

「だって。あたし――」

おたえがしゃくりあげ始める。

「あたし、嫌なんだもの、嫌なんだもの」

おたえは振り絞るような声を上げるとその場にくずおれ、突っ伏した。吉兵衛は振り向きもせずにいた。

「――丸川を継ぐのは嫌。大門から出たい。外で思いきり息をしたい」

吉兵衛は息を吐いた。

吉原で生まれ育ったおたえにとって、遊女たちは優しい姉さんと同じだった。けれど、その姉さんと慕う女たちの生業《なりわい》が身を削るものだと知ったときの驚きはいかばかりであったろう。自分はなんてところで暮らしてきたのか、疑問にも思ったはずだ。

多感な年頃のおたえにとって、揚屋商売は薄汚いものに映ったのだろう。

「外で思いきり息をしたい」

という言葉は、おたえの本心だったに違いない。

「姐《ねえ》さんたちは妓楼の縛りがある。辛《つら》い毎日があるのもあたしはわかっている。でも年季があるのもたしか。けれど、あたしは死ぬまで堀の内」

それが嫌なの、だけどあたしが出て行けば、おっ母さんを捨てることになる、それも辛い、とおたえは途切れ途切れにいった。

「だから、あたし」

吉兵衛は自分の姿をおたえに重ね合わせた。

吉兵衛は、父親を捨て江戸に出てきた。父が亡くなったとき、房州の保田に戻らなかったのは、一人前の絵師とはほど遠いところにいたからだ。そんな姿で故郷に戻ったとしても何が出来る？　縫箔の技量は父より劣っている。弟子たちを率いて、工房を立て直すことなど不可能だったのだ。それで己を納得させた。

それでもやはり、悔恨は募る。唯一の救いは、吉兵衛が上絵を描き、父が縫箔を施した釈迦涅槃図があることだ。それが完成して四年後に父は死んだ。あの図が父の許しであったと思っている。

けれど、許されたと思うのは勝手なことで、吉兵衛は詫《わ》びが出来なかったことを後悔している。いつか、百首村の松翁院無量光寺《むりょうこうじ》を訪ねたいと考えていた。ふたりで作り上げた涅槃図を見れば、もっと父の思いがわかるかもしれない。

おたえには、悔恨などしてほしくはない。

吉兵衛は煙草を諦《あきら》めて、煙管をしまうとおたえに向き直った。

「おたえ、よくお聞き」

吉兵衛はゆっくりと、おさわのことを話して聞かせた。どれほど苦労して丸川を引き継ぎ、守り立ててきたか。そして、どれだけの遊女を支え、慰め、親身になってきたか。ここが遊女たちにとって心を癒《いや》す場になっているのだと。

そして吉兵衛は己のことも語った。父親を偽り、郷里を飛び出したこと。親の銭で遊び呆《ほう》けていたこと。それが親不孝だと知りながら、絵師という望みを叶《かな》えるほうが、尊いと思っていたこと。

「おれが一番ずるくて、腑《ふ》抜《ぬ》けかもしれないな」

おたえは童のようにかぶりを振る。

「じっくり、おっ母さんと話すといい」

運命に抗《あらが》うのが強さではない。理解し、受容の決断をするほうが、辛く苦しい。吉原で生きる遊女たちは脆《もろ》い。けれど強がりながら、この場所で生きる決心をする。人というのは与えられた運命を次第に受け入れていく。

それがたとえ、悲嘆にくれた末の諦観《ていかん》だとしても。

「おっ母さんが、丸川が妓たちにどんな役割をしているか知った上で決めればいい」

「それでも、あたしが嫌だといったら？」

おたえは目尻《めじり》からこぼれ落ちる涙を拭《ぬぐ》いもせず、疑《うたぐ》り深く吉兵衛を見た。

吉兵衛は、おたえに笑いかけた。

「そんときは、おれがおっ母さんを説き伏せてやる。さ、早く支度を整えな。竹村伊勢《たけむらいせ》の巻煎餅《まきせんべい》でも買いに行こうか」

「あたしそんな子どもじゃないわよ」

竹村伊勢の巻煎餅は、吉原にある菓子舗の名物だ。薄く焼いた生地を丸めた甘い菓子で、遊女たちにも人気があった。

　おたえは、のろのろと小袖を羽織り、袖を通した。息をほっと吐く。その仕草がおさわそっくりだった。帯を手早く貝の口に巻くと、呟くようにいった。

「よかった。お継父っつぁんがまっとうな人で」

　え？　と吉兵衛は耳を疑う。

「遊びに来る男の人がみんな汚く見えた。銭を出せばどんな女でも買えると思っている。年季や妓楼での借金を考えれば、嫌な男でもお大尽ならいいじゃないかと、とある姐さんを説き伏せているおっ母さんを見たの。それがすごく卑しく見えた。その姐さんが世話になっている妓楼からも銭をもらっていたから」

　まさか、おれを試したのか？　いや、おさわへの当てつけか。

「でも、娘だといってくれたのは心底嬉しかった。それにおっ母さんのことも話してくれてありがとう」

　涙の跡もそのままで、おたえはにこりと笑うと、軽やかに画室から出て行った。

　それ以後、おたえは何か憑《つ》き物でも落ちたかのように、おさわの手伝いを始めた。それと同時に画も一層熱心に描くようになった。弟の吉左衛門にも、手取り足取り筆遣いを教えてやっている。

　その心にどんな変化があったのか、あえて訊いてはいない。けれど、確実におたえは娘から大人へと変わったのだ。

おさわから下卑た想像をされるのは心外だ。

「ともかく、おたえが画を描くのは、好きだからやっているだけだ。息抜きだと思えばいいじゃないか。なんでもかんでも取り上げるのは、母親とてやるべきじゃない」

「揚屋の女将に余計な芸はいらないんだよ。太夫じゃないんだ。算盤《そろばん》勘定が出来れば御の字だ」

おさわの気はまだ収まらない。それどころか、

「それに、あちらの画室には戻らなくていいのかえ。お弟子も通ってきているし、可愛い女と子だっているのだろう」

別の話を持ち出した。

またそれか、と吉兵衛は唇を歪《ゆが》める。住まいは丸川であるが、それとは別に大伝馬町に三間の家を借りている。丸川は、元吉原の頃から上客が集う揚屋だ。昼見世からすべての座敷が埋まってしまうこともしばしばある。洩れ聞こえてくる嬌声《きょうせい》や音曲が耳障りに感じられることもあり、絵師の仕事が多忙な際には、そちらを画室として使っているのだ。

仕事が増えてから、弟子がふたり出来た。版元の鱗形屋が丸川に連れて来たのだ。ふたりは十四と十三。まだ前髪立ちの少年だ。

さすがに吉原に出入りさせるわけにもいかず、絵手本を与えて大伝馬町のほうに通わせている。

「名はなんでしたっけ？」

「勘助《かんすけ》と重蔵《じゅうぞう》だ」

ぶっきら棒に応えると、ほほほ、とおさわが笑う。

「しらばっくれないでおくれな。ああ、そうそう作之丞《さくのじょう》でしたね。まるで役者のような名じゃありませんか。当世の女子はきらきらした名をつけること」

おさわが、皮肉っぽくいった。

吉兵衛はなにもいい返さず、再び筆を運び始めた。

ここでなにかいえば、またぞろおさわの刺々《とげとげ》しい言葉が飛んでくる。こういう時は黙って聞き流せばいい。いいたいだけいわせておけば、そのうち頭に上った血も下がる。気が高ぶっている女は、こっちの話など聞きやしない。

「お前さん、顔の横についてるものはなんだい？　耳だろう？　聞こえないなら情けもかけるが、そうじゃないんだから」

どうも今日のおさわは一層機嫌が悪い。

女子は歳を取ると、血の道の乱れが激しくなるという。多分、おさわもそういう時期に差し掛かっているのだろう。吉左衛門を産んだ後、気鬱《きうつ》の病になったのも、産婆によれば、そのせいだろうということだった。

めまいやのぼせがひどく、寝たり起きたりの日々が続き、時にはぼうっと座って庭を眺めていることもあった。それでも徐々に快復し、丸川の女将として再び、店を切り盛り始めた。おさわの具合が良くないときには、亭主としておさわの代人を務めていたが、それももうお役御免となった。だが、ここ数年、その病が再び頭をもたげてきたようだ。

きいきい喚いているのも、おたえのことだけで文句をいいにきたわけではない。たぶん、店でなにかあったのだろう。借家の女と子のことまで引っ張り出して、当てつけのようにいっているだけだ。

「おやおや、耳どころか口もいけなくなったのかえ？　こいつは驚いた」

おさわはなおもいい募る。結句、なにがいいたいのだ、とさすがに吉兵衛も苛立ち始める。明日には版下絵を納めなきゃいけないというのに。

吉兵衛は立ったままのおさわを振り仰いで、睨めつけた。

「なにがいいたいのか知らねえが、いま、おれは菱川吉兵衛という江戸で一番忙しい絵師だ。誰にも真似のできねえ絵本を作り、誰もがそれに飛びついてくる。お前にぐだぐだいわれる筋合いはねえ」

見開きに、詞書きと挿絵を入れるという吉兵衛が編み出した絵本の仕様は、庶民にすぐさま受け入れられた。吉兵衛はこっそり鱗形屋に赴き、店の中から、客の反応を窺った。

「この草紙は、なんたって読みやすい」

「詞書きと挿絵が一緒になってりゃ、ちいっとばかり字に暗くても画を見りゃ中身がわかるんだからよ。どこを繰っても画があるのがいいんだよなぁ」

　裏店暮らしの職人ふたりだ。

　吉兵衛は、そうした会話を鱗形屋で幾度も耳にした。おれは間違ってなかったと自信を持った。挿絵を頼みに来る版元ももう鱗形屋だけではない。鶴屋に柏屋の他にも三軒。絵筆が乾く間もない。

「おさわ、おれはもう昔とは違うのだ」と一喝した。だが、おさわは怯《ひる》むどころか、なおも意地を張る。

「冗談じゃないよ。うだつの上がらないお前さんを食わしていたのはあたしだよ。画を好きに描いていても、あたしは文句ひとついわなかった。なんだえ？　銭が稼げるようになった途端、大きな口を利くじゃあないか」

「食わせてくれなんぞ、いっちゃいねえや」

「なんて恩知らずだ。うちはね、幾人もの奉公人を抱えているんだ。お前さんひとり増えたくらいでどうってことはなかった。けどね、お前さんがいくら忙しくなっても、丸川の稼ぎには到底追いつくはずないだろう。丸川の稼ぎを超えてから、大きな顔をしてもらいたいもんだね」

　おさわの悪口《あつこう》は止まるどころかますます酷《ひど》いものになる。

「この間さ、鶴屋の喜左衛門さんとうちで芸者を揚げて、なにをいってたんだい？　法印の探幽が死んだから、これからは菱川だって？　笑わせるんじゃないよ。奥絵師の家格はお旗本と一緒だよ。お上にだってお目見えが許されているんだ。たかが、町絵師風情が勝てるもんか」

「なにを、この」

「悔しかったら、公方さまとはいわないが、せめてお大名家の襖絵《ふすまえ》でも描いてごらんな」

これには吉兵衛もかっとして血を上らせた。

法印、狩野探幽は昨年、延宝《えんぽう》二年（一六七四）十月初頭に死んだ。その跡を継いだのは、息子の守政《もりまさ》だと聞いたが、腕のほどはさほどではないらしい。鍛冶橋狩野家は探幽ひとりで保ってきたともいえる。

菱川云々《うんぬん》は鶴屋の喜左衛門が調子に乗って持ち上げていっただけのことだ。版元得意のおべんちゃらだ。吉兵衛とてそんな戯言を本気で聞いていたわけじゃない。町絵師と扶持《ふち》をいただく御用絵師とはあきらかに身分が違う。が、絵師として画力で引けを取るとは決して思っていない。

家格が旗本？　お上にお目見え？　それがどうした。狩野が武家相手の商売なら、おれは江戸の町人すべてを取り込んでやればいい。

見る者が限られる気取った障壁画をいつまでも狩野が描き続けるならば、おれは下世話で浮かれた世の中を写し取ってやる。

そのためにも、もっと画を描かねばならない。

「おや、怒っているようだが、ひと言もないのかえ？」

おさわは止まらない。

「一番忙しいが聞いて呆れるよ。自分で物語も考えて、挿絵も描くと息巻いていたお前さんが版行しているのは、好色本ばかりじゃないか。まだ、説経本の挿絵のほうがましだった。好色本なら、そりゃあ男はみんな助平だ。すぐに飛びつくだろうさ」

ああ、そうか、と腕を軽く組んだおさわは吉兵衛を冷たく見下ろした。

「吉原《なか》にいれば、女を描くのに苦労はしないものね。ちょいと通りに出るだけで女がいるんだから。お前さんは、若い頃には遊び人を気取って入り浸り、あたしと所帯を持ってからはずっとここで暮らしている。吉原にたかる蚤《のみ》みたいなもんだ」

蚤だと？

吉兵衛は辛抱たまらず絵筆を紙上に投げ捨てる。穂に含んだ墨が途中まで描いた女の顔に飛び散った。

「いい加減にしてくれ。その口を閉じろ」

声を張った吉兵衛はおさわを睨めつける。

「そんなにおれが気に食わねえなら、出て行ってやろうじゃねえか！」

一瞬、眉根を寄せたおさわだったが、すぐさま薄く笑った。

「ああ、そうしておくれな。あたしも清々するよ」

おさわは身を翻すと、音を立てて障子を閉めた。

なんてこった。売り言葉に買い言葉――。いい歳してつまんねえことで言い争った。

だが、あのおさわの言い草は許せねえ。とんだ言いがかりだ。

作之丞のことも、おさわは得心していたはずだ。吉左衛門が生まれた後、病のせいで、おさわとの閨事《ねやごと》は控えていた。とはいうものの、揚屋の亭主が妓楼に上がって妓を抱けば、どのような言い訳もできやしない。その頃に、大伝馬町の借家で雇った女とねんごろになった。

病のおさわをうっとうしく思っていた訳ではない。だが、話すらままならなかった上に、慣れない揚屋の主の代人を務めるのはやはり骨が折れた。愛想笑いや妓に振られた酔客の相手に疲弊し、その上他の絵師の画を写すばかりの挿絵を描くことにも飽いていた。

借家へも足を向ける回数が少なくなっていた。掃除は時折、丸川から奉公人を遣わしてやらせていたが、出向く者がその時々で違うのが面倒だった。いちいちどこに何があるかの説明や、触れてはならない画材など、細かな指示を与えなくてはならないからだ。それならば、と思い切って口入れ屋に赴いた。

そんな時、雇ったのが、おいとだ。

おいとは二十二で、よく働く女子だった。掃除も飯もうまい。嫁したことがあるということだったが、離縁されたという。おさわが快復してからは、鱗形屋へ赴いた帰りには必ず借家に寄った。

おいとは、吉兵衛から話し掛けても、ひと言ふた言返してくるだけの物静かな女だった。

吉兵衛が画を描いていても興味を示さない。隣室で静かに縫い物をしている。凜《りん》とした小紫や、天真爛漫《らんまん》なさくらとも違う。きびきびしたおさわとも異なる。

いつの夏だったか、掃除をすませたおいとが台所の三和土《たたき》で、襟を広く抜いて汗を拭っていた。うなじから肩、胸乳。己でもいささか恥ずべき行為だと思いつつも、その姿を柱の陰から覗《のぞ》き見ていた。

おいとが、水を張った桶《おけ》に手拭いを浸して絞る。ひそやかな水音に吉兵衛の内が張り詰める。

色気ではない。暮らしの匂いがした。吉原は夢。眼前に広がるのは現《うつつ》。どこか熱にうかされたようにおいとに近づき、背後から腕を回した。おいとは抗わなかった――。

その後、生まれたのが次男の作之丞だ。

吉兵衛はおさわに正直に話した。おさわは取り乱すこともなく、至極冷静に耳を傾けていた。そして、

「あたしは歳だから。吉左衛門だけでやっとだったから」

そう寂しそうにいったものの、生まれた子のために産着やらむつきやらを用意してくれた。それがなんだ。今更、ぐちぐちと。

「ああ、はらわたが煮えくり返るぜっ」

吉兵衛は描きかけの版下絵をぐしゃぐしゃに丸め、おさわが乱暴に閉めた障子に向かって投げつけた。

明暦の大火で吉原は全焼した。おさわは長患いで脚の弱った父親を見捨てて逃げたことで己を責め立てていた。吉兵衛は、あの頃行き先が見えなくなっていた己の息を吹き返してくれたさくらの死に、深い喪失感を覚えていた。互いの虚《うつろ》を埋めるように一緒になった。

それが間違っていたとは思えない。

お上の命で、日本橋葺屋町という町中にあった吉原は、浅草寺《せんそうじ》裏に移転した。これまでは昼見世だけであったのが、夜見世も行われるようになり、遊女の数も増えた。江戸の外れであるため、客は駕籠や舟を使い、銭のないものは日本堤を徒歩で通うことになった。だがそれが逆に吉原へ行くという特別な思いを高め、新吉原は、元吉原をしのぐ繁盛となった。

吉兵衛は画材を乱暴に片付け始めた。

おさわのいう通りだ。吉原で暮らしていたことで、女を描くことにはなんの苦もなかった。いくらでもいい女がいるからだ。

けれど見た眼の華やかさとは異なり、女たちは堀に囲まれたここで己の身を粉にして働く。妓楼の厳しい定めに従いながら、女同士で客の取り合いをする。苦界に身を沈めた女たちをいかに美しく、楽しげに描いてやるか。苦心もするし、工夫もする。

「おれの気も知らねえくせに！　どうして妓を描くのかわかっちゃいねえ」

吉兵衛は、行李《こうり》の中に画材を投げ入れた。

それから、綿入れと小袖、褌《ふんどし》とぐいぐい詰めていく。

あらかた入れたところで、座敷を見回した。もう、ここに幾年いたのか。ざっと数えて十五年、いや十八か――。

これまで吉兵衛が版行した絵本、一枚絵はそのまま置いた。

自分が描いた本に思い入れはあるが、それよりも挿絵の種本になる京の絵本類のほうが必要だ。

吉兵衛は『吉原大雑書《おおざっしょ》』を手に取った。今年の閏《うるう》四月に版行したものだ。吉原がどういうところであるかを絵本にした。

おさわのいう好色本とは一線を画している。これは、吉原を知らない男たちに向けたものだ。遊女との出会い、駆け引きなどを描いた、吉原案内といっていい。

おれが好色本を出すのは、おれが妓を描くのは吉原の妓たちのためだ。

おっかなびっくり吉原に赴いた野暮な男、田舎侍に粗相をさせないためだ。馬鹿な男は、廓《くるわ》の色恋を真実、本気と受け取って、愛想尽かしをされた日にゃ、恨むの、殺すの大騒ぎ。そういう野暮天を吉原ではなにより嫌う。

それを防ぐための本だ。それが、ひいては吉原の稼ぎにもなる。口はばったいが、恩返しのつもりもどこかにあるのだ。

今、鶴屋喜左衛門と打合せ中なのは『恋のむつごと四十八手《しじゅうはって》』だ。版行はまだ先になるが、下絵だけは進めている。これも、雑書と同様だが、こちらは男女の出会いから、閨に至るまでの経緯を四十八の場面に描き分ける。

確かに、裸身も出てくる。交合図もある。好色本と色分けされればそうなるが、吉兵衛はそうは思っていない。男女の営みをごくごく当たり前に描いているのだ。

男女の恋の指南書だ。

わからねえ奴が多すぎる。

けれど、吉兵衛はなにか物足りなさを感じていた。妓を好きに描けるようになった、それが望みであったはずだが、なにかが足りない。それがまだわからない。

「おい、三次郎。いるか」

吉兵衛が障子を開けて、怒鳴った。

へーい、と奥から声がして三次郎がのしのし廊下を歩いて来る。

廊下にぺたりと座り込んで、頭を下げた。

「行李をふたつ、大門まで運んでくれないか」

元力士の三次郎にはちょうどいい仕事だ。三次郎は、すっきり片付いた画室を見回し、訝しげな顔をする。

「お前にはかかわりないよ。仕事が詰まってきたんでね、あっちでやろうかと思っているだけだ」

吉兵衛の言葉に三次郎は、へいと応えて、行李を重ね、紐《ひも》で縛ると軽々持ち上げた。

「そういや、助之進さんはこの頃、遊びに来ているかい？」

行李を肩に担いだ三次郎は、「来てます」とぼそりといった。

「そうかい。滝乃とはうまくいっているのかね」

三次郎はこくりと頷いた。

それはよかった、と吉兵衛は三次郎を従えて、廊下に出る。

「この間は、松尾《まつお》桃青《とうせい》という俳諧師と一緒にいらしておりました」

松尾桃青――どこかで聞いた覚えがある。俳諧師であれば、おそらく、鱗形屋の店で本で名を見たのだろう。

助之進とも久しく会っていないが、絵師から俳諧師にでもなろうというのか。

「あのう」と、珍しく三次郎から口を開いた。

廊下を歩きながら、吉兵衛は振り返る。

「旦那さま、おれ」

顔を赤くして、もじもじしている。

「おれ、画が描きたい」

吉兵衛は思わず眼を丸くした。

「お前が？　それは驚いた。どうしてそのような気になったんだ？」

「助さんと初めて話をした時からです。画はなんでも出来るって助さんが教えてくれたんです。美男も美女も思いのまま筆で起こし、神仙郷から神獣まで好きに描ける。こんな面白いことはない、と。それを聞いたとき、憧れちまったんです。相撲だって神事ですから。おれ、そういうの嫌いじゃねえ」

なるほどな、と吉兵衛は得心する。

三次郎のような巨漢がいれば、盗人避《ぬすっとよ》けにはなりそうだ。

おさわがなんというか知らないが、おれが三次郎の世話をすればいいのだ。

「それなら、大伝馬町の借家に住め」

そういうと、三次郎は嬉しそうに頬を緩めた。

四

桜の花がちらちらと舞い、庭は薄い桃色の薄べりを敷き詰めたような鮮やかさだ。

毎年咲いては散る花びらに、吉兵衛は、さくらを思う。生きていたら、もう年季もとうに明けていようが、幸せになっていただろうか。遊女は身をすり減らす暮らしをし続けるせいか、廓を出られたとしても、蓄積された疲労が病を呼び込む。

三十路《みそじ》を無事に迎えることが出来る妓は少ない。

さくらは二十歳にもなっていなかった。短い命を懸命に生き抜いたのだと思いたい。

おいととの暮らしは穏やかだった。年中騒がしい吉原とはまったく違う。

居間で、山形屋《やまがたや》喜右衛門《きえもん》と鱗形屋孫兵衛のふたりが、煙管から同時に煙を吐いて、気まずい顔をしていた。

隣室では、三次郎と勘助、重蔵の三人の弟子、そして吉左衛門が絵手本を見ながら筆を運んでいる。長男の吉左衛門も吉兵衛が引き取った。

「おふたり揃って何の用かと思いきや、吉原へ戻れとは、どういう了見で物をいっているのやら。本音は、遊びに行きたいが、おさわと顔を合わせるのは気が引けるからでしょう？　ですがね、先の火事で丸焼けですよ」

吉兵衛は呆れながら、おいとが淹《い》れた茶を飲む。

昨年の師走《しわす》、浅草に移転してから初めて吉原は火事に見舞われた。火元はその吉原で、浅草の寺町《てらまち》、大川沿いの花川戸町《はなかわどちょう》、さらに川を越えて本所まで延焼した。まだ再建はなっていない。

吉兵衛は鎮火後、すぐさま三次郎を遣わした。おさわとおたえ、丸川の使用人たちは皆無事だった。かわいそうに、火元近くの妓楼の遊女たちは逃げ遅れて死んだという。

「だからこそ戻っていただきたいのです。これがいい機会だと思うのですよ。おさわさんもきっと苦労していると思いますよ。ここで吉兵衛さんが力になってあげれば、すんなり丸川に戻れるんじゃないかと」

孫兵衛が懇願するようにいう。馴染みの妓から文でも届いたのだろうか。

「こちらに腰を落ち着けられて二年も過ぎましたかね。けど、丸川から飛び出したと聞いた時には無鉄砲にもほどがあると思いましたよ。だいたい十八年ほども連れ添った夫婦じゃありませんか。好色本がどうのといわれたところで、ほっとけ、でいいでしょうに」

孫兵衛がやれやれとばかりに首を横に振る。

「実は、おさわに丸川の稼ぎを超えろといわれましてね」

喜右衛門が、はあ、と眼をしばたたく。

「そいつはまた、おさわさんも思い切ったことを。吉原の揚屋より稼ぐ町絵師がいたら、お目にかかりたいものですな。狩野とて家格はあっても稼ぎでは敵うかどうか。火事見舞いは当然行かれたのでしょう?」

ええ、と吉兵衛は応える。

「丸川はやはり絵師の吉兵衛さんには必要な場所なのですよ。おさわさんだって、きっともうお怒りを収めているのではないですかね。もともと根に持つような女将じゃない」

その時は、大層虫の居所が悪かっただけだと思いますよ、そんな方じゃないと孫兵衛がおさわを持ち上げる。吉兵衛は苦笑した。

火事見舞いの際、大伝馬町に来ないかと三次郎に言伝《ことづて》をさせたが、大きなお世話と返された。まったく強情な女だと吉兵衛は呆れた。だがきっと、おさわは使用人たちをほうっておけないと思ったのだろう。そういう強さと情がおさわの魅力でもある。しかし、吉兵衛も短慮だった。同じ屋根の下で妾《めかけ》と暮らしたい妻などいない。

「うちの親父も心配しておりましたよ。おさわさんと離縁したのかとうるさく訊いてくるもので、なんと応えたらいいかと」

吉兵衛は煙を吐いた。

「おさわはいい女です。けれど、妙な妬心《としん》を抱かれても困ります。おたえのことも、おいとのことも」

「おたえさんのことは考えすぎもありましょう。おたえさんは美しいですからなぁ」

喜右衛門が灰吹きに灰を落とすと、孫兵衛も煙管を置いた。

「まあ、孫兵衛さんは、仮見世に出ている妓から遊びに来るようにしつこくいわれているようですが、あたしは再建がなっても吉原の画室より、こちらのほうが気も楽だ。吉原に足を運べば、どうしたって遊びたくなりますからなぁ。金も使ってしまうしね」

喜右衛門が豪快に笑った。

孫兵衛が童のように唇を尖らせる。

「わかりましたよ。けどね、おさわさんと離縁するにしても、このままでいるにしても、仲違《なかたが》いは困ります。吉兵衛さんも吉原に行きづらくなっているのでしょうからね」

「それは承知しておりますよ」

と、吉兵衛は茶を飲んでから、応えた。

「ところで、吉兵衛さん。肉筆の吉原は誰のご依頼で描かれたものでしょうかね」

不意に孫兵衛が探るような眼を向けてきた。

「そいつは、ずいぶん前のことではないですか」

吉兵衛は煙管を取り出し、刻みを詰めた。

「日本橋の商家からの頼みですよ。丸川を贔屓《ひいき》にしてくださっていた方でして。絵巻物を模した吉原案内ですよ。一枚ずつ仕上げ、組物のような形を取っています」

ほうほう、と喜右衛門が頷いた。

「組物はいい。それを版木でもできると面白いですな」

「そうですね、物語を一場面ごとに摺る。それを並べれば、一本の話が出来上がる」

不意に「飾って眺める一枚が欲しい」といった助之進の顔が浮かんだ。

吉兵衛は膝を打つ。

「今の摺りでは彩色ですが、いっそ墨一色の一枚絵はどうでしょう?」

「それは買わずにはいられなくなりますよ」と、喜右衛門が色めき立つ。

「いや、その話ではなく」

と、孫兵衛が苛々と身を乗り出してきた。

「あたしは、その肉筆画を見せていただいたんですよ」

だだだ、と廊下を走る音がして作之丞が居間に飛び込んできた。

「お父、遊ぼうよ」

幼い声で吉兵衛を呼びながらかじりついてきた。大きな眼は誰に似たものか。吉兵衛は作之丞を抱きながら、

「おいと。作之丞が入ってきたぞ」

と、叫んだ。

「あら、ごめんなさい」

すぐさまやって来たおいとは廊下にかしこまると、孫兵衛と喜右衛門に頭を下げた。

「ああ、ご新造さん。お気遣いは無用でございますよ。あたしらは、吉兵衛さんに画をお願いに上がっただけでございますから」

顔を伏せたままおいとがいった。

「いえ、吉兵衛さまが絵筆を揮《ふる》えるのも、版元さまがいらっしゃるからこそでございますのです」

孫兵衛と喜右衛門が、くすりと笑う。ふたりの様子を窺い、無理に丁寧な言葉を使わずともいいものを、と吉兵衛は唇を曲げた。

「おいと、さあ、作之丞を連れて行ってくれ。それと、そろそろ酒肴の用意を頼む」

は、はい、とおいとは膝を少しずつ進めると、

「作之丞、お父はお客さまだから、こっちへおいで」

作之丞を抱き、ごめんくださりませ、と座敷をそそくさと去って行った。

吉兵衛はふっと肩を落とした。

「豊島《としま》の百姓の娘ですからね。いつまでたってもきちりとしたお姿の方々を前にすると臆《おく》してしまう。これから、こういう付き合いが増えるというのに、困ったものです」

おさわさんならねぇ、と喜右衛門がいった。

「気の利いた言葉のひとつもさらりと掛けてくれましょうが。ですが、純朴な女もいいものですよ。吉兵衛さん、素人女は？」

そりゃあ、なくはありませんよと吉兵衛は妙な話の成り行きにいささか閉口し、

「それで、孫兵衛さん。先ほどから話の腰を折るような真似をしておりますが、私の肉筆がなにか？」

自ら話を元に戻した。孫兵衛が不服そうな顔をした。

「そうですよ。話が進みやしない。あたしが見せていただいた肉筆に、朱の鐘形印で『房國』そして『寛文十二壬子《みずのえね》春菱川師宣圖』と記されておりましたが、あれは」

「なんと。菱川吉兵衛とはまた別の画号を用いていたのですか？　数年前に」

喜右衛門が驚き顔をして、

「菱川師宣、ですか？」

と、身を乗り出した。孫兵衛は、半眼に吉兵衛を見つめる。

「どういうことです。肉筆では画号を用いていらっしゃる？　しかし、菱川吉兵衛ではなく師宣とは――とても重みもある画号とは思いますが、これには」

「前々から、決めていた画号でね。そこにどんな思いが込められているかということかい？」

吉兵衛は、曖昧《あいまい》な笑みを浮かべる。

「師、には技芸を教える者、それを専らとする者。宣、には隅々まで行き渡らせる、の意がございますな。つまり、その画技を人々に知らしめるということでしょうか？」

孫兵衛が吉兵衛に詰め寄ってきた。

「さあ」

と、吉兵衛は空とぼけた。

「吉兵衛さん。これまで挿絵絵師は画号を入れることがなかった。しかし、吉兵衛さんの画はもう江戸中の人々に周知されている。物語はもとより、見たい挿絵、楽しむ挿絵へと昇華させたのですから。ここで画号を用いない手はありません。菱川師宣の画であるから購う、そうした売り方が出来る」

孫兵衛は力を込めた。先ほどまで吉兵衛に向けていた不審な様子が吹き飛んでいる。

挿絵絵師が名を載せる必要はない、といっていたのは版元たちだ。挿絵はあくまでも添え物。職人と変わらない扱いだったからだ。それに絵師たちも得心していた。

しかし、吉兵衛はそれがどうしても気に食わなかった。己の画であることに誇りを持ちたかった。

父は縫箔師として優れた腕を持っていた。しかし、どれほど美しい刺繡《ししゅう》や箔を施したところで、布地に己の名を入れることはない。ただの名もなき職人で生涯を終えた。

それがたまらなく嫌だった。絵師の世界もそうなのかと落胆もした。

名乗れなくては、いつまでも絵師になれないではないか。

だが、画号を入れることで、付加価値がつくことに版元たちはようやく気づいた。おれが気づかせたのだ。それが利益になるとわかればすぐに考えを転換する。江戸の地本を開版するため、あらゆる策を取る。

版元は商売人なのだと、あらためて思う。


画号を入れた絵本は評判を呼んだ。

特に、延宝五年（一六七七）、鶴屋から出した『江戸雀《すずめ》』は売れに売れた。江戸の町の案内本だ。吉兵衛の詳細を極めた画は江戸の町人だけでなく、江戸へ来た者が国許《くにもと》への土産として買っていった。

江戸の匂いが吉兵衛の挿絵から立ち上っていた。

まさに江戸の地本であり、吉兵衛の名は一気に広まった。

吉兵衛は暖かな陽射しに誘われ、矢立と紙を懐にねじ込み、ふらりと外へ出た。供は三次郎だ。

巨軀《きょく》にしては、なかなか細かな画を描くのには驚いた。太い指に細い絵筆を挟み、身体を丸めて筆を進める姿を、息子の吉左衛門とふたりの弟子は、筆を持った熊だとからかっている。が、細かいことが得意な三次郎には着物の意匠や絵本の筆彩を任せている。

絵本は墨一色の摺りだ。そのため着物の一部に赤や朱の色を直《じか》に彩色して、華やかさを出すのだ。本来、肉筆以外に彩色などされない。色がついた絵本は珍しがられ、喜ばれ、いくら摺っても間に合わないほど売れた。

そのせいで、弟子たちも毎日の彩色に悲鳴を上げている。

大伝馬町の借家を出て、石町《こくちょう》のほうへと歩く。時の鐘が八ツを告げる。

「三次郎、軽く何か食おうか」

後ろに首を回すと、三次郎が嬉しそうな顔をして頷いた。

「何がいい？　そばか？　それとも」

いいかけた吉兵衛は、絵双紙屋の前でふと足を止めた。肩に道具箱を担いだ若い男がふたり、店座敷を眺めている。

「お、これだ。親方が面白えといってた」

「ああ？　『吉原恋の道引』？　吉原の案内か」

「吉原なんてよ、あんまりおれらにはご縁がねえが、いつか行くときのためだ」

「絵師は誰でえ？」

「こいつには名がねえが、菱川師宣に決まってらぁ。吉原描かせたら日本一よ」

袋綴《ふくろとじ》一冊。二十四図。見開きに詞書きと画が入っている吉兵衛独自の絵本の仕様だ。

「へえ、画を見ただけで、おめえわかるのかよ。玄人だな」

「いや、親方がいってた。師宣の新物だってな」

若い職人の話を聞きながら、吉兵衛はほくそ笑む。絵師の名で買う。師宣の名はすっかり人々の中に浸透しているのだ。

「おい、三次郎。お前の筆彩した絵本だぞ」

三次郎は、照れていた。

「こっちは墨摺りの一枚絵だ。手軽に楽しめるのがいいな」

若い職人に吉兵衛は感心した。やはり安価に入手出来る一枚絵は大当たりだ。これも江戸の名物になる。

今や吉兵衛は、正月の新版には欠かせない絵師であり、その三月後、半年後と絵本は途切れることなく版行されている。

ひと月に描かれる画は、百枚以上になる。一枚絵も飛ぶように売れ、肉筆を求める者も殺到している。吉兵衛の画を模倣する者さえ現れた。

菱川師宣は誰もが認める、まごうことなき、絵師となった。

「三次郎。両国の料理屋へ行くぞ」と、身を翻す。

あはは、あはは——。

吉兵衛は心の内で笑う。薫風が吉兵衛の羽織の裾《すそ》を柔らかく舞い上げた。

第五章　邂逅

一

ちらちらと粉のような雪が舞っている。積もるほどではないにしろ、今朝は雪のせいかいっそう寒さが厳しく思えた。まだ霜月の末だというのに、これからどれだけ雪に見舞われるのか。寒さが増せば、綿入を重ね着しても追いつかない。もう歳かと自嘲《じちよう》する。

吐く息が白く伸びた。

吉兵衛は冷えた廊下を歩きながら、息子の吉左衛門を呼んだ。

「吉左衛門、どこにいる？　聞こえたら、私の画室に来い」

「お父《と》っつぁん」

その声に吉兵衛は振り返る。

「おう、作之丞。吉左衛門を見なんだか？」

作之丞はわずかに困った顔をして、首を傾げた。

「朝は、植木の雪を払っていましたが、昼にはどこかに出かけたようです」

吉兵衛はむっと唇を歪《ゆが》めた。

「まったく。八ツ（午後二時頃）に客が来るというておいたはずだが。勝手な奴だ」

歩き出そうとした吉兵衛を見送るように作之丞はその場に突っ立ったままだった。なにやら様子がおかしい。吉兵衛は、ふうんと心の内で得心すると、

「お前、兄がどこへいったか、知っているのではないか？」

そう探るような眼で訊《たず》ねた。と、とんでもないことでございます、と作之丞は首を横に振る。

「まあ、よいか。ところで作之丞、次の絵本はお前が絵組を考えろ」

え？　と作之丞は狼狽《ろうばい》する。

「兄さんを差し置いて、おれが？　それは無理です、お父っつぁん」

「先ほどもそうだったが、家でも師匠と呼べと幾度もいっているだろう。倅《せがれ》と門人の区別はつけないといったはずだ」

「ごめんなさい。けれど絵組などまだ出来ません」

「これも修練と思え。吉左衛門もお前と同じ歳の時に、吉原を舞台にした絵本を描いている。むろん、私が吟味するから、まずは好きなように描いてみろ」

菱川一門らしい絵本にするんだ、といいつけた。

「これまで私が描いてきたものをよく見るんだ、いいな」

はい、と作之丞が戸惑いつつも頭を下げた。

ああ、と吉兵衛は嘆息する。まだまだ作之丞には荷が勝ちすぎたか。しかし、少しで

も前に進ませねばならない。

「もし吉左衛門を見かけたなら、画室に来るようにいってくれ」

吉兵衛はそういうと、作之丞を残し、画室へと向かった。

作之丞の前では厳しい顔をしていた吉兵衛の頬が、歩を進めるにつれ次第に緩み始める。あれから幾年経ったのだろうか。

あの頃は、皆が若かった。吉原も今とくらべれば、敷地も小さく地味ではあったが、そのぶん妓《おんな》たちの情が濃かった。

懐かしさに、吉兵衛の胸が詰まる。

久しぶりに、思い出に浸る。近頃は多忙過ぎた。付き合っている版元は八つ。すでに、再来年までの版行が決まっている。

鶴屋喜左衛門から絵本『恋のむつごと四十八手』を昨年の延宝七年（一六七九）三月に版行した。評判は上々だった。吉兵衛がずっと温めていた題材でもある。

男女の出逢《であ》いから、閨《ねや》に至るまでの経緯を四十八の図で表した。

いまや、色恋を描かせたら、菱川師宣の右に出るものはないとまでいわれている。吉原に入り浸り、芝居小屋に通い詰めたことが、吉兵衛の血肉となっているのだ。遊んだ十年は無駄ではなかったと、うそぶく。

父はきっと、いいように解釈しやがってとあの世で呆《あき》れ返っているだろう。

吉兵衛は寒さに肩をすぼめた。鱗形屋の孫兵衛とともに、江戸の地本を作ろうと躍起になっていた頃からもう二十余年が経つ。

それは、ある程度達成されたのかもしれない。絵双紙屋には多くの人々が集まり、絵本や掛け幅を買い求める者も増えた。

確実に、画《え》を見て楽しむということが、庶民にも広がっているのだ。

吉兵衛の絵本が、庶民の心を摑《つか》んだのは、江戸を描いたからだ。吉原遊郭と芝居町。この二大悪所は、江戸の誇るべき名所だ。美しく整えられた場所よりも、悪所と呼ばれる場所にこそ、人間のありのままが出て来る。その土地のありようを表す。あきらかに、京や大坂とは異なった、江戸だけが持つ、雑多な大らかさ。気風《きっぷ》というのだろうか。

そうしたものを、画を通して人々は知ることになった。

菱川の画題のふたつの柱は、芝居と吉原だ。が、吉兵衛はさらに、古典に題材を取ったもの、武者絵なども多く描くようになっていた。

吉兵衛の中で、次第に固まりつつある画風があった。

大和絵《やまとえ》だ。

江戸の風俗を表す浮世絵、ではあるが、その画風に取り込むのは大和絵。狩野のように漢画の影響を受けたものではない。我が日の本の画だ。豪胆さや壮大さには欠けるかもしれないが、優美さ、華やかさでは劣らない。

今より二十数年前には、上方の名も無い絵師たちの挿絵を写していた。それが吉兵衛の絵師としての仕事だった。

このまま挿絵絵師として終わってしまうのかと、焦り、苛立《いらだ》つばかりだった。けれどその数えきれぬほどの写しが己の画風を作り上げたというのも皮肉ではある。

それにしても、と吉兵衛の気持ちが高まる。

まことに久しぶりだ——。

まさか、会いに来てくれるとは夢にも思わなかった。流麗な筆遣いをひと目見ただけで誰の文であるかがわかった。香を薫《た》き染めてあるのだろう、巻紙を開くたびに、伽羅《きゃら》が香った。

画室に入ると、三次郎が懸命に筆を進めていた。注文を受けた肉筆画の下絵を描いている。

「あ、師匠。なかなかお武家がうまく描けねえんですよ」

三次郎が、太い首を傾げた。

「幾年、修業をしている。なら表にいって来な。侍がわんさか歩いているよ。ささっと写して来るんだな」

「難しいですよぉ。無礼者って、怒られるだけならまだしも、うっかり斬られちまったら」

三次郎が大きな身体に似合わず気弱なことをいう。

吉兵衛は笑いを嚙《か》み殺した。これがふたりの倅だったら張り飛ばしているところだが、やはり三次郎は身内ではないぶん、そこまでの怒りは湧かない。少々情けない顔つきをしているせいもある。

「絵手本だけじゃ、わからねえこともある。まあ、怖ければ、頭ン中に仕草や所作を叩《たた》き込んでくるんだな。通りすがりの侍を茶屋でじっくり眺めて来るといい」

「へえ。そうします」

と、巨体に似合わず素早い動作で紙や矢立を準備すると、すぐさま出て行った。

三次郎は、すでに師重《もろしげ》という画号を持っている。かつて力士であった頃の四股名《しこな》、松《まつ》重《しげ》から一字取ったのだ。吉兵衛の絵手本を隅から隅まで描き、着物の意匠を描き、筆彩をし、それが認められて鱗形屋から声をかけられ一枚絵を版行した。三次郎の思わぬ画才には驚いたが、他の弟子たちも順調に育っていた。

多くの仕事を抱えるには、やはり工房として成り立たせねばならない。

それには、多くの弟子を育て、菱川流を定着させることだと、吉兵衛は思い始めていた。

その一方で、我が息子たちの不甲斐《ふがい》なさには立腹していた。

吉左衛門は師房《もろふさ》。

作之丞は師永《もろなが》。

と、ふたりに画号を与えたものの、尚早だったと今は後悔している。画技はそれなりに達者ではあるが、突出した魅力がない。人を惹《ひ》きつけるものが感じられないのだ。これでは、町絵師風情という侮りからいつまで経っても抜け出すことができない。

ようやく、絵本に堂々と画号を記すことが出来るようになったというのに。挿絵がただの添え物ではないことを版元に、いや世の中に示すことが出来たというのに。その責をまだふたりは感じていない。

もう、五十を過ぎた。いつまで生きていられるかわからない。いまのうちにふたりがもっと腕を上げてくれれば、安心できるのだが。

いやいや、弱気は禁物だ。

おれはまだまだやれる。おれの描いた絵本が、肉筆が、江戸の町を埋め尽くす。たかが、町場の絵師の画が。師匠にもつかず、己の筆一本で登って来た絵師の画が。

庶民はおれの画を見て、江戸を知る。

こんな真似が、為政者におもねる狩野に出来るか。ははは、ざまあねえ。

吉兵衛が筆を執ろうとしたときだ。おいとが障子を開けた。

「あの、お前さま、お客さまがおいでになりましたよ」

「来たか。いま行く。手あぶりをもうひとつ用意してくれ。今日は寒いからな」

「承知しました」

吉兵衛はすぐさま立ち上がった。棚に置かれた鏡を見て髪を撫《な》で付ける。ああ、めっきり白髪が増えたな、とひとりぼやいた。髪を染めてもよいかと思ったが、皺《しわ》もあるのに、髪だけが黒々していてもおかしなものだ。

一年一年経るごとに、老いていく己が見える。寂しさ、哀しさよりも、焦慮を感じている。

いいや、まだだ。おれはおれの画に得心してはならないのだ。菱川を今よりもっと興隆させねば。菱川の画を一枚でも多く遺《のこ》すのだ。

二

客間に座っている女が、すっと頭を下げた。

「お久しゅうござりいす、吉さま」

歳を取っても、鈴のようなころころした声は変わっていなかった。柔らかな廓《くるわ》言葉が吉兵衛の耳をくすぐる。

「雪の中をすまなかったな。けれど息災で何よりだ。文をもらった時は心の底から驚いたよ、小紫」

「いまはもう小紫ではござんせん。藤《ふじ》、と名乗っておりいす」

「お藤か。それもなかなかいい名だ。似合っているよ」

「わっちを捨てたおっ母《か》さんがつけてくれた名に戻っただけでありんす。藤の花はうす紫ですから、三浦屋の親父さんが小紫と」

「そうだったのか。知らなかった」

「なにをおっしゃいます。吉原は夢、嘘も真《まこと》もあってないようなもの。ましてや、寝物語に、己のつまらぬ生い立ちなど話したら興醒《きょうざ》めもいいところ。吉さまも、現《うつつ》の世での暮らしが過ぎてお忘れなんしか？」

吉原《なか》を忘れた、か。吉兵衛は思いがけぬ言葉に苦笑した。

「そいつはしまった。現といってもこの世は浮き世。吉原ほどじゃねえが、浮かれてなけりゃやってられねえときもある」

小紫は、くすりと笑みを洩《も》らした。

「相変わらず醒めたことをいいなさる。菱川師宣師匠」

吉兵衛は、煙管筒《キセル》から煙管を取り出した。

「からかうものじゃねえよ、お藤。さ、ちゃんと顔を見せておくれよ」

俯《うつむ》き加減のお藤に吉兵衛はいった。

あれ、幾つになったと思いんすか？　お恥ずかしい、お藤は、そういってから顔を上げた。吉兵衛はため息を洩らした。

「か、変わらないな」

眦《まなじり》の上がった眼は変わらずだった。細い顎《あご》はわずかに豊かになったようにも思えたものの、年相応の皺や肌のたるみもお藤にはよく似合っていた。なにより凛《りん》とした佇《たたず》まいがまったく変わらない。身請けの旦那《だんな》がよほどよくしてくれるのだろう。吉原にいる妓たちは身体を酷使し、食事もろくに食えない。そのため、年季が明けても、身請けされても、あまり長くは生きられないといわれる。それでも、廓の暮らしから抜け出せただけでも幸せなのだと妓たちは口を揃える。

「変わらないな、が女にとっちゃ一番嬉《うれ》しい褒め言葉」

「そうか、助かった。それしか思い浮かばなかったのでなぁ」

吉兵衛は照れ笑いをした。

そこへ、おいとが下女とともに茶菓子と手あぶりを運んできた。おいとは、お藤を眼にすると、卒倒しそうになった。先程はお藤を見ていなかったのか。供が訪《おとな》いを入れたのだろう。

「あ、あの、いつも吉兵衛がお世話になっております」

やっとのことで口にして、頭を下げた。

お藤が眼を細め、ふっと微笑んだ。

「ご新造さんでござりいすか。わっちは吉さんとは昔馴染《なじ》みのお藤と申します。昔はそれなりにお世話もいたしましたけれど、今はとんと付き合いはござりんせん」

わっちは運よく落籍《ひか》されて、今では堅気の女。狭い狭い籠《かご》の中から出て、今じゃ世間の冷たい風にさらされておりいす、と冗談交じりにいった。

「吉さんと会ったなら、廓言葉に戻ってしまいましたなぁ」

ふふふ、と笑うお藤に、おいとが小首を傾げる。

おいとはおそらく、お藤のようにきちんと化粧をした女も、地味ななりでもひと目で上物とわかる衣装を着た女も、これまで見たことがないのだろう。ただ、眼を見開いたままで、ぼうっとみとれている。

「なんて愛らしい」

お藤が眼を細めて、おいとに近づくとその頬にすっと手を伸ばした。きゃっと叫んでおいとが吉兵衛の背後に逃げ込む。あはは、と声をあげて笑うお藤に吉兵衛がわずかに色をなす。

「あまり、女房をからかわねえでくれよ」

「あれ、ごめんなんし。若い妓《こ》が来るとねぇ、こうして肌を確かめたものさ。ついつい」

身を震わせるおいとから、お藤はすっと眼を離した。

「若い妓ってのはなんだい。女房は三十を越しているよ。もう大年増さ」

「わっちは四十路《よそじ》。婆《ばばあ》になっちまいました」

お藤が自嘲気味にいう。

「さあ、もう行っていいよ」と、吉兵衛がおいとと下女を促した。

「どうぞごゆっくり」と、おいとがそそくさと客間を後にした。

お藤は湯飲み茶碗《ぢゃわん》を手に取り、こくりこくりと喉《のど》を鳴らして飲み、ふうと息を吐いた。

「おさわさまとお別れしたと風の便りで聞きんした」

うん、と吉兵衛は頷《うなず》いた。

「今日は、その倅の吉左衛門にも会わせたいと思ったのだが、どこかに出てしまったようでな」

「おや、それは残念でござりいす。吉さんに似ておりますか？」

「はて。それはどうかな」

「やはり、絵師に？」

「そのつもりだ」

「けれど、おさわさまと離縁したなんて、ほんに驚きました」

八年前、おさわの前夫の娘であるおたえの縁談が決まった年だった。

おたえの相手は、半籬《はんまがき》の見世《みせ》の次男坊だ。おさわはこれでひと安心だと、互いに恨みっこなしで離縁した。もともと祝言も挙げていない。ずるずると吉兵衛が丸川に住みついてしまったようなものだった。

今、丸川は娘のおたえが仕切っている。婿は、吉原育ちにしてはおとなしく、余計な口を挟まないらしい。

聞けば、おさわの母親も亡くなるまで父親より前に出ていたというから、丸川はやはり女が店を切り盛りするほうがうまくいくのかもしれない。

「今日、こちらに伺ったのは他でもござりんせん。二百両いただきましたことのお礼と、そのご挨拶《あいさつ》が遅れて失礼したお詫《わ》びを」

「いやいや、時が経ってしまったが。無事払い終えておれもほっとしているよ」

あれは大火の後だった。浅草田圃に移転して新吉原になったときだ。吉兵衛は、三浦屋の小紫という馴染みがいながら、おさわと夫婦になった。太夫《たゆう》に恥をかかせたと、小紫から二百両の手切れ金を要求された。当時の吉兵衛にはとても払える金高ではなかったが、必ず画で稼いで払うと約定を交わしたのだ。

「実は、先日、三浦屋の親父さまとも久しぶりに会いました。驚いておりましたよ。自分の画で稼いで返金するといったことを守ったのかと。今じゃ、親父さまもすっかり菱川師宣贔屓《びいき》になってましてね。自分は吉兵衛の画才にはなから気づいていたなどと、ほうぼうにいいふらしておりますようで」

当時は散々馬鹿にされたが、調子のいい人だ、と吉兵衛は苦笑した。

でもね、とお藤が眉間《みけん》に皺を寄せ、膝《ひざ》を進めてきた。

「なんだえ？　怖い顔をして」

「あれは、わっちでござんしょう？　『小《こ》むらさき』ですよ」

ああ、気づかれたか、と吉兵衛は、煙管を吹かした。

吉原は妓の移り変わりが激しい。高尾のように代々継がれる名もある。小紫もそうだ。

「おれは、初代の小紫に惚《ほ》れていたからな。だから、お前さんを枕絵本のなかに閉じ込めたくなったのさ」

おやまあ、嬉しゅうござりいす、とお藤は吉兵衛を強く見つめたが、不意に眼を伏せた。

「でも、あの娘はかわいそうでありんした」

吉兵衛はお藤の様子から、妹のように可愛がっていた禿《かむろ》を思い出したのだろうと思った。二代目小紫となった妓だ。

昨年の十一月。鈴ヶ森《すずがもり》刑場で平井権八《ひらいごんぱち》という辻斬《つじぎ》りが磔《はりつけ》になった。

定かではないものの、百三十名を殺《あや》めたといわれている。鳥取《とっとり》藩の藩士であったが、父親の敵討ちとして同僚を斬り殺し、出奔した。江戸に流れて来ても、暮らしが立たず、思いついたのが辻斬りだった。父親の仇《あだ》を討った際には武士の誇りも正義もあったのだろう。が、人が奈落《ならく》に沈むのは容易《たやす》い。飯を食うために、自らが生きるために人を殺め、金品を強奪した。身勝手極まりない悪党だ。

吉兵衛は己を省みて思う。知人の家の食客になり、親の金で遊び呆《ほう》けた。同じ身勝手でも自分はなんと呑気《のんき》だったことか。

いつ何時、権八のように悪の道を突っ走ることになったかしれない。その分かれ道はどこにあったのか。

だが、権八は女に惚れた。それだけが救いだったのかもしれない。

それが二代目の小紫だった。

権八がお仕置きになった後、小紫は吉原を忍び出て、権八の墓前で自害した。江戸の者たちは極悪非道な権八と、想いを貫き通した小紫の黄泉路《よみじ》を辿《たど》る恋に熱狂した。

人殺しの辻斬りと吉原の遊女。どちらも、世からはみ出た者だ。

日常をただ平穏に送る人々にとっては、芝居の筋書きのように眺められる。どこか違う世界の物語として、悲劇であればあるほど、美化され賛辞を贈られるのだ。

それは、吉兵衛の描く絵本の中の色恋にも通じるものがあるような気がした。

お藤が険しい顔をして、「今日は、その小紫の一周忌でした」と、小声でいった。

「わっちら妓は、元吉原の頃から蔑《さげす》まれておりました。覚えておりいすか？　市中の女以上に、衣装は粗末なものを着せられ、浅草田圃へ移ってからは、昼見世、夜見世と働きづめ。とても愛らしい娘だった。真実《まこと》の恋を知ったのならばよかったといってやりたいが、わっちは死ぬのは御免被りますよ」

吉原は夢――色恋だけの世界でござりいす、真心を知ってしまったら、もう遊女は務まりません、とお藤は、小紫を思ってか、袂《たもと》でそっと目尻《めじり》を拭《ぬぐ》う。かつては若い女の清々《すがすが》しいさっぱりした色気があったが、年を経ていまは豊潤さが加わり、さらに女として磨きがかかっているような気がした。

昔も今も旦那に惚れているのだな、とわずかながら妬心《としん》を覚える。

「吉原を、遊女を描くおれは嫌いかえ？」

お藤は、首を横に振った。

「吉さんの眼は吉原を優しく見守っているふうでありんす。遊女を貶《おとし》めず、ただの人形にもせず、色恋に長《た》けた血の通った女にしておりいす。わっちの眼から見ても、いい女ばかり」

「そいつは、おれが心底吉原に感謝しているからだろうぜ。お前や、おさわ、さ――」

くらといいかけ、吉兵衛は止めた。

お藤が口元に笑みを浮かべる。

「愛らしい妓でありんした。太夫まで登れなかったにしろ、いい情夫に恵まれ、落籍《ひか》されると思っておりました」

覚えているのか。別楼の妓であったのに。

吉兵衛が不思議な顔をしていると、お藤が眼を丸くした。

「気づいておいでじゃなかったのですか。あの妓の着物に刺繍《ししゅう》を施したでしょう？　わっちは少し妬《や》いていたのでありんすよ」

それは知らなかった、と吉兵衛は素直にいった。

「今だから、話せることでござりいす。当時のわっちなら意地でもそんなそぶりは見せなかったでありんしょう」

「おれはおれで、幾人もの妓の着物に刺繍をしながら、お前に申し訳ないと思っていた」

「それは真実《まこと》でござんすか？」

「まこと、まこと」

他愛のない掛け合いにふたりは顔を見合わせて、笑った。

障子を通す光が幾分明るくなってきた。

「雪はやみそうだな」

「ええ」

吉兵衛は、一時だけ若い頃に戻ったような気がした。三浦屋の小紫の部屋で、ふたり過ごしていたあの頃。何者にもなれない己に絶望しつつ、それでもいつかは絵師として立つのだという思いを持っていた。

「吉さん」

お藤の声に、吉兵衛ははっとして眼を向けた。

「ずいぶん遠い眼をしていましたなぁ。昔語りで思い出しましたか？」

「まあ、そんなところだ」

吉兵衛は照れもせず応《こた》える。

と、お藤が急に背筋を伸ばした。

「吉さんに折り入ってお話がござんす」

「なんだい、あらたまって。そんなに大事《おおごと》かえ？」

こくりと、お藤が首を縦に振った。

「受けていただきませんと、わっちの旦那が危ないことになりいす。勝手なお願いでござんすが、どうか昔馴染みの顔を立ててくださいまし」

と、お藤はきっと吉兵衛を見据えて頭を下げた。

「一体、どうしたことだい？　おれに出来ることならば、なんでもするが」

吉兵衛が真顔で返すと、お藤は頭を上げて、

「ありがとうござりいす」

悪戯《いたずら》っぽい眼を向け、一段声を高くした。吉兵衛は思わず眼を剝《む》いた。なんだ、芝居か。やられた、と盆の窪《くぼ》に手を当てる。元は吉原の太夫であることをうっかり失念していた。

「で、なんだい？　お藤」

吉兵衛の言葉もぞんざいになった。

お藤は、再びきちりと背筋を伸ばした。もう騙《だま》されないぞ、と吉兵衛が構えていると、

「松代真田《まつしろさなだ》家の御用を引き受けてくださいまし な」

そういったように聞こえたが、吉兵衛は聞き違いだと思い、お藤に訊ねた。

「いま、真田家と聞こえたんだが」

「ええ、聞き違いではござりんせん。信州《しんしゅう》松代の真田家の御用です」

今度ははっきりと耳にした。

大名の御用を賜る？

「わっちの旦那は信州の品を扱っております。それで、江戸家老さまが、お殿さまのご息女の婚礼の品に花鳥図を欲しておられます。その画をぜひ、菱川師宣という町絵師に描かせたいと」

花鳥図を？　おれが。真田家の息女のために。

そんなことが。

「それなら、いくらでも絵師がいるだろう？　お上はもちろん、大名、旗本が求めてい

るのは狩野じゃないのか」

お藤が、いいえ、とはっきり応えた。

狩野の画では面白みに欠ける、と江戸家老がいったという。その家老の口から師宣の名が出たと、お藤がいった。

「まことに？」

吉兵衛は思わず身を乗り出していた。

「なにゆえ、わっちが吉さまに嘘をつきましょう」と、お藤は微笑んだ。

その家老はさらに、

「菱川の画には、大和絵の優美さがある」

そういったという。

吉兵衛の総身が震えた。

三

「吉さま。では、ご承諾いただいたと思ってようござりんすね？　江戸家老さまとのご対面は、後日、使いを寄越《よこ》しますゆえ」

これで、夫の顔もたちました、無論わっちの顔も、とお藤がするりと立ち上がる。

吉兵衛は、未《いま》だ信じられないという顔をしていたが、ハッとしてお藤を見上げた。

「お伝えすることはすべて、お話しいたしましたので。これでもいまは商家の内儀。店を長く空けてはいられないのですよ」

「そうか。すっかり町家の暮らしに溶け込んでいるのだな。苦労もあったろう？」

吉兵衛は引き止めるつもりではなく問い掛けた。

「そりゃあもう。それなりにはござりんしたが、お話ししたところで詮無《せんな》い昔語り。わっちは今を生きておりいす」

そういって、お藤は身を翻した。

相変わらず、凛とした女だ、と吉兵衛は感心しながら腰を上げた。

お藤を乗せた駕籠《かご》を見送り、画室の戸を開いた吉兵衛は、懸命に絵筆を走らせている弟子たちを見回す。画号を与えた者はまだ数名だ。それらの者たちは吉兵衛の下絵をもとに、版下絵を描いている。それ以外の者、まだ筆遣いすらおぼつかない者は、兄弟子の反故《ほご》に宝珠をいくつも描き、定木を使い線の修練をしたりしている。一歩進んだ者は真剣に絵手本を写していた。全部で二十名ほどだ。この中で画号を持ち、独り立ち出来る者が幾人いるかわからないが、それでも皆、希望を持って励んでいる。

真田家の御用を務めることになれば、むろん版元たちからの眼もさらに違ったものになるに違いない。今より注文も増え、おそらく門人ももっと増えることになろう。そうなれば、この画室では狭い。早晩、ここも引き払うことになるだろう。

ようやく、ようやくたどり着いた気がした。

町絵師のおれが、大名家の御用を務める。町場の浮世絵師にすぎないこのおれが、大名家から依頼を受けるとは――思ってもみなかった――か？　そうじゃない。武家だろうが町人だろうがかかわりなく、菱川師宣は、もはや誰もが知る絵師であるのだ。大名家のお抱え絵師になることも夢ではない。

おれが江戸で広めた絵本は絵双紙屋に並ぶたびに飛ぶように売れる。木版摺《ず》りは、寺院の経典、教義を広めることから始まった。だから版本が上方を中心に発展していくのは当然の成り行きだったのだ。江戸は当時まだ生まれたての赤子だった。どこからともなく流れてきた人々が集まった町であるから、風俗や暮らしなど、万事、上方風であることがよしとされた。一千年以上も続いた都を模倣するしかなかったのだ。

名も記せぬ挿絵絵師であることが、どれだけ苦痛だったか。他人の画を写して、銭を得ることがどれだけ口惜《くちお》しく、情けなかったか。だが、そんな存念とはすっぱり縁切りだ。

吉兵衛の心の内から誇らしげな思いが込み上げる。おれはここまで来た。これで正真正銘、真の絵師になったような気がした。

房州保田の風景が甦《よみがえ》る。打ち寄せる波の音、魚影の群。ただ画が好きだというだけで、絵師を志してから、四十数年だ——。諦《あきら》めかけ、遊び呆けた十年。だが、おれはここまで登り詰めた。

その思いを馳《は》せつつ、声を張った。

「皆、筆を止めてくれ」

門弟が一斉に、吉兵衛へ視線を向ける。

「お大名家から、花鳥図のご依頼だ」

真田家だ、と吉兵衛は己の興奮を抑え込み、厳かな声で告げた。

門弟たちの間から、わっと歓声が巻き起こった。三次郎が「師匠」と大きな身体を揺らしながら吉兵衛に近づくと、足下に平伏した。

「おめでとうございます。菱川一門一丸となって、これまで以上に師匠のお手伝いを致したく存じます」

「おお、三次郎、いや師重。よくいってくれた」

吉兵衛は片膝をつき、三次郎の背を叩く。さらに気が高ぶったのか、三次郎は涙ぐんで目元を袖《そで》で拭った。

「皆もよろしく頼む」

はい、と揃った声が上がる。

吉兵衛が再び画室を見渡す。次男の作之丞の表情がどこか暗かった。

「作之丞、なんだその顔は。お前は嬉しくないのか？　大名家からの依頼だぞ。私の筆に不安でもあるといいたいのか」

咎《とが》めるような声にはっとした顔で吉兵衛を見た。

「不安などあろうはずがございません。きっと真田さまがご満足なさる花鳥図を描きあげると思っています」

おざなりの、あたりさわりのない返答だ。なんの熱もこもっていない作之丞の言葉にいささか吉兵衛は腹立たしさを覚えた。自分の父親が大名家から依頼を賜ったことを誉れと思わないのか。他人の三次郎のほうが余程喜んでいるではないか。吉兵衛は三度、画室を見渡す。長男の吉左衛門の姿が見えない。

「まだ吉左衛門は戻っていないのか」

「はい、まだのようです」

「まことにどこへ行ったのか聞いていないのか？」

「それは。ただ少し出てくるだけだといっていました」

まったく何をしているのやら、と吉兵衛は唇を歪めた。

「お父っつぁん、兄さんのことがそんなに気になるんですか？」

わずかだが尖《とが》った物言いをした作之丞に吉兵衛は厳しく返した。

「今日は客が来るといったにもかかわらず出掛けたではないか。父にいえない処に赴いているのか、勘ぐりたくもなろう」

作之丞、いかなる時も師匠と呼べと最前もいったはずだ、と吉兵衛はあからさまに不機嫌な顔をした。

その顔を見るや、びくりと肩を震わせた作之丞は、申し訳ございません、師匠、と頭を垂れた。

「ともかく、吉左衛門にはこれから行き先をいってから出るようにいっておけ。師重、師平《もろひら》、私の居室まできてくれ。花鳥図の下絵を考えたいのだ」

「え？　おれですか？」

唐突に名を呼ばれた師平が、戸惑いながら作之丞をちらりと見やった。

師平は、画号を得たばかりの魚屋の息子だ。作之丞より三つ歳上だが、まだ画を描き始めて五年ほどだ。それでも、その筋のよさを吉兵衛はすでに見抜いていた。

作之丞が揃えた両脚に載せた拳《こぶし》を強く握る。

「作之丞は、次の絵本の絵組があるだろう。それを済ませてからだ」

厳しくいい置いて、ふたりを伴って画室を出た。

門弟たちがざわつくのが画室から漏れ聞こえてくる。師平が名指しされたのが驚きだったのだ。古参の弟子である師盛《もろもり》が呼ばれると皆、思っていたからだろう。師盛は、三次郎の兄弟子だ。師重が呼ばれたのなら、己も、という思いは師盛にもあったはずだ。

それが作之丞でもなく、自分でもなく師平であったのは不快に感じているかもしれない。

が、吉兵衛は構わず廊下を歩いた。いちいち人選の理由まで弟子たちに伝える必要などないと考えていたからだ。所詮、絵師の世界は画才はもちろん、画力がものをいう。幾年修業しようとも、物にならない者は当たり前に存在する。

「師匠。作之丞さまにあのようにきついお言葉は」

三次郎が父子の間を気にしてか、心配そうな顔をしている。

吉兵衛はため息を吐いた。

「当たりたくて当たっているわけではない。おれの話を聞きながら、いやに暗い眼つきをしていたのが気に入らないんだよ」

「そんなことはありませんよ。なにか心配事を抱えているとか、考え事をしていたとか」

吉兵衛は苦笑した。

「おいおい、三次郎。父親のおれが大名家からの仕事を受けたのだぞ。それを実の倅が喜びもせず、沈んだ様子で座っているんだ。なにか隠しているに違いないと思ったら、ついきつくなってしまった」

師匠、と三次郎がいった。

「隠し事をなさっていると感じているなら、そうお訊ねになればいいものを。他の弟子の前でおかわいそうでしたよ」

「三次郎は作之丞びいきだからな」

「そりゃあ、尿《ゆばり》をかけられたり、腹を太鼓代わりにされたりもしましたけど、気の優しい可愛いお方ですよ」

取的だった三次郎は今でこそずいぶん締まった身体になったが、絵師になりたいというので丸川からここに連れて来たばかりの頃はまだ丸々していた。たしかに赤子の頃の作之丞は三次郎が大の気に入りで、その丸い腹をよく叩いていた。

くくっと含むように笑う吉兵衛の様子を見て安堵《あんど》したのか、師匠、と師平がおずおずと声を掛けてきた。

「なぜ、師盛兄さんじゃねえんですか？　おれよりずっと前から師匠の下にいるのに」

「難しい問いだな。おれがはっきりいや、おめえも師盛も嫌な気分になるだろうよ」

なぜでしょう？　と師平が首を傾げた。

「修業の長さじゃない。自分の得意な画を考えればおのずとわかるだろうさ」

きっと師盛は歯噛みをするほど悔しがっていると思うから、と吉兵衛は師平へ軽く首を回していった。

「一発殴られるかもしれないぞ」

師平は身を震わせた。

だが、こうした諍《いさか》いに近いことは今後も多くなってくるだろうと吉兵衛は思っていた。注文を捌《さば》くために、屋敷の直線だけ、室内の調度品だけ、小袖の模様だけ。そうした分担は当然出てくる。絵筆を執れるならまだいいが、絵組を考えるでなし、下絵を描けるわけでなし、版下絵も描けるでなし、ただ絵の具を砕き溶くだけの役割であったとしたら――。腐りきって仕事を放り出してしまう門弟も出てくるだろう。絵の具の溶き方、色の作り方も大事な修業ではあるのだが、それをわかって進んでやる者がどれほどいるか。

画才の差は悲しいかな、歴然としてしまう。才がないとわかれば、自ら出て行くだろうし、師である吉兵衛が引導を渡すことになるかもしれない。

かといって、すべての弟子が拮抗《きっこう》した画力を持っていたとすれば、それはそれで仕事の割り振りが難しくなる。木っ端仕事ばかりが続けば不満も出るだろう。誰もが己の画を描きたい。絵師になりたいのだ。かつての吉兵衛がそうであったように。

先日、三次郎に版元から一枚摺りの話が再び舞い込んだ。それはもちろん吉兵衛にとって喜ばしい。弟子たちにもいい影響を与える。兄弟子が絵師として仕事を得る、それが励みとなるからだ。

だが、弟子の独り立ちを見送るには、まだ工房としての地盤が弱すぎる。

だからこそ、息子ふたりに望みをかけている。おれの絵筆の勢いが止まらぬ前に。

数日後、真田家から直々に使者が遣わされ、吉兵衛は愛宕神社からほど近い上屋敷で真田家の江戸家老と対面した。

「よくぞ、参られた」

真田家の江戸家老はかなりの老齢で、武張った顔つきをしていた。まだまだ戦国時代の気風を残しているようなそんな風貌《ふうぼう》だ。むろん、家老が生まれたときにはすでに徳川の世で戦の世は知らないのだが。

家老は、会うなり吉兵衛の画を絶賛した。肉筆も絵本類にしても、まず人物が素晴らしいと。活《い》き活《い》きとして、まことに存在するようだと。

絵巻物では多くの男女を描き分けているが、どのように描くのかと訊ねてきた。

「町場の者たちを実際に写しているのです」と、吉兵衛は応えた。

吉兵衛は若い頃から、吉原、芝居町に出入りをして、多くの人々を見てきた。それがまことに存在する人々のように見ていただけたとしたら、この上もなく幸せだと家老に頭を下げた。

うむうむと、家老は満足げに頷く。

それでな、と家老が身を乗り出した。

「肝心の婚礼の品に、少々趣向を凝らしたいと思うてな」

婚礼行列の絵巻物を頼むという。

「お輿入《こしい》れを絵巻に」

吉兵衛は思わず知らず声を上げていた。花鳥だけではなかったのか。

絵巻物は、横長に継いだ紙や絹地に画を描き、巻物にして、右から左へと広げながら見て楽しむものだ。

公家や武家の戦、僧侶《そうりょ》の伝記、寺社縁起など、平安《へいあん》の昔から足利の世に至るまで数多く描かれていたが、いまではとんとお目にかからなくなった。吉兵衛は図巻と称して、芝居町や吉原を物語調に構成したものを幾本か作製している。今は源 頼光《みなもとのよりみつ》の酒呑童子《しゅてんどうじ》退治伝説を絵巻物に仕立てようと筆を執っている。

「わしが絵巻好きということもあるが、婚礼ならば長い行列になる。絵巻にするのに相応しいと思ったのだ、どうだ？」

「とてもよいお考えであると」

吉兵衛が応えると、家老は満足げに頷いた。

「そうであるからな、菱川どの。絵巻にはやはり、線が細く、たおやかでありながら、色鮮やかな大和絵が合うていると思うのだ」

だが、と家老は唇を歪めた。

「京の絵所預《えどころあずかり》を務める土佐派も最近は狩野同様、漢画を取り入れておる。新たな大和絵を、という気概は感じられるが、わしの好みではなかった」

いま、土佐派を率いる光起《みつおき》は、一時、狩野に押され一線から退いていた土佐派を再び興した絵師である。優美で雅《みやび》な大和絵に漢画的表現を加え、新しい画風を作り上げていた。

「むろん光起の画技は申し分ない。しかし、花鳥図も公家《くげ》衆を描いた画も眼にしたが、なにかが足りないと思うた。そうしたとき、お主の絵本を手に取ったのだ」

ひと目で惹きつけられたと家老は興奮気味にいった。

「菱川師宣の画には今がある。小袖の女子《おなご》、傾奇者《かぶきもの》。あらゆる者が画の中にいた。町の喧騒《けんそう》さえ聞こえてくるようだった」

「かたじけのうございます」

吉兵衛は平伏した。

「頭を上げてくれ。よいか、頼むのは花鳥をふんだんに描き入れた婚礼の行列よ。古《いにしえ》の平安絵巻のように気品ある華やかなものに仕上げてもらいたい。だが、古人を描くのではないぞ。今を生きる江戸の者の姿、行列が町を進む様子をつぶさにだ。お主のその眼があれば、今様の絵巻物が出来るのではないかとな」

吉兵衛は心が奮い立つのを感じた。

今様の大和絵。まさに、おれが目指すものだ。

それとな、と家老は吉兵衛を手招いた。

声を潜めて、「枕絵も頼むぞ。美しいものをな。輿入れには大事な物であるからな」

と、にやついた。枕絵も嫁入り道具のひとつ。閨事は夫婦において必要不可欠だからだ。

吉兵衛は苦笑する。

話はとんとん拍子に進み、吉兵衛は、吉左衛門と師重、師平とともに、絵巻の下絵に取り掛かった。

もともと縫箔《ぬいはく》を学んでいた吉兵衛にとって、吉祥を表す紋様はお手の物だ。必ずや江戸家老とその殿さま、息女も唸《うな》る美麗な画を描いてみせると勢い込んだ。

鶴を飛ばし、蘭、竹、梅、菊を合わせた四君子を描く。大和絵の表現技法であるすやり霞《がすみ》を配して、画に奥行きを持たせた。柔らかで優美な画に仕上がりそうだった。

下絵を真田家に届けると、江戸家老からすぐに返書があった。殿さまも気に入り、このまま進めてほしいとの事だった。吉兵衛がその知らせを持って鱗形屋へ赴き、その旨を伝えると、手放しで喜んだ孫兵衛は、吉原でお祝いだと、吉兵衛の返事も待たずいそいそと支度を始める。おさわとは別れたが、かかわりのすべてを絶ったわけではない。いまでも揚屋の丸川は吉兵衛にとって一番くつろげる処だった。

舟を仕立て、山谷堀を下って吉原へ行く。通い慣れた道中だ。

「で、吉左衛門さんはどこに行っているのか話しましたか？」

「それが強情でしてね。いっかな口を割りません」

「どこかの岡場所の妓に入れあげているとか」

「女ならいいさ。画の修業になる」

しょうがないですねぇ、吉兵衛さんは、と孫兵衛が大笑いして舟が大きく揺れた。

いま、おさわは奥に引っ込み、店に出ているのはおたえだ。

丸川と染め抜かれた大暖簾《おおのれん》を潜ると、「あら、鱗形屋さん、お継父《と》っつぁん、いらっしゃいまし」と、おたえが小走りに近寄ってきた。

「こらこら、もういい加減、お継父っつぁんはないだろう」

吉兵衛が苦笑すると、

「だって、吉兵衛さまと呼ぶのはあまりに他人行儀だし。じゃあ、これからは菱川師宣師匠とお呼びしましょうか。ねえ、鱗形屋さん、どうかしら」

おたえはそういって、うふふと笑う。

「そうだな。それがいい」

孫兵衛が調子を合わせる。

店に出るようになってから、おたえは一層美しくなった。妓楼《ぎろう》の主人たちが太夫職も張れたというのも得心できる。

もっとも、張見世で客を呼び込む歳はとうに過ぎているが。

「で、画の方はどうだ？」

「時々。筆を執ると嫌な客のこともすっと忘れられるから。そのうち見てくれる？」

「座敷に持ってくればいい。見てやるぞ」

吉兵衛が答えると、おたえは嬉しそうに掌《てのひら》を合わせた。

「でも、もう少し溜《た》まったらにしますね」

膳《ぜん》を幾つも重ねて階段を上がる者、酒を運ぶ者などが忙《せわ》しなく行き来している。相変わらず丸川は繁盛している。

吉兵衛の眼はおさわを探していた。真田家の御用を務めることを伝えたかった。

別れて暮らすようになったとき、おさわは「大名家の襖絵《ふすまえ》でも描いてみろ」といった。

あのときは、歯嚙みをするほど悔しかった。人気が出始めたといっても、ようやく菱川師宣の画名を用い始めたばかりの頃だったからだ。

その恨み言をいいたいわけではない。売り言葉に買い言葉で丸川から出て行ったが、幾年も経てば勝手なもので、おさわと共に喜びを分かち合いたいと思ったのだ。

おれが、菱川師宣として立てたのも、おさわと丸川があったおかげだ。

その礼も伝えたかった。

「あら、師宣師匠、どうかいたしましたか？　きょろきょろしちゃって。勝手知ったる元住まいじゃありませんか。迷子になりようがない」

おたえがからかうようにいって、孫兵衛に同意を求めるように二の腕をすっと撫でる。

「まったくだ。どうしたんですよ、吉兵衛さん。さっきから落ち着かないようだが」

ああ、いやと、応えつつも周りに眼を向けずにいられなかった。

「いつもの座敷でいいでしょ。幇間《ほうかん》と芸者さんも呼びますね。それと」

姐《ねえ》さんは？　とおたえが訊《き》いてくる。

吉原に遊びに来て困るのはこのときだ。血縁はなくとも、我が娘と思いともに暮らしたおたえに遊女の呼び出しを頼むのはいつもながら気が引ける。

まったく、なぜ番頭でないのか、と吉兵衛は妙なところで腹を立てた。

「私は、扇屋《おうぎや》の三《み》つ葉《ば》を頼むよ。吉兵衛さん、今更、おたえさんの前で堅物ぶってもおかしなものですよ」

「わかってるさ」

吉兵衛が鼻白むと、おたえがすかさず「玉屋のいく世《よ》姐さんでしょ?」という。いく世は新造に上がったばかりの十六の娘だ。

わかっているなら、いちいち訊くなと、おたえを横目で睨《にら》む。継父の口から妓の名をいわせたかったというならば、少々意地が悪い。

「まったく、元とはいえ父親だったのだぞ。からかうものじゃない」

それを聞いたおたえは吉兵衛たちを二階へと促しつつ、

「ずいぶんと久方ぶりだったから、ちょっとからかいたくなっただけよ」

悪びれた様子も見せずそう口にした。

孫兵衛は、複雑な表情でふたりを見つつ、「早いところ、料理も酒もお願いしますよ」と、階段を上りながらおたえにいった。

「はいはい。わかっております、孫兵衛さま」

急に女将《おかみ》の顔に変わる。なんとも女子は器用なものだと吉兵衛は感心する。が、やはりと吉兵衛は階段の途中で立ち止まり口を開いた。

「孫兵衛さん、すまない」

二階に上がりきっていた孫兵衛が、吉兵衛を見下ろした。

「座敷で、お待ちしておりますよ。三つ葉といく世、両手に花と洒落込《しゃれこ》みながらね。ゆっくりお話ししてきてください」

「あたしも孫兵衛さまのお相手をしております。おっ母さんはたぶんお継父っつぁんが画室にしていた座敷にいるわ。ごゆるり――」

おたえの言葉をしまいまで聞かずに、吉兵衛は階段を勢いよく下って、母屋へと続く廊下を早足で進んだ。途中、番頭が「こりゃ吉兵衛さま」と驚いた顔をしたが、構わずすり抜けた。

吉兵衛がかつて使っていた画室は母屋の奥まった処にある。

「おさわ」

吉兵衛は両腕を広げ、ぱんと勢いよく障子を開け放った。庭に面した一室だ。薄桃色の小袖に、紫紺の長着を肩に掛けたおさわが煙管を手に、石灯籠《いしどうろう》が灯《とも》る庭を眺めていた。その背が丸く小さく見えた。

吉兵衛の声におさわがゆっくりと振り返る。

「おやまあ、吉さん。お久しゅう」

歳のせいか声が前より低くなったようだ。肌のたるみも皺も隠しようがない。身体の肉も落ち、背も丸い。けれど、それは吉兵衛とて同じことだ。年月は誰にも等しく流れる。例外などありはしない。

「当世の人気絵師、菱川師宣。ご活躍だねえ」

「そういってくれるか」

おさわが唇をすぼめて煙を吐いた。

「当たり前じゃないか。一度は夫婦の契《ちぎ》りを結んだんだ。あたしだって嬉しいさ。お前さんの絵本はすべて購《あがな》っているからね。まったく、この頃はちょいとばかり色恋ものが多すぎるんじゃないかえ」

吉兵衛は、おさわの隣に腰を下ろした。

「この世は、好いて好かれて、惚れて惚れられ、だろ」

「まったく大らかで能天気だねぇ。浮世師宣かえ？」

吉兵衛は慌てて、首を振る。

「そいつはありがたいが、いい過ぎだ」

あの岩佐又兵衛の異名が浮世又兵衛だった。おれはまだそこまでたどり着いてはいない。又兵衛は武家、豪商はもとより寺院などからも依頼を受けた絵師だ。あの狩野永徳と同じ画題で屏風絵《びょうぶえ》を描いた男だ。おれはまことの絵師になれたと思ったものの、冷静になれば、ようやく一大名家から仕事を得ただけなのだ。きっと舞い上がっていたのだろう。

おさわが灰吹きに煙管をとんと打ち付け、灰を落とした。

夜の帳《とばり》が下りる庭に灯《あか》る灯りが眩《まぶ》しく感じる。

一時の思い上がりが気恥ずかしくはあったが、吉兵衛はおさわに真田家から仕事を得た事を伝えたかった。その思いで勢いここに来たというのに、いざとなるといい淀《よど》んだ。真面目な顔で告げるべきか、おどけていうべきか。と、

「お大名家の仕事を受けたんだってね」

おさわが煙管袋に煙管をしまいながらいった。

吉兵衛は眼をしばたたく。

「三浦屋の旦那が大騒ぎさ。先代の小紫が知らせてくれたとね。うちに飛び込んで来て、やはり吉さんはたいしたものだ。私の眼に狂いはなかった。いつか偉い絵師になるお人だと思ったよ、だって。調子がいいよ。なぜ別れたんだと、あたしが責められてさ」

「それは悪かったな」

おさわが首を回して、吉兵衛を見た。

「なに謝ってるのさ。あたしはお前さんを追い出した女だよ」

「おれが勝手に出て行ったんだ」

おさわは、目尻に皺を寄せて微笑んだ。

「吉左衛門どころか、三次郎までかどわかしてね」

おい、そいつは違うぞ、三次郎は、と吉兵衛が慌てて腰を浮かせた。

「あはは、やだよぉ。わかってるさ。お前さん、あの子を絵師にしてやったんだろう？」

吉兵衛は、ああと頷いた。

「吉左衛門は師房、三次郎には師重っていう画号を与えた。三次郎は、もう一枚摺りも出している。立派な絵師だ」

「そうかい。お前さんは、名も出せない挿絵絵師でいることにあんなに長年苦しんでいたのにね。吉左衛門も三次郎も幸せ者だ。お前さんが、絵師を志す者たちの門を開けてあげたんだから」

「おれが？」と、吉兵衛はまじまじとおさわを見る。

「年寄りの顔をそう見るもんじゃないよ。だってさ、菱川の門を叩けば、絵師になれる、そういう仕組みを作ったんだよ。堂々と画号を記せるようになったんだ。お前さんは自分の画で江戸の版元の眼を開かせた。町の者が絵師の名で絵本を買うと気付かせた。大きなことだよ。誰にだって出来ることじゃない。若い頃に散々遊んだのが、まったくいように形を変えたものだね、ふふ」

ところでさ、身体は大丈夫かい？　とおさわが優しげな視線を向ける。

「絵本の数が多すぎるよ。年に二十近くも出したら大変じゃないのかえ？　それだけじゃないのだろう？」

いや、と吉兵衛は苦く笑った。

「弟子たちが育っているからな。分業して描いているんだ。おれは下絵を描き、版下絵は弟子がそっくりに写して描くというふうにな」

「それでも下絵はお前さんだろう？　無理は禁物だ」

おさわは、しばし話をやめて、ふっとため息を吐いた。

「ねえ、お前さん、あたしはね、おたえがお前さんについて行っちまうのが怖かった。絵師になるって、ここを出て行くんじゃないかってね。だから、お前さんに言いがかりをつけて、追い出した。お前さんは妙に素直なところがあるから、まんまとあたしの芝居に引っかかったんだよ」

「今更、どういうつもりだい？　もう昔のことだ」

おさわは自嘲気味に笑った。

するとおさわは吉兵衛を睨み、いきなり声を荒らげた。

「いったろう、あたしはおたえをここに残すために、二度と画なんかに夢中にさせないために、お前さんから引き離したかったんだよ。店を守るためだったんだ。身勝手なもんさ。恨んでいいんだよ」

おさわの言葉に吉兵衛は返答せず、ただ頷いた。

おさわは、声音を元に戻した。

「おたえは本当にいい女将になっただろう？　器量好《よ》しだしねぇ。客あしらいも上手《うま》くて、評判もいい」

「そうだな。おたえにとってはその方が幸せだった。婿も真面目なんだろう？」

「まあね。妓楼の次男坊なんて役に立ちゃしないけど」

「それならいいじゃないか。孫兵衛さんを待たせているんだ。そろそろ行くよ」

吉兵衛は立ち上がった。

「またおいでな。今度は吉左衛門も連れてさ」

ああ、と吉兵衛はおさわに笑いかけた。

廊下に出た吉兵衛は、唇に浮かべた笑みを引いた。

おたえを残すため、店のため、か。おさわの奴——嘘八百並べやがって。恨んでいい、だと？　そんなこと、できるはずがねえよ。

「吉兵衛さま」

暗がりから急に番頭が姿を現した。

「なんだよ、驚かせるな」

「大女将は——」

「わかっているよ。おれを追い出したのは、おれのためだろう？」

番頭が、おわかりで？　と、小声でいった。

「借家はあっても吉原との往復じゃ骨が折れる。弟子も取れない、工房だって回らない」

はい、と番頭は応えた。

「大女将は、病を得たとき、吉兵衛さまが代わりを務めてくださったことを申し訳なかったと。思う存分画を描くためには、ここを出た方がいいとお考えになったようで」

吉兵衛は、番頭に近寄り肩を叩いた。

「昔のことだとおさわにもいった。わかっていたことだが、やはり吉原《なか》の女は情が強《こわ》いな。ここの男は皆、女に生かされているんだな」

「まったくで」

吉兵衛の言葉を受け、番頭は呟《つぶや》いた。

四

階段を上っていた吉兵衛を、

「お継父っつぁん、多賀さまがいらっしゃいましたよ」

二階の回廊からおたえが手招きしながら、大声を出していた。

「多賀？　おいおい、助之進か」

吉兵衛は階段を駆け上がる。幾年ぶりか。その後狩野を破門されたという話は耳にしなかったが今はどうしているのか。階段を上りきり、首を左右に回した。

「どの座敷だ。孫兵衛さんにもう少し待ってくれと伝えてくれるか？」

「大丈夫よ。三つ葉姐さんといく世姐さんと仲良くしていたから」

おたえがくすくす笑う。

「それならいい。で？」

「右奥よ。あのね、お連れさまがいらっしゃるから」

吉兵衛は、「わかった」とおざなりに応えて、廊下を右に曲がり、かしこまった。座敷のうちから、音曲が聞こえてくる。

「菱川吉兵衛です」

障子越しに声を掛けた。

すると、「代人さん、いや吉兵衛さん」と、助之進が障子を開けた。

軽く座敷を見回すと、妓の姿がまだなかった。が、芸妓がふたりと幇間、それと中年の武家、剃髪《ていはつ》に羽織姿の歳若い男がいた。剃髪の男は、まだ三十前といったところか。それにしては、いやに鷹揚《おうよう》としている。医者か絵師かと問われれば、恐らくは絵師。助之進と一緒にいるのであれば、狩野一門の誰かだ。

剃髪の男が吉兵衛に眼を向け、口を開いた。

「おお、これはこれは町絵師の菱川師宣さま。お会いしとうございました」

いささか甲高い声をしていた。

助之進が「あちらは鍛冶橋狩野の探信《たんしん》さまです」と、吉兵衛の耳許で囁いた。

狩野探信。探幽の跡を継いだ長男坊か。わざわざ町絵師と強調したが聞かぬ振りをした。

かつてのおれの画を無視した探幽の倅か。吉兵衛は奥歯を嚙み締めた。

吉兵衛は膝を進めて、座敷に入ると頭を下げた。

「おやめくだされ。互いに画を能《よ》くする者同士。まずは一献」

「かたじけのうございます」

吉兵衛は、探信の前にかしこまり、盃《さかずき》を取った。

「ご高名はかねがね耳にしております。我が狩野の画塾でもお名を聞かぬ日がないくらいだ」

「それは、ちと大袈裟《おおげさ》でございましょう」

探信は、ふんと鼻を鳴らした。

「今の絵本はお前さまが工夫を凝らしたのだと耳にした。確かに、見開きに挿絵と詞書《ことばが》きがあるのは、見て楽しめ、読んで楽しめる。話の筋もわかりやすい」

まさか、探信からこのような言葉を聞けるとは思わなかった。吉兵衛はひとまず礼をいう。

「そのようにご覧いただけたこと、まことに嬉しく存じます。頂戴《ちょうだい》いたします」

吉兵衛は酒をあおった。

探信も酒を呑《の》むと、唇を拭い、くつくつと嫌な笑いを洩らした。吉兵衛は思わず探信の顔を見た。冷笑と嘲笑が混じり、眼が血走っていた。

「誰が、町絵師風情の描いた絵本やら墨摺絵やらを手に取るものか。門弟が騒いでいるのを小耳に挟んだだけだ。大量に摺った紙屑《かみくず》だ。自惚《うぬぼ》れるな!」

吐き捨てるようにいい探信は乱暴に盃を置いた。

吉兵衛は眼を見開く。おれの絵本や墨摺絵を知っているではないか、と苦笑する。

「我らは狩野ぞ。お上から扶持《ふち》を戴《いただ》く御用絵師。町人相手の下賤《げせん》な画など見るはずがなかろうが。ただ、工夫だけは認めるがのう」

「探信さま!」

助之進が慌てて割って入ってきた。

「探信さまが、吉兵衛さんに会ってみたいとおっしゃったのではありませんか。偶然居合わせたのもなにかのご縁と思い、私は」

「黙れ、助之進」

探信はなおも口元に嘲笑を浮かべ、

「所詮は町人どもに与える絵本ではないか。故事も漢籍も知らぬ無知無学な者どもには、卑俗な枕絵でも与えておればよい。遊女も役者も、菱川さまはそうした者たち相手に画を描いておるのだから、難儀なものよ。この世にはなんの役にも立ちはせんからなぁ。ただ、町人の求めに応じた画を描くのはなんとも辛《つら》かろう」

そうだ、そうだ、と中年の武家が赤い顔で幾度も頷く。

「吉兵衛さんはそのような絵師ではございませんよ」

「黙れというに。おれには、中橋の安信さまに頼んで破門を取り消してもらった恩があろうが！　近頃は、俳諧師《はいかいし》と仲良うし、画号を一蝶《いっちょう》にするとかしないとか。妓楼の妓か」

探信のくだらぬ暴言に、助之進も呆れ返る。

「それとこれとは別です。吉兵衛さんを愚弄《ぐろう》するだけなら、もうお暇《いとま》していただきましょう」

「なに、町場の絵師が菱川門だの、工房だのとなにやら大層なことを吐《ぬ》かしておるから、助言をしてやろうと思うてな。あまり、派手なことはするまいぞ、とな」

助之進は申し訳なさそうな顔をした。

「探信さまはなかなか太夫が来ないので、つむじを曲げていらっしゃるだけだから、その」

「構いませぬよ」

吉兵衛はそう応えて肩を揺らした。探信が怪訝《けげん》な表情を見せた。

まったくもって、と吉兵衛は口角を上げた。

「いいたいことをいろいろ並べ立ててくださったものですな。我らは当世を写す浮世絵師であり、古の大和絵を踏襲し、新たな大和絵を創り出す者。ご立派な先祖を頼り、古臭い画題にいつまでもすがって生きているどこぞの一門とは異なりますゆえに、助言などご遠慮申し上げます」

吉兵衛は、音を立てて盃を伏せ、腰を上げた。

「かつては私も狩野に憧憬《しょうけい》を抱いたものですが、探信さまの父上にはまったく相手にされなかった。それがかえってよかったのかもしれません。狩野を学んでいたら、菱川門を興すことはなかったでしょうから」

探信の剃髪の頭までが赤く染まる。

「調子に乗るでないぞ。我らが数々の一門を凌駕《りょうが》して今の地位にあるのは、たゆまぬ修業の末。千、万の弟子たちが支え、崇《あが》めてきた狩野だ。まことの高みを知らぬ者が喚《わめ》くでない！」

探信の怒号が座敷中に響いた。

「喚くなど、とんでもないことでございます。が、老婆心ながら、申し上げます。多くのしがない者たちに夢を与えてくれるのは遊女や役者でございます。ともあれ、ここで遊女を腐すのはとんだ野暮天ですよ」

吉兵衛は踵《きびす》を返し、助之進へ軽く笑みを見せて、すたすたと座敷を出た。

「ええい、痴《し》れ者が」

吉兵衛が障子を閉めると同時に盃が投げつけられた。酒が障子紙を濡《ぬ》らす。

廊下でおたえが青い顔をして立ちすくんでいた。

「なんでもない。太夫がまだ姿を見せないので機嫌が悪いそうだ。妓楼に迎えにいくんだな」

「あ、はい」

おたえはその場で身を翻し、急ぎ階段を下りていく。

吉兵衛はそのまま孫兵衛の待つ座敷へと足を向けた。

助之進が後を追ってきた。

「代人さん、吉兵衛さん」

吉兵衛は振り返らなかった。狩野の青二才めが。町場の絵師に必死に嚙みつけば嚙みつくほどその器量が知れる。助之進に苦言を呈してやるか——と、思ったとき。

探信の言葉が浮かんだ。

まことの高み？

金を稼ぐことか。多くの弟子を抱え、注文を途切れず受けることか。武家や豪商、文人らと親しく交わることか。

おれは、絵師としての高みに登り詰めたわけではないのか。

描けば売れる。売れればまた依頼が来る。

その日々の繰り返しの中で、菱川師宣筆の絵本、肉筆は世に溢《あふ》れるほど出回っている。仕事に忙殺され、工房内は常に騒がしく、弟子たちは疲れ、画を描きながら舟を漕《こ》ぐ。

どこに高みがあるのだ。絵師にとってまことの高みとはなんだ。

五

その夜は、大伝馬町の家に戻った。孫兵衛に引き止められたが、無理やり駕籠を呼び、町木戸が閉まる寸前に帰って来た。孫兵衛は吉原に泊まったのだろう。

高みとはなんだ――。

あの日から、夜具に入り、目蓋《まぶた》を閉じても、毎晩、この言葉が脳裏をかすめ悩ませる。

狩野探信と対面してから、もう半月が過ぎているというのに。

探信の口から放たれたこの言葉が、いまだ吉兵衛の中に燻《くすぶ》っている。

鍛冶橋狩野家を継いで数年の若造の精一杯の虚栄心から出た言葉だろうが、いわれるまでもなく、狩野が作り上げてきた歴史も地位も揺るがないことは誰もが知っている。

町人相手の下賤な画、と探信は評した。それは、枕絵か？　芝居絵か？　吉原図か？　大量に摺られる浄瑠璃《じょうるり》本や絵本の類《たぐい》か？　なにを指していっているのだ。

おれがこれまで描いてきたものは、すべてが無意味だというのか。

そんなはずはない。見てもいない画をとやかく言われる筋合いはない。これまで幾冊の絵本を出してきたか。幾枚の肉筆を描いてきたか。どれだけおれの画が江戸に溢れているのか。探信はなにも知らないのだ。

そうは思いつつも、なぜか拭いきれない。

今夜も眠れそうにないな、と吉兵衛はひとりごち、夜具を抜け出して、画室に向かった。燭台《しょくだい》に火をつけると、その周囲だけがぼうっと光る。

床を見ると、下絵や反故が散らばっていた。

まったくうちの弟子どもは、片付けもろくに出来んのか。

吉左衛門と作之丞には新弟子をしつけるよういっているのだが、と苛立ちながらも、吉兵衛は紙を広げ、筆を執る。まだなにも描かれていない紙がほのかな灯火の下でも白く浮き上がる。

吉兵衛は心を平静にしつつ、顔の輪郭をするりと描く。切れ長の眼に小さな口。結い髪は丸髷《まるまげ》……髪を描こうとしたとき、穂に含ませた墨が顔の部分にぽたりと落ちた。

ああ、だめだ。やはり気が散る。

吉兵衛は筆を置き、息を吐いた。

おれは、なぜこんなにも動揺しているのか。探信のような若造にいわれたひと言になぜいつまでもこだわっているのか――。

十日前、助之進が詫びに来た。

「過日の狩野探信さまの非礼を平にご容赦いただきたく、参上いたしました」

と、吉兵衛の顔を見るなり、平身低頭、三和土《たたき》に頭をこすりつける勢いだった。

「同じ絵師同士、それに菱川師宣は私淑する浮世絵師。町絵師と狩野との出会いも面白かろうと思ったのが間違いでした。探信さまも是非に、とのお答えでしたので、よい機会に恵まれたと」

まことに申し訳なかった、代人さん、と助之進はさらに身を低くした。

「そんなことはやめてくれ。助之進さんのせいではないよ」

吉兵衛は三和土に下りると、助之進の腕を取った。が、そうだ、と吉兵衛は思った。助之進は、丸川で居残りしたとき、幇間よろしく客を喜ばせ、花代をたっぷりせしめた男だ。こういう真似は得意中の得意だろう。吉兵衛が苦笑すると、すぐに助之進は屈託ない顔を向けてきた。

やはり、芝居だったかと呆れたが、こういうところがこの男の好ましいところだ。

おいとにすぐさま酒肴《しゅこう》の支度をさせ、居間に助之進を招き入れた。

酒が進むうちに、助之進の口は軽やかになり、

「まさか、あのように激昂《げきこう》されるとは思いもよらず、私も焦りました」

と、鬢《びん》を掻《か》いた。

「まだお若いのはこちらも承知している。さほど気にはしていない。法印探幽さまより鍛冶橋狩野を引き継ぎ、懸命なんだろうってのは想像がつくよ」

助之進は、盃を呷《あお》り、ふうと息を吐いた。

「そういっていただけるとありがたい。探幽さまは弟子の益信《ますのぶ》さまを養子に取られたが、探信さまが生まれたことで、益信さまは結句、駿河台狩野家を興された」

益信は、将軍の覚えもめでたく、探幽が見込んで養子としただけに、探幽の画風を能く写し、真面目に励む方だった、と助之進がいった。

「まあ、そんなこんなで探信さまは益信さまへなにがしかの屈託があるでしょうからね」

それと、と酒で顔を赤くした助之進が、急に含み笑いを洩らした。

「わかったんですよ」

「なにがだい？」と、助之進に眼を向けつつ吉兵衛は盃を口に運んだ。

「探信さまがなぜあのような振る舞いをしたか」

「もう、気にしていないといったばかりじゃないか。どんな訳があろうと、私にはかかわりない。益信さまに対しての屈託だろうと、鍛冶橋狩野が双肩にのしかかって辛かろうと、ただのとばっちりだ。町絵師を馬鹿にすることで鬱憤《うっぷん》晴らしをされてもな」

皮肉っぽくいって、吉兵衛は唇を曲げた。いやいや、と助之進は盃を置いた。

「実は、あの日のことを探幽さまの高弟に伝えたのですが――」

助之進の話に吉兵衛は思わず口を半開きにした。

探信の振る舞いは、すべての町絵師ではなくまさに吉兵衛に対して向けられたものだというのだ。

「おれは探信さまの悪口などいったことないぞ」

「ははは、違いますよ。原因は探幽さまですよ。探幽さまが、菱川師宣という絵師を認めたことで探信さまは苛立っていたんです」

探幽がおれを認めた――。

吉兵衛は耳を疑いつつ、酒をごくりと飲み込んだ。

「師宣は一介の版下絵師ではない。古の優美な大和絵に当世風の味付けを加え、新たな大和絵を作り上げた男だと。まさに我が国古来の画を継ぐ者である、と。そうおっしゃったそうで」

助之進はひと息吐くと、さらに続けた。

「ですから、探信さまは、江戸狩野をここまで押し上げた偉大な父親の探幽さまが認めた師宣という絵師が憎かったんでしょうね。だから狩野と町絵師は格が違うということを吉兵衛さんにはっきり教えたかったというか」

「ふん。やはりとんだ言いがかりだ」

「で、お許しいただけますかね」

助之進が吉兵衛を窺《うかが》ってきた。

「許すも許さないもないよ。居る場所が違うことくらい私も承知している。あちらはお上の下、私は町場だからね」

狩野十五家のうち、鍛冶橋狩野を含む四家は、将軍に御目見が出来、大奥への出入りを許され、禄《ろく》を与えられている。御殿や霊廟《れいびょう》の障壁画を描き、贈答、下賜画を描き、将軍の装身具の意匠の考案に至るまでその役目は多岐にわたる。

そうして法印、法眼を戴く。

おそらく、探信がいうところのまことの高みというのはそれを指すのであろう。

しかしそれが叶《かな》えられるのは、あくまでも幕府にかしずく立場であるからだ。法印や法眼などの位階を授けられた者が、町場も入れたすべての絵師の棟梁《とうりょう》であるということだ。つまり狩野が絵師の頂点であるのだ。探信のいう高みが格をいうのであれば、町絵師がその域に登り詰めることなどない。

そんなことは百も承知している。

だが、吉兵衛は心の内でほくそ笑んだ。あの探幽がおれを認めた。だからこそ、その息子がたかが町絵師のおれに噛み付いてきたのだ。なんと、いい気味だ。積もりに積もった積年の思いが緩やかに溶けていくような気がした。

ただ、と助之進が首を傾げた。

「私も高弟もわからなかったんですがね、探幽さまは、ここまで画才と才覚があったとは、ともいったそうなんです。かつて、吉兵衛さんの画を見たことがあるような物言いではありませんか？」

え？　と吉兵衛は急いで立ち上がり、隣室の画室に入った。手文庫の中から、泥染みのついた古い画帳を取り出し、助之進のもとに戻った。

「これのことかもしれないな」

吉兵衛は画帳を差し出した。江戸に出てきたばかりの吉兵衛が鍛冶橋狩野への入門を願い出て、こっぴどく追い返されたときに落とした画帳だ。

「これは」

と、助之進が絶句した。

「私の挫折《ざせつ》の塊だ。偶然の出来事ではあったが、この画帳を探幽さまは見たのだろう。私が十七の時だ。もう三十年以上前だな。この朱墨は、岩佐又兵衛が入れたものだ」

助之進がごくりと喉を鳴らした。

「なんと。浮世又兵衛が。これはすごい。いや、吉兵衛さんの描いた魚介、草木、風景も。実際の物を紙上に写し取るとはこういうことなのでしょう。線が、繊細で柔らかだ。十七の頃から、この線を描いていたとは驚きです」

「おれは、縫箔屋の息子だった。刺繡の上絵には細やかな線が求められる。おれの画はそこから始まったからだよ」

「なるほど。縫箔ですか。吉兵衛さんの描く女子はだから衣装がいつも素晴らしいのか。

必ず当世風の意匠を取り入れ、色の合わせも鮮烈で斬新だ。そうした素地があったということですねぇ」

いやいや、それにしても浮世又兵衛の直筆というのも貴重すぎる、と助之進は食い入るように画帳を見る。

「私は、狩野の画塾に文句をつけたいわけじゃありません。が、己の画を極めたいと願うのは、絵師を志す者であれば当然だと思うのですよ。狩野の画に憧《あこが》れて、多くの弟子が集まります。しかし、狩野を引き継ぐという思いより、画技を学びとり、独り立ちしたいと考えます。探幽さまは、狩野の中にも師宣に触発される者が出てくるのは必至だとおっしゃられたそうです。誰もが新しいものを取り入れたいと思いますからね。自明の理でしょう。私もそのひとりですから」

と、助之進がそういいつつ笑ったが、急に表情を曇らせた。

「ただし狩野は画に永劫《えいごう》を望み、師宣は現世を望む、それを常に心に留めていれば、おのずとどちらが優れているかわかるはず、と締めくくったようですよ。さすがは江戸狩野を興した方だと感心します。幕府の御用絵師の誇りでしょうが」

つまり、狩野の画は古臭い画題に固執しようと、未来まで遺すことを考えて描けということか。他方、おれは、刹那《せつな》の浮き世。やがては消えゆく画だといいたいわけだ。

認めたわりには、辛辣《しんらつ》だ。吉兵衛は苦笑した。

だが、助之進のいう通りだ。それは誇りに縛られている者の言葉だ。

「ささ、呑みましょう、呑みましょう。この鮑《あわび》は美味《うま》いですねぇ」

助之進は調子づいて、お世辞よろしくご新造、ご新造、と、おいとを呼んだ。

助之進が訪ねて来たあの日から、おれの気持ちは変わったのではないか。そもそも、奴らとはいる場所が異なることはわかっているのだ。にもかかわらず、未だ、喉に刺さった小骨のように拭えないなにかがある。

なにを迷っているのだ。馬鹿馬鹿しい。

吉兵衛は、そう自らを得心させつつも、知らぬうちにやはり眉間に皺を寄せている自分に気づく。

顔が、蠟燭《ろうそく》の灯りに照らされる。おれはいま、どのような顔をしているのか。つまらぬことに惑わされるな。おれはおれではないか。

真田家のために描いている画にも吉兵衛は手応えを感じていた。

婚礼調度に描かれる花鳥の吉祥模様。繊細で美しい物になるはずだ。きっと真田家から他の大名家に伝わるだろう。そうすれば、さらに菱川師宣の名が広まる。おそらく武家からの依頼も増える。

狩野にいちいち目くじらを立てることはないのだ。あの探幽でさえ、おれを認めたというではないか。新たな大和絵を作り上げた男だと、そういったそうではないか。

落ち着け、吉兵衛。

炎が揺れ、壁に映った影が大きく、小さく揺らぐ。
あの影は、おれの心の内に潜むものだ。卑屈、臆病《おくびょう》、妬心、羨望《せんぼう》、驕慢《きょうまん》——。
おれの高みはどこにある。
吉兵衛は、描き損じた紙をぐしゃりと摑んだ。
ああ、そうだ。なぜ気づかなかったのか。
くつくつ、と吉兵衛は笑った。
おれが作ればよいのだ。工房を盤石なものとし、菱川流をさらに世に知らしめるのだ。
おれの高みは、おれが作ればいいのだ。簡単なことだ。
吉兵衛は、薄闇の中で静かに笑い続けた。

六

吉兵衛の工房はますます多忙を極めた。鱗形屋から同月に絵本を三冊開版するようなこともしてのけた。絵本だけでも年に二十近く。それに加えて、一枚摺りの組物、肉筆も手掛けた。真田家の影響は思いの外大きく、武家からも屏風や絵巻物の依頼があった。

弟子たちは総勢三十名。まだ、十ぐらいの子もいる。画技の未熟な者たちは画の修業の合間に絵具屋、紙屋に使いに出る。ある程度、描ける者は、それぞれに調度品、着物の意匠、風景などを決めて筆を揮《ふる》っている。画号を持つ者は、吉兵衛から上がる下絵を版下絵に起こし、肉筆や絵本の彩色を担った。

弟子たちは家に帰れず工房の画室で雑魚寝《ざこね》をすることもしばしばだった。おいとは彼らのために夜食を作り、年長の者には酒も出した。

古参の弟子である師盛がぼやいた。

「もう幾日、家に帰ぇれねえんだか。ちゃんと夜具の上で眠りてえ」

「兄さん、どうせ薄っぺらな夜具でしょう？」と、年下の弟弟子が混ぜっ返す。

「うるせえな。毎日毎晩、同じ面突き合わせていりゃあ、嫌んなるってもんよ」

「師盛の兄さん、柏屋さんの絵本の彩色は終わりましたか？」

三次郎が大きな身体をすぼめておずおずという。

「ああ？　はいはい。もうすぐ上がりますよ、師重さん。あと百部はあるがね」

師盛に嫌味っぽくいわれ、三次郎は唇を曲げた。

師盛は摺り上がった絵本の女の衣装の一部に丹色《にいろ》を施している。

「百もあったら、今日の八ツ（午後二時ごろ）に上がるのかい？」

吉左衛門が険しい顔をした。

「上げりゃいいんだろ」と、師盛が怒鳴る。

その声に、幼い弟子がびくりとして、絵具皿を落とした。音を立てて床に落ちると、絵具が飛び散った。

「てめえ、なにしていやがる。版下絵が汚れただろうが。今夜、彫師に渡す物なんだぞ」

別の弟子が立ち上がり、幼い弟子の襟首を摑んだ。

「おい、やめろ」と、作之丞が声を張り上げる。

その騒ぎを耳にした吉兵衛は、画室を出て工房へ向かった。

「やかましいぞ。もう少し静かに仕事をしないか」

「申し訳ございません、師匠」

三次郎がすぐさまかしこまった。

「それから、吉左衛門、作之丞。日本橋の商家から肉筆の依頼があった。吉原へ行って、玉屋を写して来てくれ」

吉左衛門が、え？　と顔を上げた。

「私は、その、夕刻に所用がございまして」

「所用？　お前の用は画を描くことだぞ。さっさと吉原に行って来い」

吉兵衛は踵を返したが、再びくるりと首を回した。

「私は肉筆で忙しい。絵本はお前たちに任せたはずだ。こう進みが悪いと、版元に迷惑をかけてしまう。きっちりやってくれ」

「承知しております」

作之丞が頭を下げ、吉左衛門に「兄さん、行きましょう」と、促した。

「ち、画号をもらったところで、てめえの画一枚描けやしねえ」

師盛の声が聞こえた。だが、吉兵衛はそれを無視して、画室に戻った。

工房での作業とはべつにふたりの息子、吉左衛門と作之丞、そして三次郎と師平の名を与えた若い弟子を連れて真田家にも日参し、皆が精魂を傾けて意匠の上絵に取り組んだ。

そうした忙しさの中で吉兵衛が感じたのは、息子たちの成長だった。

この頃吉兵衛は、ひとり画室にこもり、下絵が出来上がると三次郎に渡し、ほとんど、ふたりの筆を見ていなかった。

しかし、これなら託せると吉兵衛は思った。

工房の形もこれでいい。各人の得意な画を描かせ、分担すれば絵本が出来上がる。吉兵衛は下絵だけで十分だ。三次郎や師平、吉左衛門は思った以上に吉兵衛の画を踏襲している。

多量の仕事をこなすには、こうした工房制作でなければ追いつかない。

吉兵衛の画を学ぶことで、弟子たちは菱川の筆、その形を知る。より多くの絵本、より多くの肉筆を描くための方策として、なにより優れた形をおれは作ったのだ。菱川流を世に広め、己の高みを目指すためだ。

師盛は、まだ何もわかっていない。

画号は、武家でいえば剣術免許のようなもので、それを与えられたということは、菱川の一門として認められたということだ。

菱川が絵師の工房として、さらに大きくなれば、その画号はより活きてくる。独り立ちする前の最後の奉公だと思えばいいものを。

さて、と。吉兵衛は筆を執った。


久しぶりに鱗形屋の孫兵衛に料理屋に招かれ酒食をともにした。

「たまには、こういうところもいいかと思いましてね」

孫兵衛が浅蜊《あさり》の煮物を口にする。

洲崎《すさき》の料理屋だ。海が眼前に広がり、海鳥が飛んでいる。帆掛け船がいくつも見え、遠くには房総《ぼうそう》が望めた。吉兵衛の胸に郷愁が湧く。

故郷を旅立って、幾年が過ぎたのか。

孫兵衛が何か懸命に話をしていたが、吉兵衛の耳には入ってこなかった。潮騒《しおさい》の聞《と》こえる父の工房、潮の香り、網を引く漁師たちの太い声、妹たちがはしゃぎながら、漁れたての魚を運んでくる。

その情景の中には、魚を写す幼い吉兵衛の姿があった。

懐かしい。なにもかも。おれが故郷にできることはあるだろうか。

「吉兵衛さん！　師宣師匠！　聞いてますか？　あたしの話」

孫兵衛が大声を出した。

「あ、これはすまなかった。それで、なんでしたっけ」

孫兵衛は呆れて、拗《す》ねたように唇を尖らせた。

「これですよ、これ」

畳の上に置かれていたのは、『好色一代男』と記された浮世草子だ。上方の浮世草子作者、井原西鶴《いはらさいかく》が版行したものである。

「これの江戸版を出すことになったのですが、挿絵をぜひ、吉兵衛さんにお願いしたいと、西鶴さんからのお願いでね。受けていただけるものか、訊いているのです」

最近、お忙しいから、どうですかね、と皮肉っぽくいった。

「いや、受けるよ」

「それはよかった。おいおい、川崎屋《かわさきや》さん、出番ですよ」

その声に川崎屋七郎兵衛《しちろべえ》が隣室から姿を見せた。

「版元が違うのか？」

吉兵衛は疑問を口にした。

「ははは、まあいいじゃありませんか。今受けるといったんだ。これはきっと売れますよ。鱗形屋さん、この御恩は忘れません」

「ええ、恩返しを楽しみにしておりますよ、ははは」

ったく、版元は油断がならねえな。孫兵衛の頼みなら、おれが必ず聞き入れると思ったのだろう。

半分騙されたような気がしたが、西鶴の戯作は上方では人気があると聞いている。その西鶴から名指しされたとなれば、やらざるを得ない。おれの名は、上方にまで知られているということか。かつては、京の絵本の挿絵を写すのが江戸の絵師だった。それが今は、おれの絵本が上方に流れているのだ。

吉兵衛は気分よく盃を重ねた。

「そういえば、この頃、杉村治兵衛《すぎむらじへえ》という絵師が出てきましてね。出しているのは小さな版元のようで、師匠のような組物とはいかないらしく、一枚摺りなのですがね。なかなか売れておりますよ」

川崎屋がいった。

「ああ、杉村治兵衛ですか。あたしも見ましたよ。驚きました。吉兵衛さんそっくりの画風でね、名を入れていないので、うちのお客は間違えて買ってしまったといっておりましたよ。ははは」

吉兵衛は、ふうんと生返事をした。

「まあ、画風を真似されるのは、それだけ吉兵衛さんが売れているという証《あかし》だ」

孫兵衛は事も無げにいう。

「そういうことだな。真似されるくらいでないとな」

「さすがは、師匠だ」と、川崎屋が調子を合わせる。

いささか川崎屋のおべんちゃらは癇《かん》に障るが、まあいい。

「そういえば、師匠のお弟子の師重さんやおふたりの息子さんはいかがですかな？　そろそろ、ご自分のお仕事をされてはと思うのですが」

川崎屋が身を乗り出してきた。

「三次郎を知っているのか？」

「え、ええまあ。一度、声を掛けさせていただいたことがありましてね。けれど、工房が忙しいと断られましたよ」

と、残念そうにいった。

「息子も三次郎も腕はいい。いずれは菱川を背負って立つ絵師になると思うが、まだまだ菱川師宣を広めないといけませんのでね」

吉兵衛が酒を呷ると、孫兵衛が心配げにいった。

「もちろん、吉兵衛さんは今脂の乗った時期だ。もっと描いてもらいたいと思っているのはうちばかりではありません。けど、吉兵衛さんももうさほど無理は出来ないお歳でしょう？　そろそろお弟子さんたちの将来も」

「考えているさ。孫兵衛さんにいわれるまでもない。けどね、菱川は私がまず立っていなくちゃならないんだ。隠居でもしろというのかい？　孫兵衛さん」

吉兵衛はいい放ち、盃を置いた。

「滅相もない。菱川を守るために申し上げているんですよ」

孫兵衛は川崎屋と顔を見合わせ、同時に頭を下げた。

その帰り、吉兵衛は、供に連れてきた幼い弟子と舟に乗った。

まだ十分に陽が高かった。少し回り道をしたくなった。吉兵衛は歳を取るのは仕方がない。孫兵衛と川崎屋の決まり悪い顔が浮かんできた。それを振り払い、神田川《かんだがわ》まで来ると、舟を降りた。ぶらぶら歩きながら、

「いいかい、ただぼうっと歩いていてはだめだぞ。町や人の様子をつぶさに見るようにしなければいけない。女子の衣装はとくに気をつけて見るのだ。着物柄や帯との色の組み合わせなどは流行《はや》りがあるからな。画を描く際の参考となる」

吉兵衛は弟子にそう語りかけた。

「少し遠いが、紺屋町《こんやちょう》を通って行こう」

と、吉兵衛は弟子を促した。紺屋町には染物屋が多く建ち並んでいる。染物屋は、藍《あい》屋、紫屋、紅屋と色によって店が分かれるが、紺屋は染物屋すべての総称、あるいは藍屋だけを指してもいう。天気の良い日は、染められた幾枚もの布が幟《のぼり》のように干される。

「なかなか壮観だな」

吉兵衛は色鮮やかな藍染めを仰ぎつつ呟き、ゆるりと歩いた。

一軒の染物屋では、まさに藍甕《あいがめ》に布をひたしている職人が見えた。

藍染めは濃淡があり、一番濃い紺色にするには、十数回も甕に布をひたして染め上げ、一番薄い紺は、甕のぞきといって一度ひたして引き上げる。

と、甕から布を引き上げた職人が後ろを向いて、

「おおい、吉さん、吉さんはいるかい」

そう叫んだ。吉兵衛は苦笑する。自分の名を呼ばれたような気がしたからだが、店の奥から返事をして出て来た若い男の顔を見て、仰天した。

まさか、そんなことが。

吉兵衛は思わず眼を擦《こす》って、もう一度、若者を見つめた。

「ちょいと布の引き上げを助けてくれ」

「はい」

嬉しそうに応えると、若者は職人の傍に腰を屈《かが》めた。

「こいつで、五度浸してみたが、まだ足りねえ。お前さんが続けてやってくれるか」

「お安いご用ですよ。もう腰が痛いんでしょう」

「け、そんなことあるもんか」

弾む声が吉兵衛の耳に届く。こんな喜びに満ちたあいつの声を聞いたのはいつ以来だろうか。

「吉さん、頑張って」と、若い娘の声がした。

「へへ、お嬢さんが頑張れだってよ。余計、こいつは頑張らねえと」

「からかわないでくださいよ」

職人と楽しそうに話をしている。

なぜだ。あいつはなにが気に染まないのか。

「師匠？」

弟子が不安げな顔で吉兵衛を見上げた。

吉兵衛は、店先を逃げるように立ち去った。

七

三日後、夕餉《ゆうげ》をとると、吉兵衛は吉左衛門と作之丞へ居間に来るよういい置いた。

「師匠。お呼びでしょうか」

吉左衛門の声がいささか緊張していた。

そろりと、障子が開き、吉左衛門と作之丞が頭を下げた。

「障子を閉めて、こっちへ来なさい」

吉兵衛は長火鉢の前で煙管をふかしていた。

「吉左衛門。訊きたいことがある」

吉左衛門が顔を強張らせる。

「紺屋町の藍屋とお前とはどういうかかわりだ?」

え、と作之丞が先に眼を見開いた。

「藪《やぶ》から棒に、なにをおっしゃっているのですか」

作之丞が応えた。

吉兵衛はぎろりと作之丞を睨《ね》めつけた。

「お前に訊いていない。私は吉左衛門に問うている。答えろ、吉左衛門」

吉兵衛は厳しい口調でいう。吉左衛門は俯き、黙ったままだ。

「紺屋町の藍屋で、たまたまお前の姿を見かけた。それは私の見間違いであったのか？」

「――ありません」

と、吉左衛門がぼそぼそいう。聞こえんが、と吉兵衛は苛立った。

「師匠の見間違いではありません」

今度ははっきりと、半ば自棄《やけ》になったように声を張った。

「兄さん、そうじゃないでしょう。お父っつぁん。いや、師匠。師匠の見間違いだと、私は思います。なぜ、兄さんが藍屋にいくんですか？　それに今日の午後でしたら、兄さんは絵本の下絵を描いていました。私も一緒におりましたから」

そうだな、今日ならな、と吉兵衛は生返事をする。

「そうか。見間違いならそれでいいが。おさだという娘はどうだ？」

吉兵衛が問うと、はっとして面を上げた吉左衛門の顔色が変わっていた。吉兵衛は、昨日、再び紺屋町の染物屋に赴いたのだ。

「なんと、わかりやすい」

吉兵衛は苦々しくいった。吉左衛門は父親の顔を見ずに、口を開いた。

「おさださんに会ったのですか？」

「会ったが、それがどうした？　お前が世話になっているようだから、挨拶をしただけだ。おさだというのは、あの藍屋の娘だな。好いておるのか？」

吉左衛門がむっと唇を引き結んだ。

「師匠！　これは父子の話です。今はお父っつぁんと呼ばせていただきます。兄さんは浮ついた気持ちであの藍屋に通っているのではありません」

作之丞が身を乗り出した。

「浮ついた気持ちではないだと？　ならば、染め物職人にでもなるつもりか！」

吉兵衛は唇を固く結ぶ吉左衛門を睨めつけた。

「お父っつぁん、兄さんは」

作之丞がとりなすようにいう。

「黙れ。お前には訊いておらん。おれは、吉左衛門に問うているといったはずだ」

吉左衛門は再び俯き、腿《もも》に乗せた拳を握り締めた。

「え？　なにもいえぬのか！　なにゆえ工房の手伝いをせず、染め物などに現を抜かしているのだ。いいか、お前がふらふらとしているから、工房がまとまらんのだ。私は、真田さまのご依頼品をこなした。美麗な今様の絵巻物だと殿さまから絶賛された。菱川門の名声はますます上がった。青山《あおやま》家からの屏風絵も承った。武家の眼もおれに向き始めた」

お上の扶持をもらっている狩野家ではない、ただの町場の絵師が大名家に出入りを許されている。それを誉れとも思わず、藍屋に通っている息子の心がわからない。

吉兵衛は、面を上げず黙りこくったままの吉左衛門にいい放った。

「なんのために、幼い頃から絵筆を持たせ、画技を教え込んだか。それは、お前が、この菱川師宣の息子だからだ。なにゆえ染め物などをやり、おさだという娘のご機嫌取りをしているのだ。これまで学んできたことを皆、ふいにするつもりか？　いずれは、この菱川を率いていく立場となるのだ。それがわからないのか！」

吉左衛門はわずかに顔を上げると、

「わかりません」

と、静かにいった。

吉兵衛は面食らった。

「わ、わからないだと？　誰がこの工房をここまでにしたと思っているんだ？　それを継ぐ意味がお前にはわからんというのか」

吉左衛門がきっと吉兵衛を睨めつけた。

「この工房を継ぐとか、菱川を率いるとか、お父っつぁんは私を買いかぶりすぎです。私にはそのような器量はない。人に画技を教えることや、版元たちとの付き合いだって、苦しいだけだ。私の性に合わないのです。染め物職人は、決して表に出ることもなく、目立つこともない。けれど、美しく染め上げた布を見るたび、私は深い充足感が得られた。それがどのような小袖になろうと」

吉兵衛は、眼前の息子がなにをいっているのか、と困惑し、うろたえていた。

父親が興した工房を、菱川の画を継ぐのが当たり前だと、吉左衛門も承知して修業に励んでいたものと思っていた。それは、誤りだったのか。

表に出ることもない？　深い充足感、だと。それがつまらぬことだとやがては気づく。

「このような形でお願いをするのは心苦しいですが、私は、藍染めの職人になりたい。この菱川の家を出て行きたいと思っています。師房の画号もお返しいたします」

吉左衛門は両手をついて、頭を下げた。

「なんの世迷言《よまいごと》だ」

吉兵衛はにわかに立ち上がった。

「お前は、この工房を継ぐのだ。染め物職人など許さん」

「お父っつぁん」

作之丞が声を張った。

「私の力量では菱川の工房を背負うことは適わぬかもしれませんが、これから一層の精進をいたします。どうか兄さんの望みを受け入れてはいただけませんか」

お願いいたします、と作之丞も手をついた。

「ふざけるな。作之丞、お前が工房を継ぐだと？　ばかも休み休みいえ。画技の劣るお前に工房を任せられるか」

え？　と作之丞が顔を上げた。

「弟のお前は吉左衛門を支えるだけでよい。お前自身が力量のなさをわかっているなら、二度と工房を継ぐなどというな。くだらぬ」

吉兵衛が吐き捨てると、作之丞は身を震わせた。

「くだらないことをいっているのは、お父っつぁんだ。作之丞は私より彩色も色使いも勝っています」

吉左衛門が、怒りを懸命に堪《こら》えるようにいい放った。

「私はこの家を出ます。藍染めの職人も柄などを描くために絵心は必要です。画の修業をしたことは無駄にはなりません」

そう静かにいうと、再び手をついて頭を下げた。

「――許さないといったはずだ」

吉兵衛はぼそりと呟く。

「お許しいただけなくても、私は自分のやりたいことをしたい」

「お前が菱川を、この工房を継ぐのだ。わからないのか。菱川の画を継いでいくのだ。私が興したこの菱川流を遺さねばならないのだ」

「なんのために？」

吉左衛門が吉兵衛を仰ぎ見る。吉兵衛は呻《うめ》いた。吉左衛門の眼には父である吉兵衛の姿も菱川師宣の姿もまったく映っていない。

ただ、己の望みだけを叶えようと将来《さき》を見ている若者の眼だった。

どこかで、同じ眼を見たような気がした。どこだ。

「なんのためか、お答えください!」

吉左衛門が再度、訊ねてきた。その厳しい声音に吉兵衛は慄《おのの》く。

なぜだ。なぜだ。なぜだ。

なぜ、このような眼をするのだ。

おれが懸命に創り上げてきた画を、画風を、血を分けた息子が絶やそうとしている。

そんなことは、断じて許されることではない。

菱川は江戸を、浮き世を映す画であるのだ。

それを息子が潰《つぶ》そうとするなど、あってはならないのだ。

町場の絵師には画号などなかった。肉筆に落款《らっかん》すらないものもあった。

だが、それを変えたのは紛れもなくおれだ。

菱川師宣という画号を自ら名乗り、絵本にも肉筆にも名を入れた。

絵師が絵師として立つことができるようになった。

おさわは、菱川の門を叩けば絵師になれる、そういう仕組みを作ったのだといってくれた。その通りだ。裏店《うらだな》住まいの者であろうが、商家の次男、三男であろうが画を描きたいという者を受け入れてきた。

もちろん、画才のないことに気づいて去って行った弟子もいる。しかし、この工房で、おれの絵手本で学び、菱川の画風を身に付ければ、絵筆一本で食べていくことができる。仕事は引っ切りなしに入ってくる。それをこなしていけばいいのだ。

自分の画など描けなくても、菱川の画さえ描線さえ守っていれば絵師としてやっていける。画号も与える。

それのどこが間違っているのだ。この息子たちは、おれの心などなにもわかっていない。菱川流が、如何《いか》なるものかなにもわかっておらぬ。わからせねば、わからせねば。

吉兵衛は、吉左衛門を見下ろし、口を開いた。

「なんのためかだと？　菱川流を守り続けるためだ」

おれの画を引き継ぎ、遺すためだ、と吉兵衛は怒号にも近い声を発した。

吉左衛門と作之丞は、吉兵衛を見上げ、眼を見開いた。

「それが答えだ。それ以外にはない。だからこそ、血縁で菱川を守り、向後も守り立てなければならない。お前たちの子、その子もだ。弟子たちは、お前たちの手足となり、この工房を支えるのだ」

吉左衛門が、首を横に振った。

「どうかしている。お父っつぁん、いつからそんな思いに駆られてしまったんですか」

吉左衛門がそう叫んだ。

「絵師を目指した頃からだ！」

吉兵衛は吉左衛門を睨めつける。

「おれは菱川師宣だ。菱川流の棟梁だ。絵本を変え、一枚絵を版行させ、肉筆は賞賛される。お前たちは、この工房を守り立てるために画技を磨け！」

「違う！　私は私です！」

吉左衛門はさらに声を張り上げ、吉兵衛を仰《あお》ぐ。眼が突き刺さる。この瞳《ひとみ》は——曇りがない真っ直ぐな視線は。吉兵衛の総身が粟立《あわだ》つ。恐怖すら感じた。なんだ、これは。おれは息子を恐れているのか。

「お願いします。私の望みをお聞き下されたく」

再び手をついたとき、吉兵衛の顔に血が上った。

「まだ、いうか！　染め物職人になるというなら、筆を執る右手はいらぬだろう」

足を上げ、思い切り吉左衛門の右手を踏みしだいた。

「兄さん！　お父っつぁん、やめてくれ」

「うるさい」

足下にすがる作之丞の手を振り払った。

ぎりぎりと足に力を込めた。吉左衛門は抗《あらが》うことなく、わずかに呻き声を上げた。足裏にごりごりとした鈍痛を感じる。痛みは、足先から脚を伝わり、吉兵衛の身をも刺した。

「まだ、職人になりたいか！　吉左衛門、答えろ！　お前は菱川を継ぐ男なのだ」

吉兵衛は怒声を上げた。

ようやく菱川の工房が回り始めた最中《さなか》に受けた裏切りに対する憤りなのか。誰に対して抱いている怒りだ。吉左衛門か。それとも己か。

おれが築き上げたものを捨てる？　息子が？　許されるはずがない。

皆が菱川師宣の画を欲しているのだ。

「お父っつぁん、もうやめてくれ！　兄さんの指を砕くつもりですか」

再び作之丞が、吉兵衛の脚にすがり、抱えた。

「離せ、作之丞」

「もうこれ以上はやめてください」

「作之丞。お前は知っていたのだな。兄がいなくなれば、お前が工房を継げるとでも思ったのか」

「考えたこともありません！」

「ああ、そうか」

ぎりぎりと足先に力を込め、吉兵衛は吉左衛門の手の甲を踏みしだく。吉左衛門が痛みに耐えるように唇を噛み締める。

「いい加減にしてください」

作之丞の声に吉兵衛は一瞬足を離した。

吉左衛門は隙を突いて右手を引き、左手で覆って呻く。

作之丞が腰に腕を回し、勢い吉左衛門の脚を持ち上げた。その拍子にもんどり打って吉兵衛が仰向けに転がった。

むう。

したたかに頭を打った吉兵衛が唸り声を上げた。

「兄さん。大丈夫か」

作之丞は吉左衛門の傍らに飛んで、その手を取った。

「だ、大丈夫だ。なんともないさ」

「冷やしたほうがいい」

「いや、それより、お前。お父っつぁんが」

吉左衛門が眉根を寄せた。

「構うものか。お父っつぁんは兄さんの手を踏みつけたんだ」

作之丞が吐き捨てた。吉兵衛は頭の後ろに手を当て、身を起こす。

「お前ら——」

吉兵衛は痛みに歯を食いしばりつつ、ふたりを睨めつけた。

「この工房を、おれが築いた工房をなんだと思っているのだ。おれが、どんな思いで画を描いてきたか、わかるか？　わかるのか！」

吉左衛門と作之丞は口元をきつく引き結び吉兵衛を見返す。

「え？　答えろ！　おれはな、画号も持てず、ただただ他人の画だけを写してきた。それがどれだけ惨めで、悔しかったか。画など物語の添え物と版元にいわれ、己の画を描くことさえ出来なかったのだぞ」

それを、変えたのがおれだ！　と吉兵衛は叫ぶようにいった。

「知っています。幼いながらも、丸川でお父っつぁんの姿を見てきましたから」

　吉左衛門がいった。

「それならば、この菱川を守り立てようとは思わんのか！　おれが工房を作ったのはお前たちのためでもあるのだ。おれの画を写し、模倣さえすれば版元も客もついてくる。菱川の画だと、こぞって買い求める。菱川を名乗ってさえいれば、絵師としてやっていけるのだ」

　くっ、と作之丞が身を乗り出すのを、吉左衛門が制し、口を開いた。

「菱川菱川といわれ続けているおれたちがどれだけ窮屈だか、お父っつぁんはまったく気付いていない。だから、おれはこの家を出て、染め物職人になりたいと思ったんだ。がんじがらめで息苦しいんだ」

　吉左衛門が吉兵衛を見返してきた。頑迷な父親を哀れむようであり、憎むような眼でもあった。

「生意気をいうな」

「菱川がなんだというのです。工房だ？　模倣だ？　そうした画に誰が魅《ひ》かれましょうか」

　吉兵衛はふたりから眼を逸《そ》らす。

　妙に身体が冷えた。

　ふたりが座敷を出て行った。吉兵衛はそれを止めることはなかった。

その夜、吉左衛門が家を出た。

夜半から降り始めた雪に、足跡が残っていた。

妻のおいとが、吉兵衛を責め立てたが、何も答えず取り合わなかった。

「作之丞も何も話してくれないのですよ。昨夜《ゆうべ》、何があったんですか」

「しつこいぞ。もうすぐ弟子たちが来るんだ。温かい汁物を用意してやってくれ。今日も忙しいからな」

わずかな荷と銭を持って吉左衛門は出て行った。どうせ、紺屋町のあの藍屋に身を寄せているに違いない。行き先の見当がついているのだ。無理に連れ戻すこともないと吉兵衛は思っていた。

まったく、しょうもないやつだ、と吉兵衛は画室に入った。

それでも、鱗形屋、山形屋、柏屋の三版元から版行される、来年の新物の版下絵はすでに終わっている。だが、三月、五月と開版の予定が入っていた。そちらに取り掛からねばならない。吉左衛門が抜けた穴はやはり大きい。が、そこは三次郎に埋めてもらうしかないと考えた。

第六章　吾妻おもかげ

一

天和《てんな》二年（一六八二）も押し迫り、師走《しわす》も三日を残すだけとなった。江戸の町は新年を迎える準備でどこか忙《せわ》しない。商家の店先には門松やしめ縄が飾られ、吉兵衛の家でも、数日前に弟子たちが餅《もち》を搗《つ》いた。三次郎は元力士だけあって、杵《きね》を打ち下ろす力が違う。あまりに強すぎて餅米が飛び散り、文句をいいながらも、弟子たちの笑顔が弾《はじ》けた。鏡餅を恵方に供え、残った分はおいとが小豆《あずき》にからめて、皆に振る舞った。

穏やかな日が続き、吉兵衛も久しぶりに心の平安を得た。しかし、作之丞とは言葉を交わすことはない。どうしても伝えなければならない時は、三次郎を介している。むろん、吉左衛門がいないことで弟子たちの間に動揺が広がった。それをうまくとりなしたのはやはり三次郎だった。

三次郎はどの弟子よりも頼りになる。師重として、正式に版元を集めた披露目をやってやろう。料理屋はどこがよいものか。

ただし、菱川の工房での仕事は続けてもらわねばならない。

時の鐘が八ツ（午後二時頃）を報《しら》せる。

「師匠、よろしいですか」

三次郎が版下絵を持って画室に入ってくるなり、かしこまった。

「おお、早かったな。丁度よかった。お前に話したいことがあってな」

三次郎は一瞬顔を曇らせた。

「では、その前に版下絵を」

「よしよし、どれ、見せてくれ」

肉筆の下絵を描いていた吉兵衛は一旦《いったん》、筆を止め、三次郎から版下絵を受け取った。

女の小袖《こそで》の意匠もきっちり正確に描き込まれている。

吉兵衛は、絵本はもちろん、一枚摺《ず》り、肉筆でも、流行《はや》り物に気を配る。特に女は重要だった。髪型や意匠、帯の結び方など、呉服、太物屋を通じて流行りを聞き出す。あるいは芝居小屋の役者の衣装だ。

「女の帯はすべて吉弥《きちや》結びに描き直してくれ」

吉弥結びは、京の役者で女形《おやま》の上村《うえむら》吉弥が考えた帯結びだ。吉弥は娘たちに絶大な人気を誇り、町娘たちは吉弥結びをこぞって真似している。

吉兵衛の画が女子にも好かれるのは、そうした流行りをいち早く画《え》に取り入れるところも大きかった。その流行り物を吉原の妓《おんな》たちに着せる。かつては、粗末で地味な小袖を着せられていた妓たちであったが、吉兵衛の画に触発されて廓《くるわ》の主人たちも、考えを変えたようだ。今では、華やかな衣装に身を包むようになっていた。

吉兵衛の画が広まることで、これまで悪所といわれていた芝居町も吉原も、町人たちにとって憧《あこが》れの場所となったのだ。

吉兵衛はさらに版下絵を見つめた。

「これは、お前の筆ではないな。誰の筆だ？」

「はい。二年前に弟子入りした提灯屋《ちょうちんや》の倅《せがれ》です。歳は十六と聞いています」

ほう、と吉兵衛は眼を瞠《みは》る。二年でこのような細かい線を描けるようになるとは、と感心してさらに眼を凝らした。

「これから眼をかけてやってくれ。絵手本の数も増やすといい。彩色もやらせてみろ」

吉兵衛は上機嫌で三次郎を見つめる。

「それにしても、元は力士のお前がここまで伸びるとは思わなかった。画技はもちろんだが、弟子たちの面倒見もいい。おれは今、肉筆の注文を捌《さば》くので精一杯だ。工房は、お前でもっているも同然だ」

すこぶる機嫌がよいのも、先日、川崎屋が井原西鶴の『好色一代男』の下絵を絶賛したせいもあった。主人公の世之介《よのすけ》が若い女の行水を遠眼鏡で覗《のぞ》いている場面だ。

三次郎がぼそぼそと話した。

「褌担《ふんどしかつ》ぎの頃のおれを可愛がってくれた兄さんがおりまして。怒鳴り散らして殴って蹴《け》っていうことを聞かせる兄さんもおりましたが、それじゃあ誰も付いてはきません。厳しさと暴力は違いますから」

口数の少ない三次郎にしてはよく喋《しゃべ》った。

吉兵衛は訝《いぶか》りながらも、

「これからも工房の要《かなめ》として息子を手助けしてやってくれ。実はな、そのうち版元を集めて菱川師重としてきちんと披露目をやってやろうと今思っていたんだ。料理屋はどこがいいかな。お前も考えておいてくれよ。さ、引き続き頼む」

それだけいうと、また肉筆画の下絵に戻った。

「もったいねえ、お言葉でございますが――」

三次郎は大きな身体を丸めてそう応《こた》えたが、立ち上がる様子もなく、言葉を続けるでもなく、座ったままでいた。

「どうした？　ああ、皆、腹が減る頃合いだな。おいとから銭をもらって、誰か菓子屋にでも使いに出せばいい」

吉兵衛は笑いかけた。

「師匠」

三次郎が丸い顔を引き締め、背筋を正した。

「なんだ、あらたまって。お前も何か話があるのか？」

唇を噛《か》み締めた三次郎は、腿《もも》に乗せた手を握り締める。

「おれは、独り立ちいたします。これまで面倒を見てもらいながら、申し訳ございません」

三次郎が握った拳《こぶし》を開いて、平伏した。吉兵衛は耳を疑った。独り立ちだと？　頭を低くする三次郎を呆然と見つめた。

「独り立ち？　お前にはもう贔屓《ひいき》の版元もいる。一枚摺りも版行して、絵本も開版するという話もあるじゃないか。いまさらなにをいっているんだ。ははは。まあいい。自分の画業も忙しくなるだろうが、工房も頼むぞ」

さあ、行っていいぞ、と吉兵衛は筆を執りなおした。すると三次郎が顔を上げた。

「いえ、おれは、工房を離れます。菱川ではなく、古山《ふるやま》師重と名乗るつもりです。古山は国許《くにもと》の家の本姓ですから」

吉兵衛は、眉《まゆ》をひそめた。

「そのお許しをいただきたく」

「わけを聞かせてくれ」

吉兵衛は三次郎を見つめた。三次郎は大きな身体を竦《すく》ませ、おずおずといった。

「おれは、師匠がわからなくなっちまいました」

「わからないとはなんだ」

吉兵衛が強く返すと、三次郎はびくっと肩を震わせた。身体は相変わらず大きいが、肝が小さい。それが力士としてやっていけなかった要因でもあるのだろう。三次郎は、ひと呼吸おくと、意を決したように口を開いた。

「吉左衛門さんが出て行ったのは、師匠に厳しく叱責《しっせき》されたからだと作之丞さまから伺いました」

吉兵衛は、ため息を吐いた。作之丞にとって三次郎はもうひとりの兄のような存在だ。話をしたところで当たり前なのだろう。

「丸川にいた頃の師匠とは、そりゃもう立場が違うのもおれだってわかります。菱川師宣っていやぁ、江戸中の人が知ってる。けど、あの頃の師匠のほうがおれは好きです」

「くだらねえことをいってるなよ」と、吉兵衛は顔を歪《ゆが》めた。

「ですが、吉左衛門さまの右手の甲を踏みつけたと聞いた時、おれは信じられませんでした。師匠がそんなことをするなんて、おれには――」

三次郎が首を横に振る。

「絵筆を執る大事な手指ですよ。いくら吉左衛門さまがいうことを曲げねえからって、その腹いせに足で踏むなんて、いくら師匠だって、いや父親だからこそやっちゃいけねえことじゃありませんか」

おれは仰天したし、心底がっかりしたんです、と三次郎はうな垂れた。

「師匠は画が好きだから続けてきたんじゃねえんですか？　吉左衛門さまも作之丞さまだって皆、絵師になりてえという望みを持って、ここにいるんです。師盛の兄さんだって、そうだ。もう自分の画が描けないといっています」

お前も出て行け、と吉兵衛は低い声でいった。

「きちんとしたお返事をいただくまでは出て行きません」

「この家から出て行けといったのだ。二度と敷居はまたぐな。この工房を離れて絵師としてやっていけると思うか。ずいぶんと驕《おご》ったものだな。川崎屋あたりから甘いことを言われたか」

「そうじゃありません。おれは師匠に深く恩義を感じております。だけど、せめておれが独り立ちできるって示さねえと弟子たちの望みも見えなくなる。皆、絵師になりてえから、菱川の門を叩《たた》いたんです。でも、いくら修業を積んでも、ずっと線引きだけ、彩色だけ、意匠描きだけ。それじゃあ、腐っちまう」

三次郎は、さらに続けた。

「吉左衛門さまも作之丞さまも、師匠の道具じゃねえんです。この工房にいる弟子すべてが師匠のために生きているわけじゃねえんです。取り替えのきく絵筆じゃねえ。描き損じたら捨てちまう紙でもねえんです」

声を震わせながら三次郎がいった。吉兵衛が身を乗り出したとき、半鐘の音が鳴り響いた。

二

吉兵衛も三次郎も慌てて立ち上がった。

「三次郎、話は後だ。すぐにどのあたりか見てこい」

はい、と三次郎はすぐさま画室を出て行った。吉兵衛も表に出た。やはり半鐘を聞きつけた近所の者たちもわらわら姿を現す。

人形町《にんぎようちよう》にある吉兵衛の家から、北西の方角に黒煙が見えた。かなり遠い。しかし、風の向きによっては火がこちらまで迫ってくることもある。江戸は火事が多い。

吉兵衛も幾度か火事に遭っているが、脳裏に甦《よみがえ》ってきたのは明暦の大火だ。もう二十五年ほど前ではあるが、江戸を丸呑《まるの》みにした。元吉原も跡形なく燃え、さくらは吉兵衛が誂《あつら》えてやった小袖を取りに二階へ上がったときに、崩れた屋根の下敷きになって死んだ。

身体が瘧《おこり》のように震え始める。

「師匠」

三次郎が荒い息を吐きながら戻ってきた。

「駒込《こまごめ》の寺だそうです。煙の向きを見ても、こっちには火はこねえかもしれません。けど、念のために荷はまとめておいたほうが」

吉兵衛は言葉を失い煙を眺めていた。

「師匠！　早くなさらねえと」

三次郎に急《せ》かされ、はっとした吉兵衛は家にとって返し、「おいと、おいと」と怒鳴った。

火事は一昼夜燃え続け、駒込から下谷《したや》、本郷、浅草、日本橋近辺までに回った。約三千五百名の死者を出す惨事となった。

幸い吉兵衛の家は助かったが、神田川の向こうは、見渡す限りの焼け野原になった。吉兵衛は吉原へすぐに弟子を遣わせ、おさわとおたえの無事を確かめると、焼け落ちた芝居小屋の座元に火事見舞いを届けた。

だが、吉兵衛も決して無傷ではなかった。世話になっていた版元が日本橋周辺に多かったからだ。

これまで作り上げてきた絵本類の版木が半分以上も焼けてしまった。

その報告にきた鱗形屋の孫兵衛や他の版元たち一同は憔悴《しょうすい》しきった表情で、吉兵衛に頭を下げた。

「多少、たかを括《くく》っていたこともありまして、まさか駒込から日本橋まで広がると思いも寄りませんで。奉公人と共に版木を運び出したのですが」

吉兵衛は煙管《キセル》の煙草をくゆらせながら、孫兵衛の話を聞いていたが、ややあってから口を開いた。

「ご隠居の三左衛門さんはご無事でしたか？」

「お父《と》っつぁんは夫婦で、丁度、箱根《はこね》に湯治に行っておりまして。きっとこの火事のことは耳に入っているかと思いますが」

「それはよかった。湯治か。いいね」

吉兵衛は版木が燃えたことについて孫兵衛を責めはしなかった。ただ、これまで自分が描いてきたものが、一瞬にして消え失《う》せたという虚無を感じた。

おれの絵本の半分以上の版木がただの炭と化したのか。

摺りを重ねれば、彫りが摩滅して駄目になることもある。永久に残るものなどありはしない。そうは思いつつも、胸の奥底にどこかぽかりと穴が空いたような気がした。

「ですが、絵本そのものは残っていますから、それを元にして再版しようと思っているのですがね」

「ははは、それはありがたいが、版下絵を描いたことで、こちらの仕事は終えている。好きにしていただいて構わないよ」

「ああ、ありがとうございます。助かります。吉兵衛さんの絵本は古い物でもいまだに売れる物ですから。皆さま、ようございましたな」

集まった版元たちは一様にほっとした顔をして、各々、手土産を差し出した。

「皆、火事で物入りだろうに気を遣わないでくれ。まあ、私からの希望は、再版の際の絵師はきちんと画が描ける者にしてほしい」

ええ、ええ、と孫兵衛は頷《うなず》いた。

「綴《と》じを取り去った絵本を版下にしようとは考えているので、間違いなく吉兵衛さんの画になります。そこはご安心を。これまで描いていただいたものはきっちりやらせていただきます。なんといっても菱川師宣は江戸の宝でございますから、ねえ、ご一同」

孫兵衛は版元たちに同意を求める。皆がはかったように頷き合う。

吉兵衛は孫兵衛の歯が浮いたような世辞に苦く笑う。父親の三左衛門のあとを継いでだいぶ経つ。思えば、書物に関しては一歩も二歩も先に行っていた京に負けぬようにという孫兵衛の熱意があって、今の江戸の本屋が出来上がったようなものだ。慎重な三左衛門にはなかった、若さがなせる技だったのかもしれないが。

不意に吉兵衛は、膝《ひざ》を打った。

「そうだ、再版の絵本は三次郎に任せればいい。皆、お集まりだからいっておくが、三次郎は古山師重としてこの度独り立ちすることになった。よろしく頼みます」

「三次郎さんが？　古山とは、また」

と、孫兵衛が眼をしばたたいた。

「いや、いいのさ。三次郎の画力はもうご存じかと思う。贔屓にしてやってくれ」

まことは披露目の宴《うたげ》をやりたかったのだが、この大火の後で浮かれていては、火に見舞われた者たちに申し訳がない、と吉兵衛は顔を曇らせた。

「それは残念ですが、そこまでお考えとはさすがは師宣師匠。師重さんも幸せな方だ」

川崎屋が吉兵衛を持ち上げると、他の版元たちも、「その通りですな」と口々に応じた。

版元たちが辞した後、吉兵衛は画室に戻って、寒さも厭《いと》わず障子を開け放ち、庭を眺めた。年の瀬にとんだ大火だった。正月気分も飛んでしまった。

工房は元日から仕事だ、と吉兵衛は息を吐く。師盛あたりが愚痴を溢《こぼ》しそうだが、納期に遅れることの方が重大だ。吉左衛門と、そして三次郎もいなくなる。作之丞ではまだ工房を回せない。師盛にはよくよくいい含めようと思った。

師匠のおれがなにゆえ弟子を気遣わねばならないのか。けれど、「取り替えのきく絵筆じゃねえ。描き損じたら捨てちまう紙でもねえんです」そういった三次郎の言葉が思い出された。

なにをいっているのか。おれはそのように弟子たちを見たことは一度もない——か？

いや、決して使い勝手のよい道具であるとは思っていない。弟子たちにはおれの絵本、肉筆に至るまでかかわらせている。師宣筆と記されようが、菱川師宣の画に携われたことを誇りに感じるはずだ。

三次郎には、おれの絵本の再版が作れるようにしてやった。しばらくはその仕事にかかりきりになるだろうが——吉兵衛はすっと眼を細めた。

美しく咲き誇っていた椿の花が一輪、音もなく落ちた。

寒いな、と呟《つぶや》いて障子を閉じた。

大名、旗本、豪商からの肉筆画の注文は変わらずにあったが、絵本類の依頼は眼に見えて減った。師盛や作之丞が懸命に工房を切り回していても、納期の遅れが頻繁にあり、信用を失いかけていた。さらに、吉兵衛そっくりの画を描く杉村治兵衛の人気が高まり、版元たちは上り坂の治兵衛を使い始めた。ここ数年、吉兵衛は以前よりも筆が活《い》きていないと版元たちの間で囁《ささや》かれていた。

もとより版元などただの仕事上の付き合いと醒《さ》めてはいたが、こうあからさまに杉村治兵衛に仕事が流れると、気が気でない。孫兵衛にひと言いってやりたい気分だったが、こちらからわざわざ出向いてやるのも癪《しゃく》に障った。

「ともかく描け。年に二十は出していた絵本が今年は半分以下に減っている。え？　どうしたことだ。これでは工房が持たんぞ」

吉兵衛は工房に入ってはそう怒鳴り散らした。うたた寝をしている弟子がいれば、頭を張って叩き起こし、器一杯の墨を摩《す》らせた。幼い弟子は片付け、使いと、絵手本をゆっくり写す時すら与えなかった。

しかも、吉兵衛の耳に「菱川の画は、息子、弟子が描いているのであって、師宣の真筆でない。下絵一枚描かない。これで金一両、金五両は高すぎる」という噂が入った。

「どこの誰がいっているか調べて来い」

と、吉兵衛は作之丞と弟子たちに命じたが、出所などすぐに知れるはずはない。くだらぬ噂に振り回されている己がうつけのようだ。

「もしや、杉村治兵衛か。おれの画を真似るくらいだ。このおれに取って代わるつもりなのだ」

と、吉兵衛は橘町《たちばなちょう》に住むという治兵衛の家を訪ねた。

そこには、吉兵衛の見知った顔が数人いた。山形屋、坂田屋《さかたや》、三河屋《みかわや》といった面々だ。かつて吉兵衛の絵本や枕絵を版行した版元たちだ。

版元たちは、吉兵衛を見ても顔色ひとつ変えなかった。むしろ、驚き顔で吉兵衛を迎えたのは治兵衛のほうだった。

「もしや、菱川師宣さまでございましょうか。私はあなたさまの画にずっと憧《あこが》れてまいりました。旧《ふる》き大和絵《やまとえ》に当世を味付けした画風は見事としかいいようがございません。それればかりか、画号を堂々と名乗れるようにしてくださった」

若い治兵衛は眼を輝かせた。ご覧ください、と治兵衛が指したほうへ眼を向けると、吉兵衛の絵本が山積みになっていた。

こやつではないのか。毒気を抜かれた吉兵衛は放心したように立ちつくした。

ならば誰が、と吉兵衛の苛立《いらだ》ちはさらに募る。

妙な風聞のせいで、ますます仕事は減り始め、真筆かどうか、わざわざ吉兵衛を訪ねて来る大名家の家来までいた。

工房仕事であれば、その代表者の名を入れるのが当然であろうが。下絵がほんのわずかであろうとも、門弟が描いたものであるなら、それはおれの画と変わらぬのだ。

狩野派は昔からやっていることではないか。障壁画のような大きな画は絵師ひとりでは描けない。弟子をつけて描くことがほとんどなのだ。それでも探幽であり、多賀助之進の師匠にあたる安信の筆とされるのだ。町絵師には許されんのか。

鑑定をしろという者はことごとく追い払った。それが反感を買い、菱川師宣の偽筆を買うなとさらに噂が立った。

「くだらなすぎて相手にならん」

だが、吉兵衛の心情は複雑だった。このまま偽画といわれるのも腹が立つ。

そんな折、おさわから文が届いた。

吉兵衛はそれを広げて仰天した。吉左衛門が身を寄せたのは、おさわの処だったのだ。おさわが後見となって裏店《うらだな》を借りて暮らしているという。

丸川に飛び込むなり、おさわの居間へと進んだ。障子を勢いよく開けるや、

「おや、吉兵衛さん、お久しゅう。そいつは文を読んで飛んできたという顔だね」

おさわが煙管から上る煙をくゆらせながらいった。

「あたり前だ。いきなりあんな文を寄越《よこ》して。え？　おさだという紺屋の娘との間にすでに子がいるってのはどういうことだ。おれにはなんの相談もなかった」

頭に血が上った吉兵衛は早口で捲《まく》し立てると、裾《すそ》を捌《さば》いておさわの前に座った。

「そうカッカしないで。文言のとおりさ。お前さんの孫だ。つまりあたしの孫でもあるけどね」

おさわは、くすくすと笑って肩を揺らした。

「もうすぐ三歳のお祝いさ。吉さんにも報せなきゃと思ったまでだ。吉左衛門はむろん嫌がっていたけれど」

吉兵衛は、むうと唸《うな》って腕を組んだ。なにからどう訊《き》いてよいのか途方にくれていた。

「吉左衛門はもう幾年もそっちへ帰っていないのだろう?」

ああ、と吉兵衛はぶっきら棒に応えつつも、気もそぞろであたりの気配を窺《うかが》う。

「呆《あき》れるねぇ。あの子はここにはいないよ」

おさわが煙草の灰を火鉢に落とす。

「居場所を教えるつもりはないけど、お前さんがちょっとでも孫を見たいというのなら話は別だ。ここで会わせてやってもいいよ。でも、諍《いさか》いはごめんだよ」

「じゃあ、なぜおれがここに来るように仕向けたんだ」

吉兵衛はおさわを睨《ね》めつける。なにゆえ、こんなにも苛立っているのか。吉左衛門のことはとうに諦《あきら》めているつもりでいたが、そうではなかったのか。

「吉左衛門のことだったらすっ飛んで来ると思ったからさ。案の定、お前さんはこうしてやって来た」

「騙《だま》したのか」

おさわがふっと鼻で笑う。

「人聞きが悪いねぇ。子が生まれたのはほんとのことさ」

ねえ、とおさわが吉兵衛を見据える。

「それだけじゃない。いま、吉さんに妙な噂が立っているだろう？　それも心配でね。大丈夫かえ？」

「そのことか」

吉兵衛は大袈裟《おおげさ》に息を吐く。

「あれね、狩野の探信さまだよ。吉原でいいふらしているんだ。どうにも狩野にとっちゃ吉さんは邪魔者のようだねえ」

「なるほど、探信も汚い真似をするものだな。しかし、相手がわかればもういい。そんな噂など一蹴《いっしゅう》してやるさ。教えてくれてありがとうよ」

「吉原で人の悪口なぞいえば、自分に返ってくるのがわからない若造さ。そのあたりはあたしも力を貸してあげるよ」

「すまないな、恩に着る」

「さて、ほんとの話はこれからさ」

吉左衛門が出て行ったことも含めてだけれど、とおさわが切り出した。

「あたしは絵師になれる仕組みを作ったといったことがあったね。けれど、それはそうじゃなかった。お前さんは、菱川師宣という絵師の手足がほしかっただけじゃないか

「え？」

「馬鹿をいうな。きちんと修業した者には画号を与え、自分の仕事をするようにと常々いっている」

そうかねぇ、とおさわが首を傾げた。

「あたしは、知っているんだよ。三次郎、いいや古山師重の邪魔をしていること。それと杉村治兵衛とかいう絵師のことも、売れ始めているから妬《や》いているのかえ？」

「私がなにをした。え？　証《あかし》があるならいってみろ」

「どうにもわからないんだね。隠居したといっても、丸川に入ってくる話はあたしの耳にはすぐに届くんだ。お前さん、焼けちまった版木の版下絵を誰にやらせたんだえ？三次郎じゃないのかい？」

吉兵衛は、むっと顎《あご》を引いた。

「――それは三次郎のためだ。燃えた版木は、あいつがかかわった絵本ばかりだった。三次郎ならば元絵を見て、おれの画を描くことが出来る。だから、版元に教えてやったのだ。まだろくに注文もないくせに弟子をとっても暮らしが立ち行かねば辛《つら》かろうと思ってな」

おさわが簪《かんざし》で髪を掻《か》く。

「おやおや、師匠の心遣いのつもりかえ。けどね、そのおかげで、三次郎は注文の画が描けなくなっているよ。師重としての画をね」

本音は、描かせたくないからじゃないのかい？　と、おさわが軽く口角を上げた。

「その実、吉さんの中じゃ、三次郎の独り立ちを快く思っていなかったってことさ」

「それがどうした。与えられた仕事をこなせなきゃ絵師とはいえねえだろう。それが出来ねえというなら、はなから独り立ちなどしなきゃいいのだ」

「やっぱりねぇ、なんとも困ったお人だ」

おさわが呆れる。

「はっきりといえ。いまさら、私に遠慮などするな」

吉兵衛が険しい顔をすると、おさわは崩していた足を直してきちりとかしこまった。

歳を取ったとはいえ、吉原で揚屋を切り盛りしていたおさわだ。いや、歳を重ねただけ、貫禄《かんろく》にも似たものが備わったように見えた。

「それなら、いわせていただきますよ。三次郎の独り立ちを快くどころか苦々しく思っていたのさ。吉さんの絵本の再版の版下絵をやらせるってことは、傍目《はため》から見れば、師匠からの餞《はなむけ》に思えないこともない。けどお前さんの思惑通り、三次郎は自分が受けた注文を捌けない。いい気味だとね」

吉兵衛は、うっすらと笑った。

「恩義は感じているなどといっていたが、ただ飯を幾年も食わせて、画技を教えこんで、描けるようになったら出て行くなど勝手を吐《ぬ》かしたのはあいつのほうだ。工房はまだしも、菱川の名も捨てたんだ。許せるはずはねえだろう。独立しようが、私の下にいることをわからせるためだ」

おさわが吉兵衛を見ながら、首を横に振る。

「お前さんは、どこか勘違いしているんじゃないのかい？　吉左衛門にしろ、作之丞にしろ、三次郎にしろ、他の弟子たちにしろ、お前さんになりたいわけじゃないんだよ」

吉兵衛は、おさわの言葉に息を呑む。

「お前さんの画はたしかに人の心をくすぐる。きれいだし、女には艶《つや》がある。枕絵も吉原遊びの指南書も、芝居小屋も役者も、お前さんの手に掛かれば、誰の眼にも魅力的に映る。おかげで吉原も潤った。画が好きな者なら、お前さんのような画を描きたいと思う。お前さんの画を真似たくなる」

「その通りだ。弟子は皆、菱川師宣を求めてくる。その画技を学びたい、修めたいと門を叩いてくる」

でもね、とおさわが吉兵衛を真っ直ぐに見据えた。

「誰もお前さんにはなれない。菱川師宣はこの世にひとりしかいないんだよ。お前さんはそこを履き違えている。吉左衛門や作之丞を、お前さんの黒子や偽物に仕立て上げても、それ以上にはなれやしない。出来損ないの師宣になるだけさ」

吉兵衛はその言葉に苛立ちを覚える。

「おさわ。そいつは言い過ぎだ。私の出来損ないというのは聞き捨てならねえよ。それを、私の弟子の前でもいえるかえ？」

おさわは、ふっと笑みを浮かべ、

「ああ、いえるねぇ。お前さんの弟子がどう思うか、楽しみだよ」

と、吉兵衛を見返し、挑むような眼を向けた。

「吉左衛門は染め物職人になりたいそうじゃないか。けれど、それをお前さんは決して許そうとしなかったとね」

吉兵衛はうんざりした。いい歳をして吉左衛門は母親に泣きついたというわけか。それで、藍屋の娘との仲も取り持ってもらい、裏店まで借りてもらい、と己一人ではなにも出来ていない。まったく不甲斐《ふがい》ない息子だ。

「あいつには工房を継がせるつもりだった。いや、継がねばならない立場だった。それをなんの気の迷いか、染め物職人になりたいといい出した。どうして頷《ぬ》ける。職人は決して表に出ることもない、目立つこともないが充足感が得られると吐かしたのだぞ。おれが作り上げた工房を継ぐことは、皆から賛辞され、町絵師の憧憬となり菱川門を向後も守り立てることに繋《つな》がる。菱川を遺《のこ》すためだ」

おさわはわずかに眼を伏せた。吉兵衛はおさわがいくらかでも得心してくれたのだと思った。おさわは誰よりもおれが苦労して来た姿を見ている。挿絵絵師と自らを蔑《さげす》んでいた時期を誰よりも知っている。おれの思いがわからないはずはないのだ。

「おさわ、知っているだろう？　宝井其角《たからいきかく》という松尾芭蕉《ばしょう》の門人だ」

話の筋が急に変わり、おさわは少し戸惑いながら、吉兵衛へ顔を向けた。

「芭蕉さまなら、助之進さんとよく吉原に来ていましたけれどね。あの頃は桃青という名でしたが。其角さんはまだお若くて。いまじゃすっかり俳諧師《はいかいし》として名を上げられて」

「その其角だ。そいつが詠んだ歌を知っているか？」

おさわが怪訝《けげん》な顔つきをした。

『山城《やましろ》の吉弥結びも松にこそ　菱川やうの吾妻《あづま》おもかげ』

其角が編んだ俳諧集『虚栗《みなしぐり》』の中のひとつだ。

「おや、吉弥ってのは今人気の役者じゃないか」

吉原の妓たちも、吉弥結びをしているという。吾妻は上方から見て東国を指す。すなわち江戸のことだ。

「わかるか？　菱川ようというのは、菱川の画のことだ。吉弥結びもおれの画も江戸の流行り物ということだ。つまり、おれの画は、江戸そのものだということだ。おれは、絵師としての高みに登り詰めたのだ」

そう、とおさわはそっけない物言いをした。

「世は移り変わっていくものよ。当世風、今様といくらいっても、幾年か経てば、もうそれは古くなる。吉原もずいぶん変わった。あんなにも厳しいしきたりの中で、妓の子たちは生きていたけれど、いまじゃ、金のある男とみたら、他の妓の馴染《なじ》みになっちまう前にさっさと夜具に引き込んじまう。揚屋で宴席を張って、太夫《たゆう》を待つ余裕のある客も少なくなっちまった。品もなにもありゃしない。あたしにとっちゃ、まったく憂き世だねぇ」

「回りくどいいいかたをするな」

「お前さんの画は、浮き世を映しているんですよ。浮き世は憂き世のことでしょう？　あたしはね、お前さんの画は憂き世を浮き世に変えてくれるものだと思っていたのさ。だから、気に染まないかもしれないけれど、あたしは大和絵師よりも、やっぱり浮世絵師菱川師宣だと思うんだけどね」

「おれは、新しい大和絵を作ってきた。だから、そう名乗っているんだ」

「自分を遺すことがそんなに大事かねぇ」

おさわまでそのようなことをいうのか。

「お前さんの工房はさ、歯軋《はぎし》りする狩野と同じになっているんじゃないのかい？　三次郎の工房は町菱川ってことだ」

なに？　吉兵衛は眼を剝《む》いた。

そこへ、おたえが姿を現した。

「たまには元夫婦同士で呑みなさいな」と酒肴《しゅこう》を運んできたのだ。

おたえはすっかり丸川の女将《おかみ》として、一段といい女になっていた。

話は弾むことなく、二人は黙って盃《さかずき》を重ねた。

銚子《ちょうし》を二つほど空けたところで、吉兵衛は立ち上がった。

おさわは止めることなく、吉兵衛を送りに出てくれた。

吉原の通りには灯《あか》りがともり、どこからか三味線や太鼓の音が聞こえ始めている。曲がりくねった五十間道《ごじっけんみち》をおさわと連れ立って歩く。

「浮き世は変わり続けるものだよ。当世を写す菱川師宣はこの世にひとりだけでいい」

吉兵衛は心の内で首を傾げる。菱川師宣はひとりでいい？　あたり前じゃないか。おれはおれひとりしかいない。おさわのいうことがにわかには理解できなかった。菱川の様式を、菱川の画風を保ち続けることがおれの望みでもあるのだ。

「ふん、そんなことといわれても、ピンとこねえな」

「なら、いいさ。またいつでも遊びにおいでな」

おさわは、ふっと笑みを浮かべ、踵《きびす》を返したが、不意に振り向き、

「ねえ、吉さん、前ばかり見て生きてきたんだろうけどさ、たまには振り返ってみるのもいいだろさ。吉左衛門の気持ちがわかるよ」

そういった。

三

ひとり取り残された吉兵衛はおさわの背を見送ってから、大門を潜り、日本堤へ出た。歩きたい気分だった。歳のせいか、酔いのまわりが早い。だが、まだ呑み足りない気分にもなっている。提灯を持つのも億劫《おっくう》だ。おぼつかない足取りで歩いていると、所在な

そうにしている辻駕籠《つじかご》が止まっていた。吉原帰りの客を待っているふうだ。酒の呑めるところに連れて行けと駕籠かきに命じた。

「ご隠居さま、お早いお帰りで。妓に袖にされたんで？」

吉兵衛が駕籠に乗り込むや、先棒担ぎが訊いてきた。

「そんなんじゃない。それにおれはまだ隠居ではないぞ」

「おや、そいつは失礼いたしやした」

駕籠がゆるゆると動き出した。菱川師宣はこの世にひとりでいい、か。

おれはおれしかいない。だが、おれの画は引き継がれていかねばならないのだ。

駕籠は日本堤を進んだ。

揺れが激しく、さらに酔いが回りそうだった。

「旦那《だんな》、着きましたぜ」

吉兵衛が垂れを上げると、あたりは真っ暗だ。左右にあるのは寺か武家屋敷の塀か。

訝る吉兵衛をよそに、先棒担ぎがうって変わった禍々《まがまが》しい声を出した。

「なあ、旦那。今日は客がさっぱりでよ。ちっとばかり酒手を弾んでくだせえよ」

「なんだと、貴様ら、おれは酒を呑めるところに連れて行けといったんだ」

「もう呑んでいるじゃねえか。爺《じじ》いの深酒はよくねえよ。ほら相棒」

といった途端に駕籠が横倒しにされ、吉兵衛は転がり出た。地面の上でもがく吉兵衛の懐に先棒担ぎが手を差し入れてきた。

「なにをする。お前ら盗人《ぬすっと》か!」

ははは、と後ろを担いでいた男が笑った。

「いくら大声出したって、周りは寺ばかりだ。聞こえやしねえよ。いい歳して吉原に通い詰めていい思いしているんだろう、少しは俺たちにもわけてくれねえと」

吉兵衛は襟を必死に合わせて抗《あらが》った。が、如何《いかん》せん若い者の力に敵《かな》うはずもなく、財布を抜き取られた。

「返せ、この盗人が!」

「おや、なんだよ。しけていやがるな。鐚銭《びたせん》ばかりじゃねえか」

先棒担ぎが大笑いした。

「お前ら、おれはな、絵師の菱川師宣だ。お前らのような盗人は――」

へ? と後ろ担ぎの男が眼を剝いた。

「この爺《じい》さん、菱川師宣って名乗ってるぜ」

「ははは、知らねえ、そんな奴」

「枕絵師だよ」

「へえ、近頃は杉村なんとかのほうがいいぜ。けどよ、こんな銭ぽっちじゃどこへも行けやしねえよ、爺さん。最初から駕籠代を踏み倒す気でいやがったな」

いきなり背を蹴られ、腰を蹴られた。吉兵衛は亀の子のように身体を丸めて耐えた。右手だけは怪我を負うわけにはいかない。

吉兵衛ははっとした。あの夜、吉左衛門はなぜ足で踏まれたままでいたのか。抗おうと思えば抗えたはずであるのに。なぜ、されるがままでいたのか。もう右手などやはりいらなかったのか、どうでもいいと思っていたのか。

駕籠かきの足がさらに強く吉兵衛を蹴る。

「おい、なにをしている」

「お、まずい、相棒逃げるぞ」

遠くからゆらゆら揺れる提灯が近づいてきた。

駕籠かきたちは、さっさと駕籠を担ぐや疾風《はやて》のように去って行った。

寺の坊主が騒ぎを聞きつけ、助けてくれたのだ。坊主は朝まで休んでいくようにいってくれたが、吉兵衛は丁重に断った。

では、と町木戸が閉まるまでまだ時があったため駕籠を呼んでくれた上に、寺男をつけて、家まで送り届けてくれた。

吉兵衛はすでに寝静まった家に入り、足をもつれさせながら画室に入った。

冷えた板の間にうずくまり、吉兵衛は拳を握る。たぎるような悔しさと惨めさに闇の中、のたうちまわった。駕籠かきに打たれた所が痛んだ。

菱川師宣を知らない、と先棒担ぎはいった。枕絵師だと？　そんなものか。笑えるな。おさわにいわれたことが軋《きし》む身体にしみるように入ってくる。

自分を遺すことがそんなに大事かねぇ――。

菱川の画を遺そうという思いは傲慢《ごうまん》か。なぜ誰もわからないのか。

杉村治兵衛を見ろ。

おれとそっくりな画を描いているじゃないか。おれの画は菱川の画は、決してなくってはいけないのだ。町菱川だと、利いたふうなことを。

たまには振り返れ、だと。おれにはもうそんな暇はもうない。ああ、苦しい――。吉兵衛はぎりぎり奥歯を噛み締め、身をさらに丸めた。

吉さん――。

さくら――？

「さくら、か？」

吉兵衛はそう呟いて、起き上がった。

どこだ、どこにいるんだ。さくらなら姿を見せてくれ。吉兵衛は赤子の様に手をついて闇の中を這《は》いずり回った。

「痛っ」

駕籠かきたちに蹴られた脇腹を押さえた吉兵衛は、這うのをやめ、脚を投げ出して座った。

さくら。

お前は、おれが刺繍《ししゅう》を施した小袖を嬉《うれ》しそうに眺めて笑ったよなぁ。

あれから、もう幾年たったんだろうな。おれの眉はすっかり白くなった。今日など駕籠かきにご隠居といわれちまったよ。剃髪頭《ていはつ》じゃ仕方ないか。お前は変わっていないのだろう？　火事で死んだ時の若いままの姿なのだろうな──。

「なあさくら、聞こえているのだろう？」

いるなら姿を見せてくれ、と吉兵衛は腕を伸ばして闇を掻いた。

眼前に、ふわりと女の後ろ姿が浮かび上がる。緋色の小袖に、緑の帯、玉結びの髪。

「やっぱりさくらだ。こっちを向いてくれ」

女が少しだけ首を回した。

やっぱりあの頃のままだな。華奢《きやしや》で愛らしい。吉兵衛は、すぐにでも近寄って、手を伸ばし、さくらのその身に触れたいと思った。

けれど、己の身体が拒んでいた。触れた途端に消えてしまいそうな脆《もろ》い幻。おれは、さくらの幻を見ているだけだ。

だが、なぜこちらを向かないのだ。幻影ならば、おれが見たいと思うさくらの姿でいいはずではないか。

振り返るさくらの顔は哀しげにも微笑んでいるようにも見えた。いや、もうこれだけでいい。吉兵衛はそっと口を開いた。

「なあ、さくら。そこにいてくれるだけでいい。消えないでくれればいい。ただ聞いていてくれればいい」

おれはどこで間違ったのだろう。いつ道を違《たが》えたのだろうな。

ふたりの息子はもうおれに見向きもしねえ、吉左衛門などどこにいるかも知らねえ。結句、おれの作った工房は、いつの間にか、狩野となんら変わらなくなっていた。そうだよ、おさわにいわれなくても気づいていた。おかしなもんだ。あんなに憎んでいた狩野と同じことをしていたんだ。弟子を工房に縛りつけ、ただただおれの画だけを写させた。けれど、そいつは違ってた。おれの画をいくら写しても、真似ても、おれ以上にはなれない。それじゃいけねえんだ。

息子たちも弟子たちも、各々の画才でおれを超えていかなきゃいけねえのだ。それが、菱川をまことに遺すことになるのだと、なぜ気づかなかったのか。

さくらは静かに吉左衛門を見返していたが、不意に口角を上げた。その刹那《せつな》、

「心を浮き浮き浮き立たせないと、ほんに涙が出ちまう。だから憂いばかりの世だと諦めたら負けなんだ」

吉兵衛の脳裏にさくらの言葉が甦った。

ああ、さくら。そうだったなぁ。お前はそういったんだ。

思い出したよ。おれはずっと前しか見ていなかった。もう後ろを見ることなぞ必要がないと考えていた。そうだよな、さくら。時々は己が歩いた後を確かめなきゃいけなかったんだな。

ははは、おさわにもいわれたよ。

おれ自身が親父を裏切っていたんだ。縫箔師《ぬいはくし》の父親の工房を継がずに、故郷を飛び出

したんだ。江戸で絵師になるのだという望みを抱いて、房州と江戸をつなぐ舟に乗ったんだ。親父はおれを許してくれたが、おれは吉左衛門を許せなかった。

なぜかって、わかるだろう、さくら。

親父に対して呵責《かしゃく》の念が残るからだよ。そんな思いを吉左衛門に抱いてほしくないものなぁ。けどな、染め物職人になるといわれたときは、はらわたが煮えくり返ったのも本当のことだ。

ああ、そうか。吉左衛門が右手をおれに踏まれたままでいたのはそういうことか。おれを裏切った、その呵責だったのだ。おれへの詫《わ》びだったのだ。

吉左衛門が向けたあの眼も思い出した。あれは、おれの眼だ。絵師になりたいと故郷を後にするときの眼だ。

表に出ることもなく、目立つこともない――吉左衛門はそういった。親父も似たようなことをいっていた。縫箔した小袖を着た女の姿は見られないが、確かなものを作る、と。

おれは、おれは――。

自分の倅《せがれ》ばかりか、実の親まで貶《おとし》めたってわけか。笑えねえな。

やはり間違っていたのか。いやどこかで薄々感じていたのだろうが、認めたくなかっただけだ。ただの頑固じじいか、と自嘲《じちょう》気味に笑う。

ああ、涅槃図《ねはんず》をこの眼で見てえな。

おれの上絵と親父の縫箔刺繍で作った涅槃図だ——あれが父子の証だが、もう二度と保田には戻らないと決めた。まだ何者にもなれずにくすぶっていたくせに、おれは通人を気取って吉原に入り浸っていた。

どれだけ、妓たちの笑顔に救われてきたか。

だから、おれは、お前たちを描きたかった。堀に囲まれた世界で懸命に生きる、妓たちの美しい姿をおれの手で描いてやりたかったんだよ。嘘偽りのない笑顔を紙の上に残してやりたかった。おれは、ずっと吉原のお前たちに育ててもらったのだからな。

憂き世を浮き世に変える絵師になりたかった。

おれは、それが出来たのだろうか。

「もう十分だよぉ、吉さん」

少し鼻にかかった声とともにさくらが笑みを浮かべたように思えた。

「お前さま、駄目ですよ。起きてくださいな」

あ、ああ、と吉兵衛は眼を覚ました。眩《まばゆ》い光に瞬間、眼を細める。おいとが心配そうに顔を覗き込んでいた。はっとした吉兵衛は、さくらは？　と、弾かれるように身を起こした。おいとが眼を丸くする。

「いやだ、驚いた。昨夜《ゆうべ》も遅かったのですね。お帰りになったことも気づかなくて。あら、お召し物が泥だらけ、顔も」

「そんなことはいい。そんなことは放っておけ。誰かいるか？　すぐに絹地を張ってくれ」

え？　と、おいとがさらに眼を開いた。

「ぐずぐずするな」

吉兵衛はあたりに散らばった反故《ほご》を無造作に摑《つか》み、筆を執った。おいとは薄気味悪そうに吉兵衛を見やると、慌てて画室を出て行った。

あれは夢だったのか？　現《うつつ》だったのか？　画室に入ったことまでは覚えていたが、そのあとが思い出せない。酔いも手伝って、寝汚《いぎたな》く眠ってしまったのだろうか。

だが、あの姿は鮮明に覚えている。

すぐに、描き留めなければ。

吉兵衛は、その朝から画室に籠《こも》り筆を運んだ。訪ねてきた版元にも会わなかった。弟子も、作之丞も画室に足を踏み入れさせなかった。

こんなにも筆が走るとは。線の一本一本が気持ちを高ぶらせる。

幾年も忘れていた感覚だった。

描かねば、描かねば。その思いに衝《つ》き動かされる。

吉兵衛は寝食を削り、ただ目の前の画に没頭した。

後ろ向きの身体。まとった緋色の小袖に施された刺繡は桜花と菊花。緑の帯は吉弥結び、白い元結で作った玉結びには櫛《くし》を挿し、髪は肩まで垂れている。

膝を曲げ、少し落とし気味の腰。たっぷりと揺れる袂《たもと》。

女はわずかに首を回している。その横顔は憂いを帯びているようでもあり、誰かに語りかけたいようでもある。

ただ夢中で筆を動かしていた幼い頃を思い出す。野に咲く花、海から上がったばかりの魚。砂浜の貝殻。妹たち。背後にそびえる鋸山を覆う豊かな緑。紺碧《こんぺき》の海原。青く広がる空。

潮騒《しおさい》の音。反物に刺すひそやかな針の音。壁に掛けられた色とりどりの糸。

おれの始まりの場所。絵師を志した、故郷。

描きたい物を描くのが絵師なのだ。高みなど何の役にたとうか。そのようなことにも気づかないほど、おれはいつの間にか頑《かたく》なになっていた。

世は変わる。変わり続ける。

それにつれ、画が変わっていくことは否めない。

吉兵衛は苦笑した。

探幽のいう通りか。遺すこと、守ること。そこになんの値打ちがある？　狩野派は先人の画題から、はみ出すことなく画技を磨き続けるだけでいい。為政者の庇護を受け、絵師の頂にいることが奴らにとっての高みなのだ。

おれは何に固執していたのだ。菱川師宣は、ただひとり。それでいいじゃないか。

おさわのいったことがようやく腑《ふ》に落ちた。

その時代時代を切り取り、描き続ける新たな絵師は必ず出てくることを伝えたかったのだ。だから、今を写す菱川師宣はひとりでいいといったのだ。

浮き世が移り変わるように、絵師の画も変わる。そうでなければ、当世を描く浮世絵師にはなれない。彫りも摺りももっと技が増えることだって起きる。もしかしたら、後から彩色などせずとも、肉筆画のように多くの色が摺りで出せるようになるかもしれないのだ。皆、想像でしかないが、と吉兵衛は含み笑いを洩《も》らす。

狩野が自分たちの形を守り続けることに重きを置くなら、我ら町絵師は浮き世にあわせて変化を楽しむ。浮き世を享受するだけでいい。

数十年も経てば、おれの画も画風も確実に古臭いものになっていく。しかし、それを嘆く必要はないのだ。浮き世を余すところなく描いた菱川師宣という絵師がいた、後に続く絵師たちの礎になれればいいではないか。

未来永劫《えいごう》、形を崩さずに在り続けるものなど、この世にはない。

人ひとりの生など星のまたたきにすぎない。見えない未来《さき》を憂えるよりも信じることだ。その時代を彩る絵師はきっと現われると。

出来上がった画の右下に、『房陽菱川友竹《ゆうちく》筆』と記した。房陽は故郷、房州、友竹は、先年、髪を落として法体となり、新たに名乗ることにした号だ。

吉兵衛は筆を置き、女の画を柔らかな眼で見つめた。

吉兵衛は、工房の弟子たちに独り立ちしたい者はいつでも工房を出て行くといいと告げた。その代わり、工房の幼い弟子たちの世話を時々見にきてやってくれと、穏やかな声でいった。

師盛、師平、師秀《もろひで》といった画号を持つ者たちが次々と工房を離れた。これで、菱川が終わるわけではない。菱川の画風は弟子によって新たなものへと変化し、その弟子たちが新たな画風を作り出す。治兵衛のように師もなく、私淑する絵師を真似ながら、世に出てくる者も現れるかもしれないのだ。

作之丞は初々しい伴侶《はんりょ》を得て、二年後には娘が生まれた。

吉兵衛は孫娘をおいぬと名付け可愛がった。

多賀助之進が牢《ろう》送りになった、と孫兵衛がすっ飛んできて教えてくれた。なんでも、お上から出された生類憐《あわれ》みの令を破ったらしい。五代綱吉《つなよし》は病気の牛馬を打ち捨てたり、捨て子が増えているのを憂いて、この令を出したのだが、次第に取締りが大袈裟になり、犬猫はいうに及ばず、果ては蚊や蝿も潰《つぶ》してはならぬという馬鹿げたものになった。

「もしかしたら島送りかもしれません、吉兵衛さん」

「まったく賑《にぎ》やかで迷惑な男だ。島送りになるかもしれないなら、差し入れでも持って牢の助之進に会いに行きますか」

吉兵衛が孫兵衛を誘うと、「あたしよりうってつけの者がおります」と、いう。

吉兵衛が怪訝な顔をしていると、庭先に現れたのは吉左衛門と三次郎だった。驚く吉吉兵衛にふたりは深く頭を下げた。吉左衛門の両指に眼が張り付いた。青く染まっている。まことに染め物職人になったのか。

「たしか、多賀さまが丸川にいた時、もう吉左衛門さんはいらしたし、三次郎さんは多賀さまのおかげで絵師になったと伺いましたしね、さ、おふたりとも」

孫兵衛に促され、吉左衛門と三次郎は吉兵衛に再び頭を下げた。

吉兵衛はおいぬを抱き上げると、

「さっさと行くぞ」

そういって背を向けた。

元禄《げんろく》七年（一六九四）五月。吉兵衛は、故郷である房州保田の別願院《べつがんいん》に菱川吉兵衛師宣の名を記し梵鐘《ぼんしょう》を寄進し、その約ひと月後の六月四日、彼岸に渡った。享年六十五。

後日、吉兵衛の画室を片付けていた吉左衛門と作之丞は、多くの描きかけの画の中に、一枚の肉筆画を見つけた。

「兄さん、この美人画。見たことがない。いつ描いたんだろうか」

木枠に貼られたままの絹地に描かれた女は鮮やかな色を保ったまま、ふたりの眼に飛び込んできた。

「わあ、きれいな画」

おいぬが画を覗き見て、声を上げた。

「お父っつぁん、これは、お祖父《じい》さんが描いたの?」

「ああ、そうだろうな」

「吾妻《あづま》美人だ。浮世絵師菱川師宣の面影の女かもしれないな」

吉左衛門は呟くようにいって、おいぬに笑いかけた。

参考文献

『浮世絵師　菱川師宣』菱川師宣記念館
『菱川師宣展』図録　千葉市美術館
『日本の美術8　師宣と初期浮世絵』小林忠（至文堂）
『江戸三〇〇年吉原のしきたり』渡辺憲司監修（青春出版社）
『江戸の出版事情』内田啓一（青幻舎）
『浮世絵の歴史　美人絵・役者絵の世界』山口桂三郎（講談社学術文庫）
『春画の色恋　江戸のむつごと「四十八手」の世界』白倉敬彦（講談社学術文庫）

笹生浩樹様ならびに菱川師宣記念館に厚く御礼申し上げます。

解説

吉田《よしだ》伸子《のぶこ》

本書は「浮世絵の祖」と称される菱川師宣《ひしかわもろのぶ》を描いた物語だ。彼が、安房国《あわ》・保田《ほた》にある縫箔《ぬいはく》屋の息子・菱川吉兵衛《きちべえ》から菱川師宣になるまでが、そして、彼の代表作「見返り美人図」が出来上がるまでが描かれている。

縫箔とは、「模様を描いた布地に糊《のり》や膠《にかわ》をつけ、金や銀の箔を押す摺箔《すりはく》、あるいは刺《し》繍《しゅう》模様を施す」もので、吉兵衛の父・吉左衛門《きちざえもん》は腕の良い縫箔師だった。吉左衛門の工房には、「縫箔刺繍の上絵のために、唐画、狩野《かのう》派、土佐《とさ》派、長谷川《はせがわ》派といった異なる流派の画の手本が揃《そろ》って」おり、吉兵衛は幼い頃からその手本を広げてきた。弟妹たちが外で遊ぶ間も、吉兵衛が夢中だったのは手本を写すことであり、「十を過ぎると、先人たちの画をそっくり描く臨画を始めた」。

十五を過ぎたころから、父親の使いでしょっちゅう江戸《えど》に出向いていた吉兵衛は、江戸に魅せられる。「海原を眺め、生きるために働く、それだけでない享楽と悦楽が江戸にはある。吉兵衛は自分の眼に映る物、すべてを描き留めたいと思った」。十七になった吉兵衛は、江戸へ出たい旨を父に告げ、そのことを許される。

物語は、吉兵衛が江戸に出て十年、吉原《よしわら》にある揚屋・丸川《まるかわ》から始まる。窓から向かいの遊女屋・三浦屋《みうらや》をぼんやりと眺めているのが吉兵衛だ。外は雨で、吉兵衛の心持ちも雨模様だ。理由は、父からの手紙で、せっかくの馴染《なじ》みの格子女郎との逢瀬《おうせ》だというのに気持ちが晴れず、妓楼《ぎろう》にあがる気も湧かない。格子女郎に「今日は帰る」と告げ、店を出ようとしたその時、足元がおぼつかない妓《おんな》が玄関にあらわれる。丸川の女将《おかみ》・おさわから「さくら」と呼ばれたその妓は、もう四日も客を取れていないと嘆く。「お世辞にもいい女とはいえないご面相だが色気はある」とさくらを眺めていた吉兵衛は、虫の居どころが悪かったさくらから、立て板に水の如くに捲《まく》し立てられる。このすっとこどっこい！　と威勢よく啖呵《たんか》をきったさくらに、何故か心を乱された吉兵衛は、さくらが身につけていた粗末な小袖と帯に目をやる。これでは客が寄り付かないのも道理だ、と思った吉兵衛は、その小袖に刺繡を施してやることに。

このさくらとの出会いが、くすぶっていた吉兵衛の目を開かせる。さくらの頼みで、他にも客のつかない妓たちの小袖に刺繡を施してやることになった吉兵衛は、ある雨の日、自分の刺繡が入った小袖を着た妓たちを見て、心を打たれる。みんなただの女で、だから他人から優しくされたり、きれいな物を着たりすると、「心も身体も嬉《うれ》しくなっちまう」のは本当で、それは、吉原の妓も町娘も変わらない、とさくらは吉兵衛に言う。「この世は憂き世なんだ。ここにいる妓たちがみんな楽しそうに見えるかい？　違うよう。楽しくないけど、楽しまなけりゃやってられないんだ」。生きて吉原を出られるかどうかはわからない。「だから憂いばかりの世だと諦《あきら》めたら負けなんだ。浮き浮きさせる浮き世と思って生きてるんだ」。

このさくらの言葉こそが、のちの菱川師宣の誕生につながる。

振り返れば、十年前。保田から江戸に着くなり、吉兵衛は鍛冶橋《かじばし》門外にある狩野探幽《たんゆう》の工房へと足を運ぶ。「絵師を志す者であれば狩野での修業は当然のこととされていたからだ」。けれど、狩野探幽の弟子と思《おぼ》しき若い男は、吉兵衛を「職人風情の倅《せがれ》のくせに出向くところを間違ってはおらぬか？」と一蹴《いっしゅう》する。それでも、間違いではない、弟子にしてほしい、取り次いでもらえないか、と自らの画帳を差し出すも、「画《え》を学びたくば、町狩野の画塾へ行け。狩野三家にはな、武家の子息しか入れぬことも知らんのか！」「この田舎者が！　恥を知れ」と面罵《めんば》される。

とはいえ、吉兵衛を憐《あわ》れんだのか、「はるばる安房から来たという熱心さに免じて」その画帳を法眼に見せることは約束する。「法眼さまのお眼鏡に適《かな》えば、町狩野の画塾を勧めてくださるかもしれんぞ」と。

不安と期待で眠れぬ夜を過ごし、約束の日を迎えた吉兵衛だが、彼を待っていたのは、痛烈な罵倒の言葉だった。渡した画帳は足下に叩《たた》きつけられたうえに、「お前の画はなんだ？　土佐か？　長谷川か？　それとも唐画か？　狩野を侮っているのか。このようながらくたを見せられるのは不愉快だ」と。「さっさと安房へ帰れ。縫箔屋なら十分食っていけるぞ」と。

男の言葉は、吉兵衛ばかりか、縫箔師である父をも貶《おとし》める言葉だった。この出来事が、吉兵衛生涯の心の傷になる。以来十年、吉兵衛はくすぶっていたのだ。

けれど、さくらの一言で吉兵衛は目が覚める。「憂いていては生きられない。だから浮き世として生きる」。吉兵衛の胸に響いたこの言葉は、現代を生きる私たちの胸にも、強く、深く響く。

ここから、吉兵衛が菱川師宣になっていくまでが描かれているのだが、吉兵衛の転機となったのは、詞書《ことばが》きと挿絵を同じ丁に入れて摺《す》ることを思いついたことだ。それまでの、「詞書きが並び、丁を繰ると見開きで挿絵が入」るという草双紙の体裁を、「どの見開きにも挿絵と文字が入っている」ものに変えることにしたのだ。これ、現在の絵本の形ですよね。そうか、この形を編み出したのは、菱川師宣だったのか。

吉兵衛案は実現し、新たな体裁となった草双紙は売れに売れ、それまでは無記名だった挿絵絵師の名前も記されるように。やがて、菱川師宣を名乗るようになった吉兵衛は、工房を構え、弟子もとり、「菱川派」を形成していくようになる。吉兵衛の在り方は、ゆっくりと、昔日に自らを手酷く傷つけた「狩野派」の在り方と重なってくるようになるのだが、そのことに吉兵衛は気がつけない。若き日の心に残された傷は、かくも深手であったのだ。その様子が、読み手にはありありと伝わってきて、胸苦しくなってしまうほどだ。

けれど、そんな吉兵衛、いや、師宣の目を覚ましてくれたのもまた、さくらだった。

さくらは、吉兵衛が彼女のために新たに誂《あつら》えた小袖を取りに戻ったがために、明暦《めいれき》の大火で命を落としていた。本書では、このさくらといい、揚屋・丸川の女将で、後に吉兵衛の妻となり子も成したおさわや、師宣の妾《めかけ》となり師宣にとっては次男を産んだおいとも、それぞれに彼を支えているのがいい。

とりわけ、最終盤に、「大和絵師」を自称していた師宣を、「お前さんの画は、浮き世を映しているんですよ。浮き世は憂き世のことでしょう？　あたしはね、お前さんの画は憂き世を浮き世に変えてくれるものだと思っていたのさ。だから、気に染まないかもしれないけれど、あたしは大和絵師よりも、やっぱり浮世絵師菱川師宣だと思うんだけどね」と諭すおさわにぐっとくる。このおさわの言葉を受けて、菱川師宣が描いた美人画こそが、後年、彼の名とともに常に語られることになる「見返り美人図」だ。

描かれているのは、菱川師宣という江戸時代の「絵師」のドラマだが、令和の時代の「憂き世」に日々疲弊している私たちの心にも、ずしりとしみてくる物語である。

本書は、二〇二一年十一月に小社より刊行された単行本を文庫化したものです。

吾《あ》妻《づま》おもかげ

梶《かじ》よう子《こ》

令和6年11月25日　初版発行

発行者●山下直久

発行●株式会社KADOKAWA
〒102-8177　東京都千代田区富士見2-13-3
電話　0570-002-301（ナビダイヤル）

角川文庫 24419

印刷所●株式会社暁印刷
製本所●本間製本株式会社

表紙画●和田三造

●お問い合わせ
https://www.kadokawa.co.jp/（「お問い合わせ」へお進みください）
※内容によっては、お答えできない場合があります。
※サポートは日本国内のみとさせていただきます。
※Japanese text only

ISBN 978-4-04-115463-2　C0193

角川文庫発刊に際して

角川源義

第二次世界大戦の敗北は、軍事力の敗北であった以上に、私たちの若い文化力の敗退であった。私たちの文化が戦争に対して如何に無力であり、単なるあだ花に過ぎなかったかを、私たちは身を以て体験し痛感した。西洋近代文化の摂取にとって、明治以後八十年の歳月は決して短かすぎたとは言えない。にもかかわらず、近代文化の伝統を確立し、自由な批判と柔軟な良識に富む文化層として自らを形成することに私たちは失敗して来た。そしてこれは、各層への文化の普及滲透を任務とする出版人の責任でもあった。

一九四五年以来、私たちは再び振出しに戻り、第一歩から踏み出すことを余儀なくされた。これは大きな不幸ではあるが、反面、これまでの混沌・未熟・歪曲の中にあった我が国の文化に秩序と確たる基礎を齎らすためには絶好の機会でもある。角川書店は、このような祖国の文化的危機にあたり、微力をも顧みず再建の礎石たるべき抱負と決意とをもって出発したが、ここに創立以来の念願を果すべく角川文庫を発刊する。これまで刊行されたあらゆる全集叢書文庫類の長所と短所とを検討し、古今東西の不朽の典籍を、良心的編集のもとに、廉価に、そして書架にふさわしい美本として、多くのひとびとに提供しようとする。しかし私たちは徒らに百科全書的な知識のジレッタントを作ることを目的とせず、あくまで祖国の文化に秩序と再建への道を示し、この文庫を角川書店の栄ある事業として、今後永久に継続発展せしめ、学芸と教養との殿堂として大成せんことを期したい。多くの読書子の愛情ある忠言と支持とによって、この希望と抱負とを完遂せしめられんことを願う。

一九四九年五月三日

角川文庫ベストセラー

泣き童子
三島屋変調百物語参之続
宮部みゆき

おちか1人が聞いては聞き捨てる、変わり百物語が始まって1年。三島屋の黒白の間にやってきたのは、死人のような顔色をしている奇妙な客だった。彼は虫の息の状態で、おちかにある童子の話を語るのだが……。

三鬼
三島屋変調百物語四之続
宮部みゆき

此度の語り手は山陰の小藩の元江戸家老。彼が山番士として送られた寒村で知った恐ろしい秘密とは⁉ せつなくて怖いお話が満載！ おちかが聞き手をつとめる変わり百物語、「三島屋」シリーズ文庫第四弾！

あやかし草紙
三島屋変調百物語伍之続
宮部みゆき

「語ってしまえば、消えますよ」人々の弱さに寄り添い、心を清めてくれる極上の物語の数々。聞き手おちかの卒業をもって、百物語は新たな幕を開く。大人気「三島屋」シリーズ第1期の完結篇！

黒武御神火御殿
三島屋変調百物語六之続
宮部みゆき

江戸の袋物屋・三島屋で行われている百物語。「語って語り捨て、聞いて聞き捨て」を決め事に、訪れた客が胸にしまってきた不思議な話を語っていく。聞き手の交代とともに始まる、新たな江戸怪談。

魂手形
三島屋変調百物語七之続
宮部みゆき

江戸神田の袋物屋・三島屋では一風変わった百物語が続けられている。これまで聞き手を務めてきた主人の姪の後を継いだのは、次男坊の富次郎。美丈夫の勤番武士が語る、火災を制する神器の秘密とは……。